お飾り皇配は龍皇帝に愛でられる 上

Novel 朝顔 Illustration 絵歩

CROSS NOVELS

Illustration

絵歩

contents

人物紹介
ユアン・ブルックリン・ゼノン
権力を持つ公爵家の三男で、転生者。リリアと政略結婚をして皇配となる。父親や兄に虐げられて育ち、自分に自信がない
リリア・ブライト・アイアン
アイアン帝国の新しい皇帝。実は男性で、生き延びるために性別を偽っている。最初はユアンと距離を置いていたが…？

エーティー王子
リリアの同級生。シャナール国第七王子
キルシュ
リリアの側近で幼馴染み。武力担当。少々頭に血が上りやすい
グレイ
リリアの幼馴染みで骨董品店主。裏の顔は情報屋
エルカ
ユアンの従僕で、キルシュの弟。親しみやすく、可愛らしい
ミドランド
リリアの側近で幼馴染み。知力担当。冷静沈着な性格
ゼノン公爵
ユアンの父親。傀儡政治を目論んでいる
メグ
メイド。実は公爵家に雇われており、ユアンへ接近する
セレステ
誘拐事件に巻き込まれてしまうルドルフ家の令嬢

お飾り皇配は龍皇帝に愛でられる 上

序章　女帝との結婚

豪華な宝石がちりばめられた金の玉座。

背面には国の象徴である龍が猛々《たけだけ》しく口を開けた様子が彫られている。

国家の権力の最高峰、富と名誉、尊敬と畏怖《いふ》。

この玉座には全てが込められている。

もちろん、高みに座るのは自分ではない。

自分の席は横にある、シンプルな鉄の椅子だ。

一段低い位置にあり、その存在は玉座の輝きで霞《かす》んで見えた。

玉座に触れてはいけません。

決して粗末ではないが、何の変哲もない椅子。

そこに腰を下ろしたユアンは、式場に入る前に何度も確認されたことを思い出して静かに息を吐いた。

お前が何者であるのか。

ここに来てまで現実を突きつけられて、虚しい気持ちしか湧いてこなかった。

何もしなかったわけではない。

何度も自分の運命から逃げようと試みた。

それでも、結局この場所まで来てしまった。

神の悪戯《いたずら》か。

運命を変えろと選ばれたのだとしたら、なぜそれが自分だったのか。

他の誰かであれば、むざむざとこの椅子に座ることなどなく、もっと別の人生を歩んでいたのかもしれない。

前の人生については、もうほとんど思い出せないけれど、自分が選ばれてユアンとしてこの世界に生まれたからには、何か意味があるはずだ。

そう思って足掻いてきたのに、何一つ変わることなく、道を外れようとしても引き戻されてしまった。

「皇帝陛下、万歳」

皇帝の姿が見えると、誰もが一斉に立ち上がり胸に手を当てた。

ユアンも他の者と同じように椅子の前に立ち、胸に手を当てて顔を上げた。

その人は煌《きら》びやかな純白のドレスに、背丈よりも長い真っ赤なマントを着けて、頭には一等星と呼ばれる大きなダイヤをあしらった王冠を載せていた。

帝国の新しい女帝、リリア・ブライト・アイアン。

皇帝としての即位の儀はすでに済ませていた。彼女がこの場所に来たのは他でもない。即位と同じくして予定されていた婚姻の儀を執り行うためだ。

女帝の結婚相手となる男は、帝国第一の権力を持つ貴族、ゼノン公爵家の三男、ユアン・ブルックリン・ゼノン。

そう、それは、玉座の隣に座る男。

つまり自分だ。

ユアンはゆっくりと近づいてくる女帝の姿を見ながら、自身の未来について考えていた。

この後の自分の運命が、ユアンには手に取るように分かる。

なぜなら、この世界は自分が前世で読んだ、小説の世界だからだ。

ゆっくりと階段を上がり、玉座に着いたその姿を、ユアンは目を逸らすことなく見つめ続けた。

女帝リリアは夫になるユアンのことを一瞥《いちべつ》することもなく、真っ直ぐ前を見据えていた。

繊細な技術を持って作られた、人形のように整った美しい横顔。

金色の瞳が見つめる先に何があるのか、ユアンにはとても理解できそうにない。

どんな思いで座っているか、一切の感情が消えた顔からは、何も読み取ることができなかった。

「これより、アイアン帝国の新たな星となった、リリア皇帝陛下と、ゼノン公爵家三男ユアンの婚姻の儀を始める」

この一言から、物語は始まる。

ユアンは絶望を胸に抱きながら、救いを求めるように、物語の主人公であるリリアの姿を見つめていたが、その向こうに自分の未来が見えてしまい、悲しげに目を伏せた。


ユアンはアイアン帝国で一番権力を持つとされる、ゼノン公爵の三男として生を受けた。

二人の兄がいるが、兄達と違いユアンは本妻の子供ではなく、外にできた子であった。公爵家の血筋だからと、生後間も無く母親から引き離されて、公爵家に引き取られた。

　母親がどんな人であったかは、教えてもらえなかった。

　ただ、多額の金をもらい喜んで領地から出て行ったと、酒を飲んで酔った公爵から一度だけ聞かされた。

　仕事と遊びに忙しい公爵は、あまり邸《やしき》には戻らず、顔を合わせることはほとんどなく、代わりにユアンを待っていたのは、継母と兄達との暮らしだった。

　それはとても公爵家の息子とは思えない暮らしで、粗末な部屋と衣服を与えられて、日々の食事は残飯のようなものだった。

　家名を汚さないためと教育だけは受けられたが、継母はユアンをいない者として扱い、兄達には徹底的にいじめられた。

　ある時、川で溺《おぼ》れたユアンは、運良く自力で川岸に流れ着いて一命を取り留めたが、その時の衝撃で自分の前世の記憶を思い出した。

　かつては、全く違う世界で生きていた。

　そこは、今の世界よりももっと進んだ文明と社会があり、その世界で別の人間として生きていたのだ。

　前世ではどんな人間で、何をしていたかは、ぼんやりとしか思い出すことができない。

　恐らく事故のようなものに遭って、そこからの記憶がない。

　そんな自分が唯一ハッキリと覚えているのが、図書館で見つけた小説だ。

　偶然手に取って、読み始めたら止まらなくなり、最後まで読んでしまった。

　なぜかその小説の内容だけが、鮮明な記憶となって頭に残っていた。

　そしてその内容を思い出したら、今いるこの世界の国の名前や、人の名前が、カッチリと当てはまったのに気がついた。

　自分の名が、ユアン・ブルックリン・ゼノンであることにも気がついたら、もうどういうことなのか嫌でも分かってしまった。

　その名前は、読んでいた小説の中の登場人物として、はっきりと覚えていたからだ。

　異世界の人間に生まれ変わる。

つまり、小説の中の登場人物として、転生してしまったのだと気がついた。

今ある少ない情報でも、何もかもが当てはまり、信じられないと思ったが、これはもう間違いないのだと、理解するしかなかった。

『女帝リリアの秘密』

小説はまず、主人公のアイアン帝国皇女のリリアが、皇帝として即位し、結婚するところから話が始まる。

リリアの半生を紐解きながら、宮殿内の陰謀や争いをくぐり抜け、リリアが本当の皇帝として歩み出すまでが物語になっていた。

ユアンは川で溺《おぼ》れた時、命は助かったが、その後しばらく体調を崩して高熱にうなされた。

熱が下がってくるとともに、ようやくベッドの上で、自分自身が置かれた状況を理解したユアンは頭を抱えた。

ユアン・ブルックリン・ゼノンといえば、主人公のリリアの夫となり、隣に立っているだけの存在感のない男。

剣や知に秀でているわけでもなく、見た目だけで選ばれたお飾りだと呼ばれて、なかなか世継ぎができないとなると、種無しや、見せかけだけの役立たずとバカにされた。

その内情は、公爵家が力を強めようと送り込んだ駒で、目的は皇帝にゼノン家の血が入った子を産ませること。

子を産ませたら、皇帝を毒殺するように指示を受けていた。

小説でユアンは皇帝にことごとく嫌われていて、あの手この手を使って取り入ろうとするが失敗し、しまいには無理やり襲ってしまうがそれも失敗。

後に起こる反乱に巻き込まれて幽閉され、最後は牢獄で孤独に命を落とすという、何とも言えない残念な人だ。

小説を読んだ時、ユアンという男は、全く良いところがなく、最後もひどいなと思ったことは確かだった。

あまり描かれていない境遇と、お飾りとバカにされ、暴行に毒殺未遂で牢獄送り、何をしても上手くいくことのない運命が、何だか不憫《ふびん》で可哀想に思えた。

だからといってユアンになりたかったわけでもなく、こんな悲劇の人物に転生して、自分にどうしろというのかと、神に向かって嘆いた。

ユアンはひたすら落ち込んで、暗くなっていたが、徐々にこれはチャンスなのではと思い直した。

この先を知っているということは、フラグを折って別の人生を送ることができるのではないかと。

神もきっと、このユアンという人物を不憫に思い、別の魂を呼び寄せて、人生をやり直すチャンスを与えてくれたのかもしれないと考えた。

転生をテーマにした作品は前世で読んだことがあった。

詳しい内容は覚えていないが、決められた運命から逃れようと主人公達は色々な選択をする。

自分自身も、気が付いたのが子供時代だったが救いだったので、まずは定石通りに周囲の人間関係を変えようと試みた。

自分が変われば、きっと周りも温かくなってくれる。

そうすれば駒に使われることなく、公爵家の令息として一生平穏に生きられるのではないかと考えた。

そう信じて、父親や継母である公爵夫人、二人の兄へ、積極的に話しかけて対話を試みた。

ところが悪役というやつは、根っこからもう悪として作られているのか、全く反応が変わらなかった。

愛想良くしてみたり、お世話をしますと動いたり、ひたすら頭を下げてみたりと色々と手を尽くしたが、父親にはバカにされて、継母はひたすら無視で、兄達はもっと面白がってひどいことをしてきた。

結局何一つ関係は改善できず、ただボロボロになって撃沈するという、不甲斐ない結果に終わってしまった。

それならばと、今度は逃走することにした。

邸にある金目の物を少しずつ盗んで逃走資金として確保し、外での生活に困らないように準備を始めた。

しかしまず、このこっそり盗んだ貴金属や宝石を、自分の部屋に隠していたら、使用人に発見されてバレてしまう。

すぐに没収されてキツい罰を受けたが、しばらく大人しくしてまた隠し場所を変えた。

しかしそれもバレてしまい、もっと奥まった寂れた部屋に入れられた。

　こうなったら自力で逃げ出して、一からやるしかないと、今度は機会があったら即逃走することにした。

　タイミングを待って、何も持たずに逃走したが、塀をよじ登っているところで、公爵家の騎士に見つかって確保されてしまった。

　その後も何度か逃走を試みたが、持ち前の体力の無さと運動能力の低さで、すぐに捕らえられてしまい、ついには監視役の騎士を四六時中側に置かれ、部屋へ閉じ込められることになってしまった。

　この頃にはもう公爵は、頭の中で対立関係である皇家にどうやって影響力を強めていくか構想を練っていた。

　ユアンはその駒として動くことが決められていたので、もちろん逃走するなんて許されなかった。

　その構想は現実として動き出した。

　ユアンが試行錯誤して運命から逃げようと足掻き、それが全部失敗に終わった頃に、皇女であるリリアの婚約者になったと告げられた。

　ユアンの生きる道は、ついに公爵によって決定されてしまった。

　小説と違うのは、小説のユアンは女遊びが激しくて、婚約者として恥になると公爵に邸へ閉じ込められた。

　今のユアンは女遊びこそしなかったが、逃走癖があるとされて、邸へ閉じ込められるという状態になり、気がつけば小説と同じ道を辿《たど》っていた。

　こんなことは受け入れられないと、その後も何度も逃走を繰り返すが失敗。

　気がつけば何年も経ち、現皇帝が崩御して、小説が始まる舞台となる即位式と結婚式が執り行われる段階まで来てしまった。

　ついに、本格的にヤバいことになったと、ユアンは閉じ込められている部屋で膝を抱えて泣いた。

　このまま女帝リリアと結婚すれば、待っているのは悲劇の最期しかない。

　小説とは違う行動をとって、リリアと良い関係を築いて良き夫として幸せな夫婦になる、なんてことは不可能だ。

　悲しいかな、どんなに努力してもそんな未来はやってこない。

なぜなら、それは女帝リリアの秘密というタイトルそのものに関わってくる話だからだ。


リリアの秘密。

それは、皇女が優先して皇位を継ぐことができるこの帝国で、皇帝になるためにリリアは女として育てられた男だったのだ。

パーティーで運命の相手であるヒロインと再会して、内乱によって地位を確固たるものとした後、ヒロインと結ばれるという結末だ。

お飾り夫のユアンには、皇帝との未来などなかった。

第一章

「お前には失望した」

上質なモルカ木で作られた執務机は、叩くと腹に響く低い音がする。

ゼノン公爵はどっかりと椅子に座り、指先でコツコツとその音を響かせながら、机の前に立っているユアンを睨《にら》みつけた。

ユアンは返す言葉がなく、唇を震わせながら公爵の手元を見ていた。

「裸の女を二人も前にして、何もできないとは、男として恥ずかしくないのか？」

「…………」

「いいか？　次にもし失敗したら、不能だと噂《うわさ》が流れるかもしれない。そんなことになったら一大事だ。できなければ、用意した女は殺すことにするからな」

「そっ……そんな！」

「黙れ！　何とか皇女の婚約者の座を手に入れたんだ。剣もできなければ頭も悪い、お前には顔だけしかないんだぞ。それで女がまともに抱けないなんてことになったら、計画は丸潰れだ！」

ドンっ！　と大きな音を立てて、公爵は机を叩いた。

その音と剣幕に怯えたユアンは、背中を丸めて身を縮こまらせた。

「分かったなら出ていけ！　部屋で大人しくしていろ！　顔も見たくない！」

怒鳴られてもっと心臓が縮む思いになり、ユアンは執務室から逃げるように廊下へ出た。

もっと怒られないように、静かにドアを閉めたら、ため息が漏れてしまう。

昨晩寝ていると、誰かが部屋に入ってきた気配がした。

名前を呼ばれて体を起こすと、そこには何も身につけていない若い女性が二人立っていた。

皇帝がそろそろ危ないらしいと、噂が流れ始めたのは、ユアンが十九の歳を迎えたこの年の初め頃だった。

小説から逃れるための様々な作戦に失敗して、邸に閉じ込められて生活していたユアンだったが、ついにその時が来たのだと愕然とした。

しかし、自らの運命を嘆いてばかりはいられなかった。

父親であるゼノン公爵は、ユアンを駒として使うため本格的に動き出したのだ。

もともと皇帝の心を摑むためにと、ユアンは定期的に女性と会わされていた。

何しろ小説のユアンとは違い、転生者のユアンは隙あらば逃げることばかり考えていたので、公爵は思い通りにいかないユアンへ苛立っていた。

ユアンは父親の駒になどなりたくないし、そもそも皇帝は、本当は男であると知っているので、女性に気に入られる話術や、閨《ねや》での女性の喜ばせ方などを学んでも全く意味がないと思っていた。

だからいつも女性といる時間は、適当にお茶を飲んで、黙って時間が過ぎるのを待っていたが、いよいよ業を煮やした公爵が、裸にした女性を部屋に入れてきたのだ。

大丈夫、気持ち良くなるからと、肌に触れてくる女性の手を振り払って、布団をかぶって出てこなかった。

思い通りになんてなりたくないと、抵抗したつもりだったが、もうそんなことを考えている場合ではないらしい。

ユアンが自分以外の命に対して無視できないことを、この親子はみんな分かっている。子供の頃の苦い記憶を思い出して、ユアンは唇を噛《か》んだ。

自分が傷つけられるのはもう慣れたが、女性の命まで奪うと言われたら、抵抗できなくなってしまった。

こんな風に目的のために他人の体を弄んでいいのか。

ユアンは悔しくて、強く手を握り込んだ。

執務室の前で下を向いているユアンの視界に、二つの影が入ってきた。

「用が終わったら、早くしてもらえませんかね?」

冷たい声色に顔を上げると、廊下で待機していた公爵家の騎士が二人立っていた。

表向きは皇族の婚約者ユアンの専属護衛だが、実際は邸に閉じ込めるための監視役だ。

この邸で騎士も使用人も、ユアンに対してまともな対応をする者などいない。

冷遇されている三男に優しくしても、何の利益もないからだ。

もちろん、彼らを味方につけようという作戦もあったが、ずいぶん昔に諦めた。

過去には優しくしてくれた使用人もいたが、それが見つかるとすぐに解雇されてしまった。

そんなことを繰り返したくないと、距離を置くようにしてから、ユアンの味方は一人もいなくなった。

騎士達はユアンを部屋まで送り届けたら、交代で部屋の前に立つことになっている。

ユアンの部屋の窓には鉄格子がはめられていて、魔法でも使えなければ、脱出は不可能だ。

残念ながらこの世界、特別な力を持っているのは皇族の人間だけだ。

「もったいねーよな。代わって欲しいくらいだぜ」

「裸の美女を前にして何もしないなんて、もしかしてアレが付いてないんですか?」

昨夜の出来事はとっくに邸中の人間が知っていた。

ケラケラと嘲《あざけ》るような笑い声が背中から聞こえてきて、ユアンはぎゅっと目をつぶった。

「もしかして、坊ちゃん。ソッチですか？」

早く部屋の中へ入ろうとドアに手をかけたところで、耳元から声が聞こえてきて、ゾワっと鳥肌が立った。

もう一人の騎士が、やめろよと笑いながら止めてきた。

「可愛がってあげますよ。坊ちゃん、顔だけはお綺麗《きれい》ですから」

耳につく嫌な声が聞こえて、ざらりと尻を撫《な》でられた。

息を吞《の》んだユアンは一瞬体を硬直させたが、すぐに振り返って騎士の男を睨みつけた後、急いで部屋に入りドアを閉めた。


ドアの外から乾いた笑い声が聞こえてきた。

ユアンは息を吐いた後、腕を抱えて床に崩れ落ちた。

もう何度もこんな目に遭っている。

これくらい何ともない。

胃がキリキリと痛んだが、膝を抱えてその痛みに耐えた。

存在感のない、何をやってもダメな夫。

そんな印象だったユアンが、こんな辛い環境を経て、あの場所にいたのかと思うとため息しか出ない。

皇帝と結婚して宮殿で暮らせば、未来は暗いが、ここよりはまだ静かにいられるかもしれない。もちろん、牢獄に入れられるまでの話だが。

ユアンはもう半分諦めて、残された時間をどう過ごせばいいのかと思い始めていた。

この人生で一度も心から笑ったことがなかった。死ぬまでの間に、一時でも心が安らげるような時間が欲しい。

視界に広がる机とベッドだけの粗末な部屋は、薄暗くて埃っぽい臭いが立ち込めている。

誰もいない色褪せた部屋を眺めながら、どうすればいいんだとユアンは一人虚しく呟いた。


ユアンが前世で覚えているのは、恐らく今と同じくらいの年齢で死んでしまったのではないかということ。ごく普通の大学生で、恋愛をして彼女もいた。

一通りの経験はしているので、ユアンとなって年頃を迎えたら、わずかながら性欲はあった。やれと言われたら、できないことはない。

公爵が用意した女性は、裸であっても明らかに慣れた様子から、恐らく娼婦のような職業の女性だと思った。

ゼノン公爵家の力であれば、娼婦の一人や二人消えても、何の問題はないということだろう。公爵の思い通りになるのは悔しいのだが、命がかかっているなら我慢しなくてはいけない。

その夜、覚悟を決めてベッドの上で女性を待っていたユアンだったが、現れたのはまだ少女といっていいくらいの女の子だった。

ベッドの横に立った女の子はひどく怯えていて、ガタガタと震えていた。

ユアンは大きくため息をついた。

前回手を出さなかったのは、性に慣れたプロの女性であったからだと公爵は考えたのだろう。余計な気を回されて、今度は何も知らない生娘《きむすめ》を用意されたというわけだ。

ユアンは公爵の考えに吐き気がして、胸を押さえて頭を垂れる。

しばらくして落ち着いたら、女の子を椅子に座らせて話を聞いた。

領地の貧民街に住む子で、体の弱い弟や妹の薬代を稼ぐために、ここへ来たと小さい声で教えてくれた。両親の前で金が入った袋を見せられて、欲しければ付いてこいと言われたそうだ。両親は袋を受け取って泣いていたと聞き、胸が苦しくなった。

ユアンは女の子に痛いと言って、泣き真似をするように指示を出し、大きな声を上げさせた。

その間に自らの腕に歯を立てて傷を付け、流れ出た血をベッドに落とす。

女の子には何か聞かれたら、とにかく泣いて、怖かった痛かったとだけ話すように伝えた。

逃走資金として密かに床下に隠していた金貨を取り出したユアンは、誰にも見られないようにと言って、女の子のポケットに入れた。

子殺しは帝国において重罪になるため、いくら公爵といえど、大事な時にこんなところで危ない橋を渡るはずがない。

部屋を出た女の子が、邸の門から出て行くところまで見守り、ユアンは体の力が抜けてベッドに倒れ込んだ。

金貨はこの生活において、最後の希望だった。

金庫室の近くで偶然見つけたもので、恐らく運ぶ途中で落ちたものだと思われる。

いつか逃亡に成功したら、あの金貨を使って幸せになるんだと、時々取り出しては眺めて、心の支えとして生きてきた。

その金貨をユアンは少女に渡してしまった。

少女の話を聞いて、可哀想だと思ったからだ。

それにこのままだと未来のない自分よりも、家族を助けようとした勇気のある少女が、あの金貨を持つべきだと思った。

「……全部、なくなっちゃったな」

ユアンは自分の手を天井に向け伸ばして、大きく開いてから、空気を摑むようにして手を握り込んだ。

自ら最後まで握っていたロープを離してしまった気持ちだ。

ベッドから見上げた窓から、月は見えない。

ただ少しだけ、月明かりの残りが窓枠を照らしていた。

今にも消えてしまいそうな微かな光に向かって、ユアンは虚しく笑った。

翌日、執務室に呼ばれると、予想通り公爵はご機嫌だった。

部屋の前にいた騎士や、掃除をした使用人から、女の子を抱いたようだという報告があったのだろう。

よくやったな、これで懸念は一つ減ったと言って肩を叩かれた。ようやく自分の野望を果たすことができると、ニヤニヤと笑う口元が物語っていた。

そしてその日の午後、ついに皇帝が崩御したという知らせが帝国中に広まった。

貴族は全員参加の大規模な葬儀や、それに続く儀式が一ヶ月間かけて行われ、いよいよ新皇帝が誕生する。

新皇帝はもちろんこの帝国の皇女で、小説の主人公であるリリアというわけだ。

いよいよもう、どこにも逃げられないところまで来てしまった。

慌ただしく動き出す邸内の人間達の気配を感じながら、ユアンは自室に閉じ込められたまま、足に絡みついた運命の冷たさに、一人震えていた。

アイアン帝国。

大昔、フィルハウンド大陸全土を巻き込んだ大戦争の後に誕生した大国で、頂点に君臨する皇帝とその一族は、世界を創生したとされる古龍の血を継いでいる。

古龍達はすでに滅びたが、人智を超える特別な力は受け継がれており、中でも特に女子の力が強いとされている。かつて、弱った龍を助けた少女がいて、女子が特別な祝福を受けたとされる伝説がある。

そのため、伝統的に皇帝になるのは皇女が優先された。

現皇帝であったファウストは、政《まつりごと》に関しては安定した治世を築いたが、無類の女好きであった。美女がいると聞けば呼び寄せて、好き勝手に遊び、飽きたら次の美女へと向かった。

皇后は小国の王女だったが、体が弱かったために子を産めず、夫の女遊びに病んで自国に帰ってしまった。

歯止めがなくなってからはもっとやりたい放題で、皇帝はたくさんの美女を侍らせるようになった。

女達は次々と子を産んで、そのうち十七人の子が皇帝の子と認められた。

十五人目まで男子ばかり続いた頃、十六番目の子を身籠《みご》った女は早くから命の危険を感じていた。

皇帝の子を産んだ女は、妃とは認められなかったが、特別な身分を与えられて、宮殿内で暮らしていた。

しかし、そこは生き残りをかけた血で血を洗う恐ろしい場所だった。

何しろ子は全員男で、このままだと誰が皇帝になるのか分からない。

子が男だけの場合、一番優秀な者としか定められていないので、つまりそれは生き残った者、ということを指す。

すでに何人か皇子とその母親が暗殺されていて、一番身分が低い家の出だった女は後ろ盾もなく、無事に子が産まれたとしてもいつ殺されるか分からないと悟った。

とくに男を産んだ場合は最悪だ。

もうこれ以上皇子は必要ないと、十五番目の子を産んだ女が皇帝の怒りを買って、出産後すぐに宮殿を追われて外で死んだと聞かされた。

皇帝は遊び終えた女に興味を持たないので、慈悲は期待できない。

次は自分の番だと女は震え上がった。しかし考え方を変えたら、子が女であればこの最悪な状況を覆せる。

それが唯一の生き残りの方法だと考えた。

皇女を産めば、身分が低くとも妃と認められて、自分だけの宮を与えられる。

厳重な警備で守られて、命が危険にさらされる心配がない。

そう、女であればいいのだ。

もしこの計画がバレたら一巻の終わり。

しかしこのままだと死ぬ確率の方が高く、女はもしお腹の子が男なら、それに賭けるしかないと考えた。

こうして覚悟を決めた女は、その年の暮れに十六番目の子を産んだ。

子は、男の子であった。

女と一部の協力者のみが知る、命を賭けた秘密が始まった。


「背筋は真っ直ぐ伸ばして。そうです、指先まで意識して、足の運びに気をつけて」

教師がパンパンと手を叩く音を聞いて、ユアンは足を止めた。

「美しいですね、完璧です」

「……ありがとうございます」

皇帝の崩御からまだ日も浅いが、ユアンにはすぐに皇配《こうはい》として、連日のレッスンが待っていた。といっても婚約者に決まってから、基本的な訓練は日々受けさせられていたので、特別なことはほとんどない。

日常の動作やダンス、相応しい話し方や教養。お飾りとしてのユアンは、悲しいかなその素質があるらしく、ほぼ完璧にこなしていた。

「こんなに美しい所作ができるのに、どうしていつも俯いて背を丸めているのですか？」

最近派遣されたばかりの事情を知らない教師が、不思議そうに尋ねてきたので、ユアンは自信がなくてと言って曖昧《あいまい》にごまかした。

「もったいないですよ。私からしたらどう自信がないのか分かりませんね。鏡を見てください、こうやって顔を上げて背を伸ばすと、一級品の彫刻のようですよ」

公爵家のレッスン室で、姿見に映る自分を見て、ユアンは苦い気持ちになった。

お飾り、ユアンはそう呼ばれるに相応しい容姿をしていた。

白磁《はくじ》を思わせる白い肌に、白に近い金髪、淡いブルーの瞳は、サファイアのようだと称された。

整った顔立ちは、勇ましいというより甘く、柔らかな印象を受ける。

少し垂れ気味の目元がいっそう甘くさせて、目尻にある黒子《ほくろ》が妙な庇護欲を誘った。

ひとたび微笑めば、女性は頬を赤くしてため息を漏らすと小説では書かれていた。

鏡に映るユアンは、長い手足で細身のコートがよく似合っていた。

凛とした佇《たたず》まいのユアンに、思わず目を奪われてしまうと教師は称賛の言葉を贈ったが、ユアンとしては全く希望の持てない未来を前にして、自分の外見などどうでもよかった。


レッスン室を出て廊下を歩いていると、嫌な視線を感じてユアンは足を止めた。

開いた部屋の中から突き刺さるような視線を感じて、恐らくそうだろうと思いながら顔を上げた。

「よう、ユアン。今度は泣かないで真面目にレッスンを受けているらしいな」

「頼みますよ。このままだとゼノン家の恥晒しになります。結婚なんて嫌だから逃げ出すなんてことはできませんからね」

長男のマルコ、次男のスペンス。

性格の悪い二人の兄は、大きくなっても少しも変わらなかった。

本妻の子である彼らは、ユアンを使用人のように扱い、時にはひどくいじめることもあった。ユアンが前世を思い出してからは、どうにか仲良くなり味方になってもらおうとしたが、何をしても改善しなかった。

マルコは剣の腕に優れていて、国の騎士団に入り、嫡男として着々と地位を築いている。スペンスは幼い頃から教師を唸らすほどの天才と呼ばれて、国の要職に就いている。

この兄二人の下に生まれたユアンは、常に比べられ劣っていると言われて苦しめられた。

話をすることすら億劫で苦痛に感じるが、そんな優秀な彼らも、小説では悲劇の最期を遂げる。それを思うと、嫌な胸の痛みも少しは和らいだ。

「ご心配いただきありがとうございます。お父様の期待に応えるようにするつもりです」

父親を引き合いに出しておけば、うるさく言われることはない。

二人はまだ何か言いたそうだったが、適当に頭を下げてユアンは歩き出した。

彼らにはもう何も期待しないし、関わりたくもない。

廊下の端までくると、監視役の騎士が慌てて追いかけてきたが、下を向いたままユアンは歩き続けた。

自らの運命を悲しむ暇などない。

皇帝の即位の儀式と同じくして、婚姻の儀式も行なわれる予定だ。

帝国民が喪に服す一ヶ月は、みんな外出を控えて、集会やパーティーの類いも一切禁止となる。

そんな中、ユアンは準備のために落ち着いている暇などなかった。

レッスンの後は、衣装選びで時間を取られて、様々な香油を使い隅々まで磨《みが》かれた。

結婚式までの準備をまるで人形のようになりながら、ユアンは全てを言われるままに大人しくこなした。

公爵が家に戻れば、次に待っているのは駒としてのレッスンだった。

小説では自分の意思で動いているかのように書かれていたが、全て公爵の計画のもとでユアンは細かく指示を受けていた。

ゼノン公爵は商売として領地で様々な薬草を生産していたが、密かに毒薬の製造と研究を進めていた。

無味無臭、遅効性、公爵が求める条件に合う毒薬はすでに開発されていた。

問題は古龍の力を持つ皇族に効くのかというところだったが、過去に皇子が毒殺されたこともあるので、長期的に使用すれば効果があるだろうとされた。

公爵の指示は、笑ってしまうくらい小説の中でユアンがとった行動そのものだった。

まずは皇帝に接近して心を奪う。

早々にベッドを共にして、子作りに励むこと。

皇帝に子が生まれたら、それが男でも女でもゼノン家の血が入ってさえいればいい。

その頃から毒薬を使い、数年単位で皇帝の食事に少しずつ混ぜていく。

やがて皇帝が毒に侵されて亡くなったら、他の皇兄弟達が命を狙ったという陰謀説を広める。

政局が混乱する中、影響力のあるゼノン家が出てきて、事態の収拾を図る。

子を次期皇帝として、成人まではユアンが皇帝の代理を務める流れに持っていく。

それは実質、ユアンの後ろにいるゼノン家が帝国を動かすことになるといってもいい。

皇兄弟達に対しては、皇帝の毒殺疑惑を強めて、やがて反対派諸共粛清する。

幼い皇帝をコントロールし、国の支配をも目論んでいるというわけだ。

ゼノン家は建国から続く高貴なる血筋であるが、古龍の力がない故に、皇族として認められなかった長い歴史があるらしい。


その悲願といってもいいものが、やっと叶えられる機会だということだ。

長子は騎士団に、次子は政府に入り込んでいて、力を強めている。

ユアンに対しても幼い頃から、徹底的に洗脳を行った。

ユアンが武にも知にも期待できないと分かると、外見を利用して皇帝に近づけることを考えた。

ユアンを婚約者にするために公爵が動き出すと、政治的には反対の立場であるが、ゼノン家の影響力を考えたら、皇室も仕方なくユアンを婚約者にするしかなかった。

小説のユアンは反発して女遊びや酒に賭博に溺れたが、連れ戻され再び洗脳されて、公爵の駒となり動くことを選ぶ。

今のユアンは、前世の記憶のおかげで洗脳こそ免れたが、結局事態は似たようなものになってしまった。

皇帝崩御から一週間。

冷たい雨が降り続く中、帝国内の貴族が全員参加する大葬儀が行われた。

宮殿前にはたくさんの馬車が並び、黒衣に身を包んだたくさんの参列者が詰めよせた。

ゼノン家の馬車が止まり、公爵と兄達が颯爽《さっそう》と外へ出ると、人々の視線が集まった。

最後にユアンが馬車を降りると、人々の視線は一斉にユアンへ向かった。

パーティーの類いに滅多に参加することがなく、次期皇帝の婚約者に選ばれたはずなのに、誰もその存在を知らない。ゼノン家の三男は死んでいるのではないかと噂されたほどだった。そんな男がやっと公の場に姿を現したとなると、注目されるのは当たり前だろう。

ユアンはいつものように背を丸めて、俯きながら歩いた。

こんなにたくさんの人がいるのに、誰一人自分の味方になってくれる人はいない。

惨めに思いながら、下を向いて人々の視線から逃れるように宮殿へ入った。

間もなく皇族の仲間入りをするユアンは、ゼノン家の席には座らずに、外国からの貴賓席の横に座らされた。

皇帝の棺を囲んで人々が集まる中、最後に皇族が式場に入ってきて、棺の前の席を埋めた。

全員が口を閉じて静かに待つ中、国歌が演奏されると、みんな胸に手を当てて椅子から立ち上がった。

音楽が止まるとコツコツと靴音が式場に鳴り響き、それが棺の前でピタリと止まったのが分かった。

本来は声が聞こえるまで顔を下に向けて、決して上げてはいけないと言われているが、感じたことのない気配に、ユアンはそっと顔を上げた。

そこには悠然たる佇まいで、何かを考えるようにじっと棺を見つめる人の姿があった。

五年前、公爵の計画によって結ばれた婚約。

本人達の意思や気持ちのようなものは一切なく、それを象徴するように、婚約が結ばれても一度も会う機会など設けられることはなかった。

誰もが頭を垂《た》れてしんと静まり返る中、ユアンは一人顔を上げて、棺を見つめる物語の主人公であるリリアの姿を見ていた。

背丈はユアンと同じくらい。

黒い長衣を纏《まと》っているので、その体つきはよく分からない。
色白の肌に艶《つや》のある長い黒髪を丁寧に結い上げてい
る。
意志の強そうなキリッとした眉に、ハッキリとして
印象的な目元には、古龍の血を引く証である金色の瞳
が浮かんでいる。
高い鼻と口元は形よくしっかりと結ばれているよう
に見える。
小説の通り、女性として見ても違和感はないが、ど
ちらかというと、人とは違う神聖な生き物のような美
しさがあった。
一度見たら忘れられない。
それくらい強烈な印象のある、美しい人だった。
葬儀の会場に多くの人が集まる中、まるで二人だけ
の空間のようにユアンは感じてしまった。
恐らくそう感じているのはユアンだけ。
リリアの方は、ユアンの視線など全く気にする様子
もなく、ただ棺だけを弓を射るような強さで見つめて
いた。

「挨拶《あいさつ》は日に一度。形式的なものですから、会話をす
る必要はありません。廊下ですれ違った際は端に寄っ
て頭を下げて、こちらから話しかけてはいけません」
ユアンは話を聞きながら、早口でよく動く口元を見
ていた。
自分はこの人の半分も喋《しゃべ》ったことはないなと思って
いたら、ついに聞いていますかと話しかけられてしま
った。
「え？」
「大事なことですから、ちゃんと聞いていただかない
と。困るのはユアン様ですよ」
うわの空でひどい顔をしていたからか、訝《いぶか》しむよう
な目で見られてしまい、ユアンは慌てて姿勢を正した。
「これは、失礼しました。キルシュ卿、どうぞ続けて
ください」
長い前髪をかき上げて、フゥっと息を吐いたのはリ
リアの側近であるキルシュという男だ。
彼は小説にも登場する人物で、リリアの幼馴染みで
もある。

彼はリリアの秘密を知っていて、様々な困難に一緒に立ち向かい、今後を支えていくリリアの腹心の友であり部下だ。

派手な赤い髪が特徴的な、勇ましくて男らしい顔立ちで、しっかりした筋肉のついた体つきをしている。

剣の腕も一流で、小説では一人で何十人という相手をバタバタと倒していた。

今日彼がゼノン家の邸を訪れたのは、宮殿内での過ごし方や、リリアについての注意事項を伝えるためだ。

大葬儀が終わり、今度はいよいよ即位式と結婚式を来週に控えての最終的な確認に入ったということだ。

「婚姻後は、様々なパーティーの予定が入っております。基本的には陛下と、時にはお一人で参加していただくこともあります。陛下と参加する時は、横に控えて目立たないように」

「あの……、陛下とのダンスは？」

ずっと黙っていて聞き役だったのが、突然声を上げたからか、キルシュは片眉を上げて少し驚いたような表情になった。

「それに関してはご存知とは思いますが、陛下は他人との接触を嫌われております。幼少期に誘拐にあったことがキッカケでそれ以来、決まった人間しか側に置きません。ダンスは必要とあればされるとは思いますが、ご自分からはお誘いにならないようにお願いします」

ユアンは分かりましたと言って頷《うなず》いた。

これも小説の通りだった。

リリアは生まれてすぐ、周囲の目を欺《あざむ》くために女児の赤子とすり替えられた。

疑念の目を持たれなくなってから、誘拐騒動を起こして、今度はリリアが宮殿に戻った。誘拐のショックから人嫌いになり、決まった人物のみ側に置いて、他人との接触を控えるようになった、そういう筋書きだった。

もちろんそれは、男だとバレない為の演出であるのだが、夫となったユアンにもバレないようにと、続けられるようだ。

ユアンは全部分かっているが、知らないふりをして大人しく受け入れた。

ユアンは良くも悪くも普通の人間であった。

もう少し頭が回れば、秘密を知っていることを利用して立ち回って、公爵家の策略を利用することも考えられたかもしれない。

しかしユアンの頭では、どう考えても良い案は思いつかなくて、単純に逃げることしかできなかった。

そして結果、どうにもならなくて、シナリオ通り進んでいる現実に打ちのめされている。

「それから、初夜についてですが、これも同様です。世継ぎを作るのは大事な使命ではありますが、陛下のお心が整ってからではないといけませんので、勝手に寝所に入るなどということは、くれぐれもしませんようにに」

「は……はい」

これも小説と同じ流れだ。

皇帝の夫、皇配になったとしても、ユアンに待っているのは、リリアに近づくことも許されない日々。

容姿に自信があったユアンはなんとか自分を売り込もうとするが、相手にしてもらえない。ゼノン家からは、まだかまだかと背中を押されて、ついにキレてしまったユアンはリリアの寝所に潜り込み、リリアを押し倒すのだ。

そのまま犯そうとするのだが、声と物音に気がついたキルシュが部屋に飛び込んできて、首に剣の刃を当てられる。

命こそ取られなかったが、これが決定的な亀裂となり、その後破滅の道へと繋がっていく。

どう考えても自分はそんなことはしないと思うのだが、目の前の男に刃を向けられるところを想像して、ぶるりと震えたユアンは首に手を当てた。

「ユアン様？　どうかされましたか？　顔色が……」

「なっ……なんでも、ちょっと……疲れがでたのかな」

恐ろしい未来を想像してしまい、ユアンが真っ青になっていると、キルシュに顔を覗《のぞ》き込まれてしまった。

慌てて椅子を引いたユアンは、大丈夫だと手を振ってごまかした。

「あ、あの、それで、お話を聞いていると、その……私は、結局、何もするなということでいいのでしょうか？」

「え？　……ええと……近いところであるかと」

ユアンは聞かずとも、そうだというのはもちろん承知していた。

ずっと恐れていた宮殿の暮らしであるのに、なぜだかこの時、ユアンは張り詰めたものが緩んだような、少しだけ楽な気持ちになる。

ゼノン家での日々は、周りは敵だらけで、次々と命令されて息つく暇もなく苦しかった。

それと変わらないのだとは思うのだが、いっそのこと何もするなと言われた方が気が楽に思えてしまった。

「そうですか。それを聞けて良かったです」

それがユアンの今の気持ちだった。

目立たず引っ込んでいろという内容に、ユアンがきっと怒るだろうとキルシュは思っていたのかもしれない。

ポカンと口を開けて、不思議そうな顔をしていた。

「陛下の邪魔になるようなことは、なるべくしないつもりです。今日は色々と親切に教えていただきありがとうございました」

たとえリリアを襲うことなく静かに過ごしていたとしても、ゼノン家の人間であるユアンは、いつかこの男に剣を向けられる運命なのだろう。

小説の流れは変えられなくても、今は彼を頼りにして、宮殿内の生活に慣れていかないといけないのは理解していた。

恐れてしまう気持ちをぐっと呑み込んで隠したユアンは、慣れない笑みを口元に浮かべてキルシュにお礼を言った。

どうにかリリアの機嫌を損ねないようにして、少しでも長く生きられる道を模索するしかない。

「いえ……そんな、こちらも仕事なので……」

「これからよろしくお願いします」

やけに素直で大人しいからか、キルシュはまだ不思議そうな顔でユアンを見ていた。

ユアンはそっと頭の中で、その日が来るまでと付け加えておいた。


宮殿に戻るキルシュを見送った後、ユアンは庭から邸の中に入った。

すると緩やかにカーブした階段の上から下りてくるゼノン公爵夫人に会ってしまった。

ユアンは普段あまり出歩かないので、ずいぶんと久しぶりに顔を見た気がした。

いつも通り、無視されるのだろうと思って立っていたら、ユアンを一瞥した夫人は珍しく口を開いてきた。

「ひどい顔ね。ますますあの女に似てきたわ」

本妻である夫人の立場を考えたら、自分が気に食わない子供であったことは間違いない。

だから今まで嫌味を言われても、黙って下を向いて耐えてきた。

今も同じく、母親の話をされても顔も分からないので静かに頭を下げた。

「夫は貴方の働きに期待しているようだけど、私はそうは思わない。貴方はゼノン家に不幸をもたらす子よ。きっと失敗するわ」

ユアンを使うことは、用意周到な公爵の一つの作戦に過ぎない。

逃走癖があり社交性に乏しいユアンが、皇帝を虜にするのは難しいだろうというのは、夫人でなくとも予想できた。二人の息子も同じ考えだろう。

「誤解しない方がいいわよ。皇配などとたいそうな身分になっても、お前はずっと変わらない。誰からも愛されず、一人寂しく死ぬことになる」

「……ご忠告肝に銘じておきます」

ドレスを翻《ひるがえ》して、夫人が去っていくのをユアンは動けずにそのまま見ていた。

夫人の言葉はユアンの未来そのものだ。

かつては夫人に気に入られようと、必死になった時もあった。

ユアンの母親は出て行ったとだけ聞かされて、消息は分からない。

夫人は夫の不貞に対する怒りの矛先を、夫にもユアンの母にも向けることができなくて、息子に向けたのだろう。

夫人にはさんざん冷たくされたが、あの寂しげな後ろ姿を見たら憎みきれなかった。

もしかしたら、ちゃんと夫人を見るのもこれで最後かもしれないと、ユアンは夫人の後ろ姿が消えるまでその場から動かなかった。

即位式と結婚式の三日前、いよいよゼノン邸を出て宮殿に向かうことになった。

宮殿から迎えの馬車が来て、ユアンは一人静かに乗り込んだ。

昨夜遅くまで公爵から繰り返し指示を受けた。

何時間にもわたって話を聞かされたので、ユアンはすっかり疲れ切っていた。

使用人達が勢揃いして頭を下げ見送ってくれたが、別れを惜しんでくれる人間など誰もいなかった。

公爵家の男子に見合うような、立派な服を着せられたが、少しも浮き立つような気持ちなどない。

馬車の窓から見える景色は色褪せていて、いっそう悲しい気持ちになる。

このまま消えてしまえばいいのにと思いながら、ユアンはそっと窓用のカーテンを閉めた。


大聖堂から盛大な音楽が鳴り響いて、続いて沸き起こった人々の拍手と歓声を、ユアンは窓辺に腰を下ろして聞いていた。

即位式は滞りなく行われているようだ。

皇配となるユアンに与えられたのは、サファイア宮という宮殿の一番端にある建物だった。

即位式に続いての結婚式となるので、準備のためにユアンは即位式へ参加ができなかった。

しかし準備といっても、本人は服を着て歩き方や立ち位置の確認くらいなので、忙しいのは周りだけだ。

早々にユアンの出番はなくなり、これから過ごす自室で時間が過ぎるのを待っていた。

ユアンが身につけているのは、帝国軍の司令官が儀式用に着る軍服だ。

上下黒、全体に派手な飾りはないが、肩に金の装飾が施されている。

剣なんてまともに握れない男が、軍服を着ているなんて、自分でも滑稽だと思い心の中で笑ってしまった。

「すみません、お待たせしてしまって。即位式が終わり次第、会場ごと移動になるのでまだ準備の手が足りていなくて」

ノックの音が聞こえて、いそいそと部屋に入ってきたのは、エルカという名の侍従になったばかりの少年だ。

くりくりとした大きな瞳でまるでリスのように可愛らしい顔をしている。

彼の赤い髪が誰かを連想させると思ったら、先日会ったリリアの部下であるキルシュの弟だと聞いて合点がいった。

厳つい男だったキルシュとは、正反対の小動物系の登場に少しだけ驚いた。

しかしよく思い出してみれば、エルカの名前こそ出なかったが、キルシュの協力者として弟がいるという話は小説にも出てきた。

始終厳しい目をしていたキルシュと違い、エルカは最初から親しみやすい笑顔で話しかけてきた。

無理やりねじ込んだ縁談のため、宮殿内に歓迎の空気はなかったが、彼だけは優しく接してくれたので少しだけ心が軽くなった。

「気にしないで。俺だけ何もしていないから、申し訳ないくらいなんだ。軽い荷物運びくらいなら手伝えるけど……」

「まさか、殿下にそのようなことはさせられません！　軽食をお持ちしましたので、ゆっくり召し上がってください」

困りますという顔で、お茶やお菓子をてきぱきと用意されてしまった。

自分が入ったら、大事な飾りでも壊してしまいそうだと思ったユアンは、大人しくお茶をいただくことにした。

「お口に合うといいんですけど」

「……んっ、とても美味しいよ。ありがとう」

素直にお礼を言うとエルカは嬉しそうにぽっと頬を赤らめた。

その可愛らしさに、心が温かくなった。

「……ミドランド様のことで、お心を痛めているのではないかと」

「……ああ、陛下の補佐官の……」

三日前、宮殿に到着したユアンを出迎えてくれたのが、リリアの補佐官を務めているミドランドという男だった。

キルシュがリリアの武力担当であったら、ミドランドは知力の担当であり、彼もまた、リリアの幼馴染みとして全てを知り、リリアのために力を尽くす忠臣だ。

リリアは自分の味方である者達を側近として育ててきた。彼らが後に起こる反乱を指揮して、リリアを真の皇帝として座に就かせるための立役者となる。

小説の中でのミドランドは、常に冷静沈着でリリアを支える強い男として描かれていた。登場人物の中でも、前世のユアンが心を惹かれた人物で、ぜひ会ってみたいと思っていたキャラクターだった。

実際のミドランドは、想像していた通りに理知的な雰囲気をまとった男だった。

スラリと背が高く、眼鏡が印象的な冷たいくらい整った容貌で、水色の長い髪を後ろで清潔に束ねていた。

ミドランドは古い慣習や規則に厳格らしく、家族の付き添いもなく一人で宮殿入りしたユアンに早速厳しい目を向けた。

おまけに誰の仕業か、指定された時刻まで間違ってしまったらしく大遅刻だった。

そして、持参品用の荷馬車を用意してもらったのだが、それが空っぽだったこともいけなかったらしい。

着いて早々、アレコレとダメ出しされて、ユアンの心はすっかり萎《しぼ》んでしまった。


「厳しい方なのですが、小さなことでも仕来りを守らないと、元老院からうるさく言われて、それが陛下のお立場に関わってくる場合もあるので……。女性であるからというだけで、皇帝に選ばれたことをよく思わない派閥も多く、まだ足元が盤石ではないのです」

「いや、それは……遅刻したうえに、持ち物まで不備があったなんて、こちらの責任だから。強く言われても仕方がない。宮殿入りしたからには、今度は粗相《そそう》がないように頑張るよ」

カップをソーサーの上に置いて、ユアンは力なく微笑んだ。

上手くやっていくしかない。

何もするなと言われても、最低限のことはやらなくてはいけない。その時に、リリアの足を引っ張るようなことをしたら、お飾りどころの話ではなくなってしまう。

「身の回りのことは、私が担当させていただくので、何かありましたら遠慮なく仰ってください。そうだ、ユアン殿下。婚礼の衣装がとてもお似合いです。息を呑むような美しさと言うのでしょうか。拝見させていただいてとても驚きでした」

　今まで誰一人何も言ってくれなかったが、エルカがユアンの服について触れてきた。

　お世辞が入っているのは分かっているが、目の前で褒めてもらえると、素直に嬉しかった。

「ありがとう。……陛下も、気に入ってくれるかな」

「そ……そう、ですね。きっと、お喜びになられるかと」

　可愛らしいエルカに意地悪をしたわけではないが、反応が気になってリリアのことを口にしてみた。

　思った通り、エルカの顔は一瞬曇って、無理やり引き出したような笑顔が返ってきた。

　どうやら、エルカは嘘《うそ》がつけないタイプのようだ。

　きっと自分のことなど、話題にすら出ていないのだろうなというのが想像できた。

「喜ぶ……か。そうだったらいいな」

　リリアは男であるし、後にヒロインと結ばれる予定だ。

　リリアが夫のことで喜ぶなどありえないとため息が出そうになった。

　みんなが必死に隠し通している秘密をすでに知っているのに、望みのない未来を信じているフリをしなくてはいけない。

　おかしくて、悲しいなとユアンは思った。

　全て諦めているかのように、窓の外を切なげに見つめているユアンの姿を、エルカは不思議そうに眺めていた。

　後少しで、結婚式が始まる。

　それは小説の始まりでもあり、ユアンが悲劇に向かって確実に歩き出すということだ。

　大聖堂の鐘が高らかに鳴り響いて、即位式が終わったことが知らされた。

　トントンとノックの音が聞こえると、一気に緊張が押し寄せてきて、ユアンは胸に手を当てて深く呼吸をした。


「玉座には触れてはいけません。高貴なる古龍の血を引いた者にしか、触れることを許されていません」

　事前の予行練習でも、何度も聞かされたことだったが、ユアンは分かりましたと言って静かに頷いた。

「式の最中は陛下の斜め後ろに控えて、そこから動かずにいてください。龍神への宣言が終わりましたら、陛下が退場しますので、それまで頭を下げてください。……葬儀の時のように一人で勝手に頭を上げるなどというのは……」

「はい、それは……分かっています」

何度も確認したことを、まだ言ってくるので、いい加減ユアンもうんざりしてしまった。

待機していた部屋に迎えにきたのはミドランドで、そこからずっと繰り返し段取りを確認しながら会場入りしたのだ。

ユアンのイラつきなど、全く気にすることなく、ミドランドは冷たい視線で見下ろして分かっているなら結構ですと返してきた。

小説ではサッパリとしてカッコよく見えたので憧れてしまったが、実際は慎重すぎるほど用心深い細かい男なので力をどんどん奪われてしまう。

彼のようなタイプは外から見ると仕事ができてカッコよく見えるが、関わった者はとんでもなく疲弊するのだと気づかされた。

要するに彼とは性格が合いそうにない。

「訓練リストには歩き方も入っていましたよね？　先ほどの予行練習では手と足が同時に出ていました。教師に給与を与えるのは考えた方がいいですね」

「あ、あの、これは、先生というより、精神的な問題なので、本番ではちゃんとやります」

「そうですか。ではしっかりやってください」

ミドランドは厳しいところはあるが、優しい人だとエルカは言っていたけれど、どうやらその優しい一面をユアンに見せるつもりはないらしい。

同じことを言われ続けてしまったが、ユアンだって分かっている。

これはお飾り夫、ユアンのデビュー戦でもある。

この場でミスをすることは、後々まで語られて、笑い者になる材料となるのだ。

少々、細かいところはあるが、きっと自分のためを思って、しつこく言ってくれるのだとユアンは思うことにした。

「あの……聞いてもいいですか？」

「はい、なんでしょう?」

「陛下は……私のことは何と……?」

「お忙しい方なので、身の回りのことを気にする余裕などありません」

この人ならハッキリ言ってくれるだろうと思ったが、予想以上に簡潔に教えてくれた。

前皇帝の下、無理やり結ばされた婚約。

政敵であるゼノン家の令息となれば、何かあるだろうと警戒しているのは間違いないと思っていた。

「……はやく、終わってほしい」

「はい?」

「えっ? あ……その。即位式もあって、陛下はお疲れだと思うので、早く終わらせてあげたいなと……いや、私が言うことではないですね。すみません、忘れてください」

ぽろっと本音がこぼれ落ちてしまったのを、ミドランドに拾われてしまった。

ユアンが慌てて取り繕ったのを、ミドランドは訝しげな顔で見てきた。

「時間的な配分でしたら、早くというご希望となると削るとしたら……」

「あ、あの、結構です。もう呼ばれているみたいなので、行きますね」

リリアの側近の二人とは、どうも距離感が分からない。

ユアンの言葉を本気の要望だと受け取ったのか、ミドランドが早く終わらす方法を考え始めてしまった。

下手なことを言ったら、断罪されてすぐに牢獄送りにでもなりそうな予感がして、恐くなったユアンは入場用の立ち位置に向かって走った。

結婚の喜びの曲が流れたら、まずユアンが入場し、玉座の横にある、それと比べると小さな椅子の前に立つことになっている。

口から息を深く吸い込んで、鼻からそっと吐いた。

いよいよ小説の舞台が始まるのだと、ユアンは玉座を見つめて、手に力を込めた。


ひとつ。

ふたつ。

みっつ。

小さな泡が上に向かってゆっくりと上っていく。

水面にぼんやりと蠟燭の灯りが浮かんでいて、そこに向かってゆっくりと手を伸ばすと、がっと強い力で摑まれて一気に現実へ引き上げられてしまった。

「ユアン殿下‼　なっ、なっ、なんて事に！　大丈夫ですか⁉」

真っ青な顔でユアンの肩を摑んで、ぐらぐらと揺らしてきたのはエルカだった。

慌てて両手を突っ込んだのか、侍従用の服は肩口までぐっしょりと濡れていた。

「ああ、溺れていたわけじゃなくて、湯船に潜るのがクセで……ごめん、驚かせた？」

「おおお……驚きましたよ！　浴室係が全員外に出ているので、聞けば殿下が人払いをしたと……様子を見にきてみたら、まさか……浴槽に沈んで……」

ずいぶん驚かせてしまったらしい。

エルカは青い顔のまま、心臓を手で押さえて息を吐いていた。

「子供の頃、川で溺れたことがあって、水中に沈んでいく感覚が忘れられないんだ。妙に落ち着くというか、家でもよくやっていたからさ……」

「普通そんな体験をしたら、恐くて潜れませんよ。落ち着くのは別の方法にしてください。心臓がいくつあっても足りません！」

公爵家で湯浴《ゆあ》みの時間はいつも一人だったので、誰かのことを気にしたことなどなかった。

他人から見たら気持ちのいい光景ではないのだなと理解したユアンは、分かったと素直に頷いた。

「そうだ、今日の式はどうだったかな？　上手くできただろうか？」

「ええ、それはもちろん。入退場の所作も堂々として美しかったですし、陛下もお美しいですけど、お隣にも薔薇《ばら》が咲いたとそれはみんな口々に語り合って……」

「それは良かった」

ユアンは濡れた髪をかき上げながら、小さく息を吐いた。

お飾り夫としてのデビューは上手く飾れたらしい。

切なげに目を伏せて微笑むユアンを見て、エルカがゴクリと唾を飲み込む音が聞こえた。

「あっ……その、しょっ……初夜のことですが」

「聞いている。指示があるまで部屋で待つように、だよね？」

「あ……はい、でも恐らく……」

宮殿内の式場を使って執り行われた結婚式は、問題なく定刻通りに終わった。

純白の豪華なドレスに身を包み、ユアンの隣に立ったのは、葬儀の時に初めて見たリリアだった。

リリアの歳はユアンより一つ下の十八。

徐々に男らしくなっていく体型を隠すためか、ドレスは肌の露出がほとんどなく、どこまでも繊細なレースで覆われていた。

今日もまた、式の最中は前を見据えたまま微動だにせず、人形のように座っていた。

結婚の誓いで名前を呼ばれたら、手を上げてハイと答えていたが、口を開いたのはそれだけだった。

各国からの祝いの文書が読み上げられている中でも、ずっと同じ姿勢で少しも表情が変わらなかった。

そしてそのまま、龍神への結婚の報告が終わり、リリアは退場した。

ユアンは、今度は言われていた通り、下を向いたまま動かなかったので、いつのまにか隣が空席になっており、まるで夢でも見ていたような気持ちだった。

やっと終わった。

ユアンとしては、息が詰まるような時間だったので、一気に重さから解放され、部屋に戻ったらベッドに倒れ込んだ。

結婚式を終えた二人がやることといえば一つだけ。

お互い同じベッドで寝て、朝を迎えること。

そこは形式通りにするのか、浴室に連れて行かれて、体を綺麗にすることになった。

緊張の連続で疲れてしまったので、ユアンは浴槽に浸かるとすっかりリラックスして、いつものクセが出てしまった。

「陛下は来ないんだろう？　エルカは優しいね。でも、大丈夫だよ。来ないとしても、大人しく部屋で待つよ。それが仕事だから」

バシャンと音を立てて浴槽から立ち上がると、エルカがガウンをかけてきた。

その時、忙しさですっかり忘れていたが、エルカに背中を見られてしまった事に気がついた。

「ユアン殿下？　この傷は……」

「ああ、背中の？　子供の頃に溺れた話をしたけど、その時のものだよ。流木が当たった時の傷だ」

「それもありますけど、こっちはまだ新しい……まるで鞭《むち》に……」

「エルカ、傷のことは黙っていてほしい」

「えっ？」

「陛下に傷物だと知れて、不興を買いたくない。大したことじゃないんだ。狩りの時に、森で枝に引っ掛けただけ。それだけだから……」

エルカの手を摑んで必死に訴えると、エルカは目を泳がせていたが、しばらく考え込んだ後、分かりましたと言ってガウンの前を閉めてくれた。

「それじゃ、私は……ベッドに座っている」

ユアンは寝所に入って、ベッドの上に行儀良く座った。本当なら疲れ切っていて、今すぐ布団をかぶって寝たかったが、こればかりは役目なのだから我慢しなくてはいけない。


月明かりが差し込む部屋は、しんと静まり返って恐ろしいほど何の音もしなかった。

着替える時は、なるべく自分で下着を羽織るようにしていたので、意識するのを忘れていた。

公爵家の使用人なら見慣れた光景であるだろうが、エルカに見られるのはマズかったとユアンは反省していた。

お飾りとしてしか価値のない男が、傷物であるというのはよろしくない。

子供の頃、転生に気がついた時の怪我は背中に古傷として残っていた。

そしてもう一つは、公爵の鞭を受けた時の傷だ。

ほとんどは古傷だが、出発前に恐怖を植え付けるつもりなのか、久々に背中に鞭を受けて、それがまだ回復していない。

公爵からは、男は全て脱ぐ必要がないから、寝所で背中は隠しておけと言われた。

自分自身も、どうせリリアに裸を披露することなどないのだからと油断していた。

ユアンの味方などどこにもいない。

エルカに口止めを頼んだが、守ってくれるかどうかは分からない。

いっそのこと、傷物はダメだと返品されたらどうかと考えた。

そうなったら、役立たずとして公爵に殺されることになるだろう。

「どちらにしても……幸せにはなれなそうだ」

誰からも愛されず、一人寂しく死ぬことになる。

継母から浴びせられた言葉が、ユアンの体の上を蛇のように這い回っていた。

まだかまだかと、心臓が止まるのを楽しそうに待っているかのようだ。

「普通に……贅沢《ぜいたく》なことなど望まない。普通に生きられたら、それで幸せなのに……」

ベッドの上に転がったユアンは、今夜は開くことのないドアを見つめた。

小説では初夜に皇帝と会えないことに憤慨したユアンが、無理やり皇帝の住む宮に向かおうとして騎士達とひと騒動起きる。

ミドランドから報告を受けて、主人公であるリリアはうんざりした顔になったという一文があった。

そのことを思い出したユアンは、ドアを見ながら笑ってしまった。

自分がひと騒動起こすとしたら、それはここを逃げ出そうとする時くらいだろう。

もっとも、公爵邸より厳重な警備が張り巡らされた宮殿から、協力者もなく単身で脱出するなど不可能に近い。

長い夜になりそうだと思いながら、ユアンは窓から見える月を眺めてため息をついた。

◇◇

「警備の話ですと静かなので、もうお眠りになったのかと思われます」

「……ずいぶんと大人しい男だな。ひと暴れくらいするかと思ったのに。花街では名前が知られていると聞いたが、ここへ来て怖気付いたか。それとも、もっと幼い女が好みだったのか……」

湯に浸かりながら、浮かんでいる花びらを邪魔そうに払いのけたのは、この国の新皇帝となったリリアだ。

今夜は皇位を手にするという第一歩を成し遂げて、彼女を皇帝とするために協力してきてくれた者達と喜びを分かち合う大事な夜だった。

皇帝専用の浴室の隣の部屋には、入れ替わり時代を共に過ごし、今も支えとなってくれている、幼馴染みのキルシュとミドランドが立っていた。

カタンと音がして、奥の部屋から湯上がり用のガウンを持って出てきたのは、キルシュの弟であるエルカだった。

「……その話、本当なのですか？」

「ああ？　アイツが幼い女に手を出したって話か？　確かだよ。公爵邸に潜らせているのが確認している。ヤツの部屋から出てきた女の子が、痛かったと泣いていて、ポケットには金貨があったらしい。金を渡すのは多少は良心があるのかもしれないが、虫も殺せないような顔をして最低な野郎だよ」

もともと公爵家とは敵対関係にあり、多額の金を動かして無理やり結ばされた婚約。

何か仕掛けてくるだろうと、結婚相手となったユアンに対しての調査は行われていた。

その過程で報告として、ユアンが少女を弄んでいるという話がでたのだ。

「何だお前、二、三日ヤツの世話を任せたからって、もう手懐けられたのか？　しっかりしろよ、ヤツはあのゼノン家の人間だぞ。目的のためなら、人殺しも厭《いと》わない。操られてどうするんだ」

偵察用にと側に付かせた弟が、何やらおかしな反応をしているので、兄であるキルシュは困った顔でエルカの背中を叩いた。

「……聞いていた話と違って……戸惑っているんです。僕が見た方は、優しくて繊細で……窓から外を見つめる横顔がとても悲しそうで……悪の手先とはとても思えなくて」

「確かに、少しおかしな言動をする男でしたね。あれでゼノン家の訓練を受けた人間だとしたら、私も少々納得が……」

「ミッド!!　お前もバカなことを言うな！」

バシャっと水が跳ねる音を立てながら、リリアが浴槽から出た。

すぐにエルカが駆け寄り、ガウンをかけて、用意した布で髪を拭《ふ》き始めた。

「エルカは人を見る目がある」

「あ――、陛下まで……」

「どうせ大した動きはできないだろうと考えていたが、エルカの話で多少興味が湧いた。心配ない、少し話をしてみるがそれだけだ」

もともと相手をするつもりは無かったが、何を考えているのか探る必要があると思ったリリアは、時間を作ることにした。

「エルカ？　何か言い忘れたことでもありますか？」

いつも湯浴みが終わると、三人での話し合いの時間になるためエルカはすぐに出ていくのだが、今日は何か難しい顔をして立っていたので、不思議に思ったミドランドが声をかけた。

「あ……いえ、なんでも……失礼します」

エルカは押し黙って汚れ物を集めた後、それを籠に入れて頭を下げてから部屋を出て行った。

◇◇

「だから、アイツにはまだ早いって言ったんですよ。悪い人間がどういう思考なのか、全く分かっちゃいない」

「私も引き続き、注意して見るようにします。では、皇兄殿下の宮から報告が来たのでお伝えしますね」

いつものように、お互い持ち寄った情報を報告し合い、話し合う時間が始まった。

書類を準備するミドランドを見た後、リリアは窓の外に浮かぶ月を見上げた。

今夜は特別大きく見えて、眩しいくらいに光っていた。

自分の夫となった男の顔を思い出そうとしたが、少しも覚えていなかったことに気がついた。

彼もこの月を見ているだろうか。

ふとそんな考えが頭に浮かんできたが、バカらしいと思い直してリリアは窓から目を逸らした。

挨拶は日に一度と聞いていたが、それは朝食の時、大きな広間にある長いテーブルの端と端で顔を合わせるだけのものだった。

大人が走らないとすぐ辿り着けないぐらい長いテーブルでは、リリアの表情はおろか顔もまともに見えなかった。

緊張で食事が喉を通らなくて、リリアが退出した後にやっと少し食べることができた。

すっかり冷めた料理だったが、公爵家で与えられていた硬いパンや臭いのするスープとは違って、味はまともで美味しかった。

気が抜けない朝食を終えて自室へ戻ると、エルカが部屋を整えていた。

夜にリリアが来ないと分かっていても、ベッドで待ち続けなくてはいけない。

明け方まで起きていたため、ユアンは椅子に座ると眠気に襲われて、ウトウトとしてしまった。

「……昨夜は、あまりお休みになれなかったようですね」

「……んっ、大丈夫。それが仕事……だから」

目を擦りながら眠気と戦っていると、近くで息を吐くような音が聞こえて、ふわっと毛布がかけられる感覚がした。

「ありがとう……」

「まだ時間があるので、少し休んでください。午後は皇室デザイナーとの衣装合わせと、陛下との謁見《えっけん》があります」

「……えっ、陛下と⁉」

完全に気が抜けていたが、まさかいきなりリリアと話す機会があると思わなかった。

確か小説では結婚式の後、ひと月ほど放置されて、やっと廊下ですれ違った時に目が合ったユアンが嫌味を言うシーンが書かれていた。

もしかしたら初夜で大騒ぎしなかったことが関係しているのかもしれない。

小説にない展開に、戸惑ってしまった。

「結婚式の時に、話をする時間もなかったですから、陛下がぜひ時間を作りたいと仰って」

シーツを交換しているエルカがニコッと笑って、教えてくれたが、緊張してしまったユアンは笑い返すことができなかった。

「だ……大丈夫かな、何を話せばいいんだろう。どうしよう、喜びを表す歌でも歌った方がいいのかな？」

この世界の人間は、感情を歌で表現することをよしとしている。

親しい相手に歌を贈る、なんて言葉が貴族の間でも流行っていて、歌が上手い男はモテるというのが常識だった。

小説のユアンは甘い容姿と歌声で花街の女性を虜にしていたとされていた。

ゼノン公爵は歌に関心がなかったので、特別なレッスンを受けることはなかった。

そのため歌に触れる機会がなかったユアンは、人前で歌ったことなどなかったが、必要ならやらなくてはいけないと思っていたのだ。

「歌……ですか？　それは素晴らしいですね。陛下もお喜びになるかと」

「……いや、やっぱりやめておくよ。挨拶の言葉でも考えておく……」

どうやらまた変なことを言ってしまったらしい。エルカが目を瞬かせたので、ユアンは慌てて訂正した。

どうせこの謁見は、結婚後の形式的なものだろう。恐らく会話の中で、ゼノン家の思惑を探ろうとしてくるだろうなとユアンは考えた。

そんな場面で歌なんて披露して、恥ずかしい思いをする必要はない。

眠気などどこかへ飛んで行ってしまった。

会うことなどしばらくないだろうと思っていたのに、突然話をすることになってしまった。

のんびりしてはいられないと、ユアンは紙とペンを取り出して、何を話すかメモを取り始めた。

「今日はお会いできて嬉しいです、は必要だよな。後は天気の話題とか……政治の話も少しはできないとマズいよね？」

「そこまで堅い話は……、むしろずっと周りはそういった話ばかりですから、少し力を抜いて話せるような話題の方が……」

「なるほど、難しい話は抜きで……、好きな食べ物とかがいいかな？」

ユアンは考える時に、ペン尻を頬に当てるクセがある。気の利いた話題を考えながら、ぐりぐりと押していたら、それを見たエルカがぷっと噴き出してクスクスと笑った。

「え？　な、なんか変なことを言った？」

「い……いいえ、ユアン殿下は、その……真面目で一生懸命で……とても可愛い人だと」

てっきり食べ物の話なんてとんでもないと笑われたのかと思ったのに、明後日の方向へ話が飛んだので、ユアンはポカンとしてしまった。

「あれ？　言われたことないですか？」

「ない……ないよ。普段誰かとこんな風に会話をすることもなかったし」

家族には無視されていたし、教師とは授業以外の会話などほとんどなかった。

言われたことを思い出したら、だんだん顔が熱くなってしまい、ごまかすように頭をかいた。

「僕は何だか、お二人が仲良くなれそうな気がします」

「えっ……」

「陛下は優しいお方ですから、緊張せずにどんどん話しかけてみてください」

応援していますという顔で微笑まれてしまったが、とても無理な注文にユアンは苦笑いするしかなかった。

午前中は宮殿内を見回って、午後は皇室デザイナーと衣装の打ち合わせ、それが終わったらどうぞこちらへと言われて、連れてこられたのはリリアの居住エリアである、宮殿中央のルビー宮だった。

これもまた、小説では許可があるまで絶対に入らないように言われ、初夜に無視されて怒ったユアンが突入する場所だ。

入り口であっけなく、キルシュに止められてしまうという場面を思い出しながら、ユアンはその入り口を止められることなく通り過ぎた。

謁見と聞いたので、大広間で公式なものになるのかと思ったが、通されたのはリリアが普段使っている私室の一つだった。

ユアンは緊張しながら、通された部屋で一人椅子に座ったり立ったりを繰り返していると、いつの間にかドアが開いてリリアがミドランドと共に入ってきた。

緊張し過ぎてノックの音を聞き流していたユアンは、慌てて椅子から立ち上がった。

「そのままでよい。挨拶が遅くなったな、ゼノン公」

「いえっ、そんな。こちらこそ、きちんとご挨拶できずに申し訳ございません。陛下の隣に並ぶことができて、身に余るほどの光栄に存じます」

リリアが前の椅子に座り、その後ろにミドランドが立った。

ユアンとリリアの間は少し離れていて、まるで面接でも受けているような距離感に、ユアンの心臓はバクバクと騒ぎ出した。

今日のリリアは結婚式の時とは違い、髪を真っ直ぐに垂らしていた。

服装はこの世界の貴族の女性が普段使用するシンプルな長袖のドレスに、皇室の龍の刺繍《ししゅう》が入ったマントを着ていた。

ハッキリとした目鼻立ちは、正面から見るとよく分かって、やはり印象的な強い瞳に吸い込まれそうだと思った。

「それで、改めて私達は夫婦となったが、立場上、世の夫婦とは同じ形をとることはできない。それは理解してくれているだろうか?」

椅子の肘掛けに頬杖をつきながら、リリアがスラスラと喋り出した。

人形のような印象が強かったので、高くもなく低くもない不思議な声にユアンは耳を傾けた。

「ええ、それは十分に理解しています」

「私は他人との接触を苦手とするから、そういう意味での奉仕も期待しないでほしい。いつまで、という具体的な答えも出せない」

「は……はい。承知しました」

「パーティーなどの集まりは多くあるが、私は出られないことが多い。その場合、代わりを務めてもらうと思うがそれもよろしいか?」

「はい。私でよければ、頑張ります」

この辺りは事前に聞かされていたことなので、すんなりと返事をしたら、リリアは少し驚いたように目を開いた。

「もう少し不満を口にするかと思ったが、実に素直だな」

「不満だなんて……恐れ多いです。皇配として精一杯務めさせていただきます」

ぴりっと背筋を伸ばして、真剣な顔でユアンが答えると、リリアは眉間《みけん》に皺《しわ》を寄せて、ますます難しい顔になった。

想像していた男と違ったのか、リリアが口を閉ざしたので、変な間が空いてしまった。

ここは気の利いたお世辞や、冗談でも言って笑わせなければいけないとユアンが焦り出したその時、奥の部屋からひょっこりとエルカが顔を出した。

「わぁぁ、すっかり打ち解けた雰囲気ですね。やはり、お二人は気が合うと思ったのです」

どこをどう見たら、この謎の緊張感に包まれた空気を、打ち解けたものだと感じるのか不思議だ。

ミドランドもそう思ったようで、頭に手を当てて苦い顔をしていた。

「もしかして……、やっぱり歌を披露されたんですか？　僕も聞いてみたかったです」

エルカはニコニコしながらとんでもないことを言ってきたので、ユアンは口を開けたまま固まってしまった。

リリアとミドランドは、何を言っているのか、理解できないという顔をしていた。

「歌が上手な方は羨ましいです」

「ちがっ、それは小説の設定で、私とはちがっ……あっ」

話がどんどん進んでしまい焦ったユアンは、自分は上手くないと伝えようとして、小説のユアンと違うと言いそうになってしまった。

途中で何とか止めたが、小説という言葉を口に出してしまい頭が真っ白になった。

「……小説？　何の話だ？」

ただでさえ、敵だらけの空間で、前世だとか転生だとかなんて話になったら、完全に頭がおかしいと思われて牢獄行きになるかもしれない。

「しょ……小説を書いておりまして、そっ、その主人公が歌が上手いという設定で……」

口から出てきたのは、自分でもありえない答えだった。しかしもうごまかすしかないと必死で頭を働かせた。

「ほぉ、ゼノン公が小説とは……ずいぶんと面白い趣味だな」

「いや、そんな……本当に大したものは……あくまで、趣味なものですから」

「私も本を読むのは好きだ。ゼノン公がどんな話を書くのか読んでみたい。堅苦しく考えずに、簡単なものでいいから見せてくれないか？」

「ふっ、ええっっ」

嘘だろと叫びそうになって、ユアンは慌てて手で口を押さえた。

歌を歌う話から、どうして小説を読んでもらうという話にまで飛んでしまったのかよく分からない。

適当についた嘘が大きくなって、ユアンの頭の上に載ってしまった。

「ええと……紙へ適当に殴り書きをしていて、本のように誰でも読めるような形式では……」

「それなら、中が書かれていない本を用意させるから、そこに書きこんだらどうだ？　どうせなら、たくさん用意させせよう」

「ユアン殿下の書くお話、ぜひ僕も読みたいです！」

「いや……あの……それはですね……」

「ユアン殿下、まさか陛下のご好意を無にされるなんてことは……」

リリアの横で眼鏡をキラリと光らせながら、ミドランドが腕を組んで重いパンチのような一言を放ってきた。

そんなことを言われたら、それは結構ですと断ることなどできるはずがない。

「え……え、と、はい……じゃあ、喜んで準備いたします」

「無理を言ってすまないな。困ったことがあったら、エルカを通して、私に連絡してくれて構わない」

「わかりました」

ペコンと頭を下げたユアンは、まるで魔法にかけられてしまったかのように、ふわふわと浮き立つ気持ちになっていた。

自らが本の中の登場人物になってしまったという感覚は今でもぼんやりとしている。

自分のことのようで他人のことのような、現実感があまりなかった。

それがやはり主人公である、リリアを目の前にして直接会話をしてみたら、この世界はリリアの為の世界だとビリビリと肌で感じてしまった。

圧倒的な存在感、もちろん皇帝としての地位がそうさせるのかもしれないが、とにかく薄い色で塗られていた世界に、突然濃い色でハッキリと陰影がついたような感じを受けた。

あの姿も声も、漂ってきた花のような香りも、何もかも焼き付いて離れない。

未来については諦めつつあるユアンだったが、欲が出てきてしまった。

あの人の側で、世界が変わる様子を一緒に見ることができたらどんなにいいだろうと……。

運命の相手である、ヒロインが出てくるまででかまわない。

友人のような立場で、幼馴染みの彼らのように自分もリリアを支えたい。

あの強烈な色で、自分の人生の最期を飾って欲しい。

そう思ってしまった。


適当についた嘘から、信じられないような状況になって、ある意味ピンチなのだが、そんなことはどうでもいいと思えるほど、ユアンは初めて言葉を交わしたリリアとの時間が忘れられなくて、いつまでも夢の中にいるようだった。


「うーん」

机の前に座って、もう長いこと唸っているが、どうしたらいいのか分からずにユアンはガシガシと頭をかいた。

「小説っていったって……文才なんてないし、物語なんて思いつかない」

リリアの前で小説という言葉を出してしまい、とっさについた嘘が、趣味で小説を書いているというものだった。

それを面白がったリリアに、書いたものを見せてくれと言われてしまい、断れなくなってしまった。

追い詰められたユアンは、趣味なのだから適当に書いてやると、白紙を前にしてペンを手に取ったのだが、何一つ思いつかなくて頭がパンクしそうになっていた。

「ったく、小説なんて、この世界の話くらいしか覚えてないし……、そんなの書いたら変な預言者になっちゃうよ。他に話っていったら桃太郎みたいな子供向けのしか………ん？」

何かが降りてきたのを感じて、ユアンはパンっと手を叩いた。

「そ、そうだよっ！　別に長編大作を書く必要なんてないじゃないか！　子供向けの絵本とか童話なら所々覚えている。それを書こう！」

さすがに西洋風のこの世界で、竹から姫が出てくる展開や、どんぶらこは理解されないだろうから、西洋の童話を中心に覚えている内容を繋ぎ合わせて、それっぽく話を作ってみることにした。

どうせ趣味なのだから、読まれても変な話を書いていると言われてそれまでだろう。

書き始めたらそれなりのものができたので、調子よくスラスラとペンを動かしていたら、あっという間に一日経ってしまった。


ここ一週間、結婚の祝いのために、貴族や商人、外国からの賓客まで、たくさんの人が宮殿に訪れていて、一日中行列ができていた。

それに次々と対応しなくてはいけなくて、人に会うことに慣れていないユアンは疲れ切っていた。

ただリリアの隣で座って笑っているだけなのに、一日が終わるとグッタリして倒れて眠ってしまう。

形だけでも夜のお勤めのために皇帝を待つ、なんてことは早々に放棄して泥のように眠る毎日だった。

ようやく休みをもらったのだが、疲労を癒すための一日が、すっかり文豪の日になってしまい、書き上げた本を閉じたユアンは、そのままベッドに転がった。

「失礼します。殿下、調子はどうですか？」

集中するからと人払いをして、一日部屋にこもっていたため、心配してくれたのかエルカが様子を見に部屋に入ってきた。

「お疲れみたいですね。湯浴みは明日にして、ゆっくりお休みください。明日は宮殿のローズガーデンでティーパーティーが催されますので、しっかり疲れをとっていただかないと」

「あぁ……そうだった。ひー、手が痛い」

「よければマッサージしますよ。そのままうつ伏せになっていてください」

エルカが歌の話をした流れからこんなことになってしまったような気がする。

責めるつもりはないが、ここは甘えてマッサージをしてもらおうとユアンは腕を預けた。

ひろげた手を丁寧に揉まれて、手首から腕の方まで指圧されていくと、全身がポカポカ温かくなってきた。

「あれ？　あの机の上に置かれているのはもしかして……」

「ああ、何冊か書いたよ。細かいところを見られたら色々とおかしい箇所も多いと思うけど……」

「わぁぁ、もう書き上げたのですか！　さすがですユアン殿下。ぜひ、読者第一号になってもいいですか？」

「ええと、一応子供向けなんだ。だから、そんなに作り込んだ話じゃない」

「子供……向け、ですか？　珍しいですね」

この世界の子供向けの本といえば、龍神の伝説を書いた本がよく読まれているが、思いつくのはそれくらいだった。

本は大人のもの、という感覚が一般的なので、子供向けというのがまず珍しいと受け取られたようだ。

「でも、ちょうどいいかもしれません。僕は字の読み書きが苦手なので、政治書のような難しいものを見せられても困ると思っていたところでした」

「ん……、難しくはないと思う……たのしいかは……らないけ……」

エルカのマッサージが予想以上に気持ち良すぎて、ユアンは早々に眠気に襲われ、喋っている途中で寝息を立てて寝始めてしまった。

「おやすみなさい」

エルカがふわりと頭を撫でてくれたような温かい感覚がして、薄れていく意識の中、嬉しくなったユアンは口元を綻ばせた。


王宮のローズガーデンは、専門の庭師が交代で管理しており、国内外から様々な品種の薔薇が集められていた。

どれも芸術的にカットされて飾られており、まるで薔薇の美術館のようだった。

一度足を踏み入れたら、甘い匂いに包まれて誰もの顔が綻んでしまう、そう聞いていた。

パーティーはその年に何か功績を挙げた者や、高位の貴族のみが招待されていた。

招待客リストを見たユアンは、ゼノン家の名前を見つけてしまい、嫌な予感がして始まる前から気が重くなっていた。

リリアは遅れて参加するので、ユアンは先に入りパーティーの挨拶を任されていた。

助かったのは、こういった公式な催しでは、常に原稿が用意されており、それを読むだけという流れになっているので、頭を悩ませることが少ないということだった。

今日もミドランドが用意してくれた完璧な挨拶文を、噛まないように気を付けて読み上げたら、パラパラと拍手の音が上がって、パーティーは和やかに始まった。

テーブルには今年収穫された野菜や果物を使った、お酒やジュース、色とりどりのお菓子が並び、薔薇の匂いと共に招待客を楽しませた。

ひと通りの挨拶が終わると、ユアンの周りには誰もいなくなった。

もともと公爵家では外出を禁じられていたので、他の貴族とは全く交流がなく、知り合いと言える人は誰一人いない。

貴族学校に入学していたらまた違ったのかもしれないが、兄弟の中でユアンだけ通わせてもらえなかった。

自分から話しかけにいけるほどの社交性もなく、ユアンはひたすらグラスを口に運んで時間が過ぎるのを待っていた。

こういう場で浮いてしまうのは想像できたが、周りから視線を受けながら、一人で突っ立っているという状況は気まずいものがある。

少し離れたところにいる同年代くらいの若い男の集まりから、クスクスとした笑い声と、じっとりした視線を感じた。

「……どうやら、陛下の寝所に入れてもらえないらしいぞ」

「嫌われているんだろう。面だけ良くても、陛下に気に入られないなら終わりだな」

「お前行けよ。あんなのに媚び売っても損だ」

視線から逃れるように背を向けたユアンは、ため息をついて下を向いた。

初夜をスルーされて、その後も陛下に呼ばれることがない、という話はすでに貴族の間に広まっている。

これは小説の通りなので、驚くこともなかったが、実際に体験してみると胸が痛いものがある。

下を向きすぎて頭が地面に付きそうだと思っていたら、視界に使い込まれた白いブーツが入ってきた。

顔を上げると、近衛騎士団の白い服を身につけたキルシュの姿があった。

「ユアン様、陛下の到着ですが、会議が長引いておりましたがまもなくになります」

リリアの側近の二人は対照的だ。

ミドランドは何を考えているか分からないが、キルシュは表情に出やすいので分かりやすい男だった。

口元が下がっていて、不快そうな色が浮かんでいる。

恐らく遅くなっているから到着を伝えに行くように
と言われて、なんで俺がという気持ちなのではないか、そんな風に読み取れた。

分かったと言おうとしたら、ユアンの後方にいる若い男連中が酒が入って盛り上がったのか、先ほどよりも大きな声でゲラゲラ笑い出した。

「お可哀想な皇配様だ。あれで種無しなら笑えねーな！」

「ははは っ、違いない。頭も悪ければ剣も持てないなんて、使い物にならない首飾りだ。さっさと売った方が金になる」

ユアンは男達から陰になる場所へ移動したので、近くにいるとは思わなかったのだろう。

さすがにマズいことを言っていると、気がついた周りの人間がサッと移動していくのが見えた。

厳しい顔つきになったキルシュが、剣の柄に手を当てて、足を踏み出したところでユアンは腕を摑んで止めた。

「待って」

「おや、どうしてお止めに？」

皇族を公に批判することは不敬罪にあたる。

牢にブチ込んだり、その場で切り捨てたりすることも法律上は可能だ。

キルシュは近衛騎士として動いてくれたのだと思うが、今はマズい状況だった。

このパーティーに参加している令息は、名のある高位貴族の家の者である可能性が高い。

リリアが皇位を得たことを不満に思う連中はたくさんいる。

特に高位の貴族ほど意見が分かれていて、それがこのことをキッカケに深い亀裂となってしまったら、ますますリリアの立場が悪くなると考えた。

今は非常に脆い、デリケートな時期なのだ。

「私は運良く皇族になった男だし、少しくらい妬まれるのは承知の上だ。陛下を直接愚弄したわけではない。この件で反対派が増えたら陛下が苦しむことになる」

「しかし、あのような輩に好き勝手言わせておくのは……、腹の虫が治まらないのでは？」

「……私は構わない。彼らの話も全てがデタラメというわけではない。……私が役立たずなのはその通りだ」

キルシュの目が驚いたように大きく開かれた。

何か言おうとしたのか、キルシュの口が開かれたその時、パーティー会場内に拍手が沸き起こった。

「帝国の太陽。皇帝陛下に敬礼！」

みんな胸に手を当てて、頭を下げる中、優雅に歩いてきたのはリリアだった。

今日も全身を覆うシンプルな絹のドレスに、長いマントを付けていた。

「皆の者、今日はよく来てくれた。わが夫より、挨拶があったと思うので、堅苦しい時間は抜きにしよう。存分に料理と酒を楽しんでくれ」

つかつかと歩いてきたリリアは、あの噂話に花を咲かせていた若い男達の横で止まった。

「……それと、私がもてなす料理よりも、噂話が好きな連中が多いようだ。若さか酒の勢いか知らないが、この場で口汚い言葉を放つということは、私への愚弄として受け取るがいいかな？」

男達は噂話をして盛り上がっていたのを、聞かれてしまったのだと気がついたらしい。

ある者はグラスを落として、ある者は真っ青になって震えながら座り込んでしまった。

「二度目はないぞ」

凍りつくような視線を送り、再び歩き出したリリアはどこへ行くのかと思ったら、そのままユアンの横に立った。

同じくらいの背だと思ったリリアだったが、並んでみると少しだけ背が高くなったように思えて、ユアンはそちらの方に気を取られてしまった。

「遅くなってすまない」

「いえ、そんな……」

「ゼノン公、お前は怒ることを知らないのか？　アイツらを殴ったとしても構わないぞ」

恐らくこちらに来る途中で聞こえてしまったのだろう。バカにされても何もせずに立っているユアンを見て、リリアは理解できないようだった。

「大事な時です。私が騒いで、陛下への風当たりが強くなるのは本望ではありません」

「……よく分からない男だな」

少しでも長く生きられる道を模索する。

これがユアンの全てだったが、主人公であるリリアには、未来を知るユアンのことを理解できるはずがない。

リリア側からしたらあまりにも弱腰で、ゼノン家の人間らしくなくて支離滅裂に見えてしまうのだろう。

リリアは眉間に皺を寄せてユアンのことを見ていた。

「陛下、あちらに元老院の方々が集まっていますので……」

キルシュが話しかけてきて、リリアは分かったと言いユアンの側を離れた。

また一人残されたユアンが、深く息を吐いた時、背後に気配を感じた。

恐る恐る振り返ると、そこにはユアンの兄である長男のマルコが立っていた。

「よう、ユアン。あ――もう殿下か？」

「……マルコお兄様」

招待リストに載っていたのは家名だけだったので、兄が来るとは思っていなかった。

一番苦手な兄の登場に、ユアンの胃がきりきりと痛んだところで、マルコは幾重にも続く薔薇のアーチの奥を指さした。

「分かっているだろう、来い」

少しだけ延命できるような光を感じたが、また運命の輪に引き戻されたような気持ちになった。

何を言われるのか嫌な予感しかしない。

マルコの後に続いて、ユアンは重い足を動かした。

◇◇

「もっと気性が荒い男だと聞いていたが、その真逆ではないか」

「ええ……しかし、確かに調査員は邸の者から話を聞いて……」

「お前の調査員を代える必要があるな。ろくに仕事をしないで、噂や作り話をそのまま報告した可能性がある」

「……はい、別の者に再調査をさせます」

いつもはうるさいくらいのキルシュが、なぜか大人しく沈んだような顔をしているので、リリアはその横顔を眺めた。


野原を駆け回っていたあの頃と何も変わっていないが、信じて付いていくと言ってくれた友の横顔には、動揺しているような気配があった。


五年前、まだ前皇帝が健在で、強い権力を維持していた頃、ゼノン公爵との間で婚約が結ばれた。

公爵領には豊かな鉱石の採掘場が多数あり、そのおかげで莫大な利益を得ていた。

そのうちの幾つかの採掘権を皇家に譲渡するということでまとまった話だった。

当時は天候不良や自然災害、他国との衝突もあり、とにかく財源を必要としていた。

あの男のことだから、婚約といっても形だけのものにして、後からどうにでもできると考えていたのだろうとリリアは思っている。

女子が優位に皇位を継げるこの国で、最初に生まれた皇女であるリリアには、赤子の時からたくさんの縁談の話がきていた。

条件は高位の貴族であること、龍の力が受け継がれれば、それなりの能力は持てるので、後は見た目が優れていること、それが条件であった。

そういう意味では、ゼノン家の三兄弟ではユアンが適任であるというのは、誰が見ても明らかだった。

他の二人は、それぞれ才能に溢れているが、見た目という点では、ユアンが一番優れていた。

ゼノン家は政治的にも皇家と敵対するような立場を取っていたが、この婚約でその勢いがなくなったのも、皇帝としては満足する結果だったのだろう。

しかし、その裏で何を考えているか、皇帝は所詮ただの貴族だと驕りがあったのでそこにまで目を向けなかった。

ゼノン家は莫大な富を築いた古くからある家で、皇帝に続く権力を持つと言われてきた。

それは長い歴史の中で、目的のためなら手段も選ばず、きな臭い話や残酷な噂が聞こえてくるほどのもので、多くの貴族はゼノン家を恐れていた。

皇帝が病み始めたのは、婚約が結ばれてから少し経った後だった。

食事の回数が減り、眠りが浅くなり、体の不調が続いた。

名のある医術師が多く診察をしたが、原因は判明せず、徐々に弱っていき、数年かけて一日の大半をベッドの上で過ごすことになった。

最後の方は話すこともできず、誰の顔も分からない状態で酷いありさまだった。

皇帝の死後、残された皮膚を他国から来た腕のある医術師に調査させたところ、帝国では珍しい毒草の成分がわずかだが発見された。

帝国内の薬草の栽培や流通にかかわっているゼノン家なら関係があるかもしれないと思われたが、証拠はなく尻尾は摑めずにいた。

幼い頃一緒に育ち、その後も支えてくれる友人でもあり、部下でもあるミドランドとキルシュは結婚には反対だった。

だが、皇室の反対勢力が攻勢を強めている中、約束を反故にするのは、失脚を狙う者たちからしたら好都合になってしまう。

寝首をかかれる可能性のあるゼノン家の三男と、結婚するしかなかった。

いつ寝所に忍び込んできて、刃を首に当てられるかと思っていたが、結婚後のユアンは予想に反して大人しかった。

キルシュに任せた調査では、花街の常連で幼い子供にまで手を出す変態、気に入らない女をいたぶって無惨に斬り捨てたなどという噂まで聞こえてきたらしい。

どんな残忍な目をした男が現れるかと思っていたら、リリアの前に現れたのは、怯えたように目を泳がせている一人の青年だった。

見た目は聞いていた通り、線が細く整った顔立ちに儚《はかな》げな美しさがあった。銀に近い金髪は極上のシルクのように輝いていて、サファイアを思わせる淡いブルーの瞳はしっとりと濡れていた。

なるほど、女が好きそうな顔だなと感心してしまったが、その口から出てきたのは、リリアを気遣うような言葉ばかりだった。

初夜を無視してその後も放置しているが、何一つ文句を言わない。そのことで他の貴族からバカにされていたが、少しも怒っている様子がなかった。

むしろ何もかも諦めているような、切ない目が印象的で、なぜだか頭に残って離れなかった。


「お前が無理なら、ミドランドに任せる」

「……っっ！　待ってください。次は必ず、確かな情報を……」

皇族用の壇上の席で話し込んでいたが、音楽が鳴り始めて、歌や踊りが始まった。

パーティーが盛り上がってくると、人々は歌い踊って喜びを表すのが一般的な流れだ。

リリアは、歌が得意な主人公の小説を書いていると言っていたユアンの顔を思い出した。

顔を赤くして動揺している姿が可愛らしく見えて、悪戯心で読ませて欲しいと言ってみると、もっと赤くなって慌てていた。

その顔を思い出し、リリアはぷっと噴き出して笑ってしまった。

「……陛下？」

「……ゴホン、何でもない。調査の件は頼むぞ。それと、ゼノン公は？　どこへ行った？」

参加者からの挨拶が続いて、忙しくしていたら、いつの間にか後ろにいると思っていたユアンの姿がなかった。

すぐに戻るだろうと思っていたのに、なかなか帰ってこないので辺りを見回したが、それらしい姿が見えない。

「廁《かわや》でしょうか。探してまいります」

別の近衛騎士に声をかけて、リリアの側に付かせた後、キルシュが壇上から降りていった。

ついさっきまで、あんな男のお守りはごめんだと言っていた男が、自分から動くとはどういう風の吹き回しだろうかとリリアは首を傾げた。

◇◇

薔薇の花のアーチをくぐり、薔薇園の奥まで行くと、人気《ひとけ》はすっかり消えていた。

普段は皇族のみしか入れないエリアなので、堂々と奥まで入る者はほとんどいない。

ズンズンと歩いていたマルコが、立ち止まってクルリと振り返った。

「この辺りまでくれば誰も来ないだろう。それで？　お前は思った通りの役立たずだな。父から何を学んだんだ？」

「警戒されるのは当たり前ですし、私は皇帝の好みではなかったということです」

誘惑に失敗したユアンは、公爵家から度々プレッシャーをかけられると小説にもあったが、まさに今その状況なのだとユアンは思った。

こんなことは何度もあるのだから、うまく乗り越えないといけない。

ユアンは手を強く握った。

「……ったく、皇帝はベッドの上では男を知らないただの女だ。押し倒せば震えて言う事を聞くようになる。お前は夫だろう、怖気付いてないでやるんだ」

「……………」

「せっかく俺がお前になりきって、愉快な噂を広めてやったのに」

「なりきる？」

「ああ、俺とお前は同じ金髪だろう？　父から頼まれたんだよ。ちょっと遊んでるようにしてくれって。それでお前の名前を出して花街に出入りして……まぁ少しヤリ過ぎたが、慣れた男だと思われた方が、主導権を握れるからな」

いつの間にそんなことをされていたのか、閉じ込められていたユアンに分かるはずがなかった。

パーティーや集まりに顔を出した時、噂は聞いているよと話しかけられて、ニヤニヤと笑われたのを思い出したユアンは、そういうことだったのかと頭を抱えた。

「逆効果ですよ。遊び慣れた男なんて……、女性はもっと誠実な人を求めていると思います」

「はっ！　女と付き合ったこともないくせに、笑わせるな。このまま何もしないですむと思うなよ。宮殿内には手の者がいる。お前の行動は監視しているし、必要であれば指示を出すから言う通りにするんだ」

キッと睨みつけると、マルコはニヤリと笑ってユアンの胸ぐらを摑み薔薇の棚に押し付けた。

「くっっ……」

「生意気だなぁ、そんな顔をするなんて。鞭は父様が使っていたけど、ずっと興味があったんだよ。お前が痛がっているのをドアの隙間から見るのが好きだったんだ」

「へ……変態」

マルコの目に狂気が宿り、興奮した顔になっているのが分かった。

ユアンが彼を苦手としているのがこれだ。

兄弟の中でも、時々この目で自分を見てくるマルコが怖かった。

「なんとでも言え。お前の味方などいない。ゼノン家の力を使えば、すぐにでも切り捨てられる立場だというのを忘れるな」

「ううっ……やめっ……いった……痛い」

ゴリゴリと薔薇の茎が背中に当たり、鋭い棘《とげ》が首筋に刺さって痛みが走った。

痛いと言うとマルコはますます恍惚《こうこつ》の顔になり、もっと強く押し付けられて、首を押されているユアンは呼吸すら苦しくなってきた。

「はなし……て、おねが……」

マルコの鼻息がかかるくらい顔が近付いてきた。

嫌な予感がして口を閉じ、ユアンが目を強くつぶったその時、ガサリと地面を踏む音が聞こえた。

「これは……、ゼノン家のご令息のマルコ様……いったい何を……」

そこに現れたのはキルシュだった。

物音が聞こえた場所を確認しに来たようだが、目の前の光景に驚いている様子だった。

ユアンを押し付けていたマルコは、音がした瞬間にユアンを放していたが、ユアンは薔薇の棚に背中を預けたままだった。

「ああ、ちょっと悪酔いして、散歩していたら、弟と口論になってね。君は兄弟はいるかな？　男兄弟は荒っぽくなりがちだから、まぁちょっとした喧嘩だよ」

「……私にも弟がおりますが、圧倒的な力の差がありながら、このような喧嘩はしませんね。どう見ても暴力としか思えません」

真っ直ぐにユアンに近付いてきたキルシュは、息が絶え絶えになっているユアンの体を支えた。

そしてユアンの首筋から血が流れているのを見て顔を顰めた。

「ご家族の事情は分かりませんが、ユアン殿下はすでに皇家の人間です。このような暴行は許されませんよ」

「ほう……言うね。たかが近衛騎士が、帝国騎士団の部隊長でもある俺に意見するとは……」

「ますます、理解できませんね。部隊長といえば、次期副団長候補者。そのような立場の方が一方的な暴行など……」

キルシュの目が怒りに燃えていた。

その手が剣の柄に触れたのを見たユアンは、マズいと気がついた。

近衛騎士と騎士団の騎士は、帝国の騎士としての立場は同じだが、家柄にその上下関係が強く出てしまう。

二人が斬り合いになれば、大義名分があってもゼノン家の力でキルシュは完全に不利になってしまう。

「ま……待って、大丈夫」

「ユアン殿下」

「言い合いになって少し押されただけだから……勝手に転んだんだ」

納得できない顔で足を踏み出そうとしたキルシュの腕を摑んで止めたユアンは、ふるふると首を振ってダメだと訴えた。

「話はついたようだから、俺は失礼する。近衛騎士長はサザン卿だったな。挑発行為については正式に抗議させてもらう」

口元に嫌な笑みを浮かべたマルコは、襟元を正してから、サッと踵を返して会場の方に向かって歩いて行った。

「ごめん……迷惑かけて……ごめん」

薔薇の種類によっては、棘に毒があると聞いたことがある。

首筋にピリピリと痺れる感覚がして、足の力が抜けたユアンは地面に向かって倒れてしまった。

「ユアン様⁉　殿下！」

キルシュに支えられて、地面に転がることは避けられたが、ユアンは息の苦しさで顔を歪めた。

「誰か‼　医術師を‼」

キルシュの声がどこか遠くに聞こえて、耳にはこんな場所でありえない水の音が聞こえてきた。

まるで水の中に沈んでいくように、ユアンの意識は消えていった。

ポコポコと小さな泡が水の中に広がって、体が水中深くに落ちていく。

伸ばした手が泡を摑んで、摑みきれなかった泡が水面に散っていった。

苦しくはなかった。

綺麗だなと思いながらその光景を見ていた。

それが、ユアンが前世の記憶を思い出した時のこと。

あれは最悪な一日だった。

毎年ゼノン家の二人の兄は夏の間、避暑地の別荘に遊びに行くが、その年の夏だけは邸の改装があって、ユアンも一緒に連れて行かされた。

おかげで避暑地に着くなり、ユアンは二人の兄に追いかけ回されることになった。

いつもある程度のところで、それくらいにしろと父か継母が止めるためなんとかなっていたが、二人が不在の環境では歯止めが利かなかった。

殴る蹴るをされて遊ばれた後、スペンスが蛙の解剖をやりたいと言い出して、捕まえるのが面倒だからお前が行けと、ユアンを別荘から追い出した。

手ぶらで帰ったら容赦しないぞとマルコに頭を殴られて、ユアンは泣きながら森に入った。

ユアンは普段、外に遊びに行くことなど許されていなかった。

虫や動物など本で見たことしかなくて、それを捕まえろと言われても、恐ろしくてどうしていいか分からず、ひたすら森の中を歩いていた。

心細かった。

森の中を流れる川を見つけたユアンは、小さな橋の上に立って蛙がいるかどうか、川の中を覗き込んだ。

その時……。


「この赤い頭巾の女の話は気に入らないな。いくら満腹で寝ていても、腹を切られたら獣は起きるだろう」

「それは……お話ですから、小さい子供の興味を引くにはいいのかもしれませんよ」

「私はこの、金と銀と鉄の剣の話が気に入った。湖から出てきた龍神が貧しい青年に、大陸に飛び散った七つの玉を集めたら、全部の剣を褒美にやろうという話だ。こういう冒険物の話はいくつになっても読んでいるとワクワクする」

「龍神の名はシャルロット、でしたか？　楽しいお話でした。でも僕は変わったお話が好きなので、これです。眠ったお姫様を助けるために、王子が野獣になって、腕輪を捨てに行く話です」

「それかー、それは意味が分からなかった。内容がぐちゃぐちゃで、それを書いていた時は疲れていたとしか思えない」

泥のような眠りから覚めて、目を開けようとしたユアンの耳に、楽しげな会話が入ってきて、いつ目を開けていいかタイミングを失ってしまった。

しかも聞いていたら、それは例の試しに書いてみた小説の話だったので、ユアンはもっと目が開けられなくなった。

聞こえてきた声はエルカのものだったが、もう一人はどう考えてもあのリリアの声だった。

皇帝が近くにいるのに、グースカ寝ていたら大変だと、ユアンは仕方なく目を開けるしかなかった。

「あ……あの……」

目を開けるとユアンはベッドに寝ていた。

枕元にはリリアが座っていて、その横にエルカが立っている。

そして二人の手元にはやはり、ユアンが書いた本があった。

「ゼノン公！　気がついたか！　もう一週間も寝ていたんだぞ」

「良かったです。痛いところはありませんか？　今、医術師を呼んできます」

慌てた様子でエルカが部屋から飛び出していくのを、ユアンはぼんやりと見ていた。

なぜ自分が寝ていて、リリアが側にいるのか、記憶を手繰り寄せたら、薔薇園で倒れたことを思い出した。

「あ、俺……」

「思い出したか。パキラという種類の薔薇の棘が刺さったんだ。毒性は強くないが、刺さったところが悪かったんだろう、高熱を出してなかなか起きなかった。おかげでお前が書いた小説を読破してしまったくらいだ」

リリアは印象的な黄金色の強い瞳を細めて笑っていた。

まさか、忙しい人が自分のお見舞いに時間を割いているなんてと、ユアンは慌てて体を起こした。

「申し訳ございません！　ご公務でお忙しいのに、私のことで……」

「おい、急に動くな。今は夜だから、公務も議会もない。病み上がりが一番危険だ。しばらく大人しく休んでいてくれ」

「はい……」

ユアンが首に触れると、丁寧に包帯が巻かれていた。体もベタついたところはなく、清潔にされていた。

子供の頃、高熱で寝込んだ時、起きたらひどい状態になっていたことを思い出して、大違いだなと心の中で笑ってしまった。

「起きたばかりで悪いが、キルシュから状況は聞いている。ゼノン家のマルコと揉めて一方的に暴力を受けていた。兄弟喧嘩というのはありえないと聞いているが、間違いないか？」

「それは……その……前後はよく覚えていなくて……」

「自分で転んでできるような傷ではない。何か問題があるなら力になろう。キルシュを止めてくれたらしいな。アイツは頭に血が上りやすいんだ」

ユアンの記憶はハッキリしていた。

倒れたことで力になると言われて、リリアが優しさを見せてくれるなんて思っていなかった。

全て話してしまいたい衝動に駆られたが言葉を飲み込んだ。

皇帝になったリリアは、様々な事件を解決し、味方を増やして力を強めていく。

即位したばかりの今、余計な情報を流せば混乱が生じてしまう可能性がある。

流れが変わり、ゼノン家の思う通りになったとしても、ただの駒であるユアンは用済みになれば消されるだろう。

今だって逃げたい気持ちしかなくて、自分がどこまで関わっていいのか考えられなかった。

「兄は……確か、いつもより酔っていて、よく覚えていませんが、喧嘩になって肩を押されたくらいかと……。申し訳ございません、こんな大事にしてしまい……ご迷惑をおかけして」

「一週間も寝込んだのに？　ただの酔っ払いの喧嘩なのか？」

どこを見られたのか分からないが、キルシュがいた場所からはよく見えなかっただろう。

少し強引ではあるが、ただの喧嘩として終わらせた方がこの場は収まるだろうと考えた。

「ええ、大丈夫です。ご心配をおかけしました。陛下のお手を煩わせるようなことはありません。あの、それとキルシュ卿はあの後大丈夫でしたか？」

「ああ、あいつは謹慎中だ」

「え？」

「ゼノン家の令息相手に剣を抜こうとしたからな。正式な抗議が入って二週間の謹慎処分で済んだのは幸いだ。気にするな、あいつが謹慎するのはよくあることだ」

そう言われても、助けに入ってくれたのだから気にしないわけにいかない。

ユアンが気まずそうな顔を隠せずに口をもごもごとしていると、それを見たリリアはぷっと噴き出して笑った。

「ゼノン公は、なかなか表情豊かだな。初めて会ったときからこれほど印象が変わる男は初めてだ」

「え？」

「いや、人伝に色々と聞いていたから先入観があったのだろう。私はまだまだだな」

リリアはユアンのおでこに手を当ててきて、うんと頷いた後、サッと立ち上がった。

「医術師が来たようだ。診察が終わったら、ゆっくり休むといい」

「はい……」

リリアがベッドの側を離れると、入れ替わりにバタバタと人が入ってきて、あっという間にユアンの寝室は医術師や、その助手達で溢れてしまった。

ユアンが不安気に目を泳がせていたら、枕元に近づいてきたエルカが汗を拭《ぬぐ》ってくれる。

「……大丈夫です。ユアン様の着替えは私がやっていました。陛下は首の傷しかご覧になっていません」

エルカは小声でそっと教えてくれた。

リリア側の人間であるエルカが、口止めの約束を守ってくれていたことに驚いた。

今までユアンのために動いてくれようとした人達は、みんな消えてしまった。

優しく微笑んだエルカが、早く良くなってくださいと言って手を握ってくれたので、思わず目頭が熱くなり泣きそうになった。

見舞いに来てもらったことのお礼を言いたかったが、診察している間にリリアは闇に消えるようにいなくなった。

ユアンは苦い薬を飲まされて、まだしばらく起き上がらないようにと言われた。

少しするとまた眠気が襲ってきたので素直に目を閉じた。

◇◇◇

廊下の暗がりにひっそりと佇んでいる男を見つけたリリアは、小さく鼻から息を吐いてから足を進める。

「先ほど気がついた。医術師から熱が下がれば問題ないと言われていたから、安静にすれば回復するはずだ」

「そうですか……よかったです」

目線は下げたまま、暗がりの中から出てきたのは、リリアの腹心であるキルシュだ。

気になって仕方がなかったのだろう。

謹慎を言い渡されて以来、ユアンの寝室の近くの廊下の端に立っていた。

「それで？　あれほど気に入らなかったゼノン公に、お前がそこまで熱くなるとはどういうことだ？　そろそろ話してくれ」

キルシュは幼い頃から喧嘩っ早く、成長してもそれは変わらず、腕はいいのだが問題ばかり起こしていた。

元々貴族であったミドランドとは違い、キルシュは平民出身なので、皇宮内では何かと軽く見られることが多かった。

バカにされたことで殴り合いの喧嘩になったこともあるが、特に彼がキレるのは身内が傷つけられた時だった。

弟のエルカを邪魔だと足蹴りした騎士に斬りかかったことや、才能あるミドランドに嫉妬して、いい加減な噂を広めた貴族の男を、ボコボコにしたこともあった。

謹慎になったのは一度や二度ではなかった。

このまま護衛だけに就かせていたらだめだと思ったリリアは、彼の成長を期待して、今回婚約者となるユアンについての情報を集めさせた。

それなりに人選して情報収集にあたらせたようだが、感情型のキルシュは、最初に浮かび上がってきた噂に激怒して、他のことは無意識に排除してしまったらしい。

それをそのままリリアに報告したことから、ユアンについての人物像がどこかちぐはぐなものになっていた。

ただリリア自身も、ユアンという男にそれほど関心がなかったので、よく見てやれなかったことを後悔していた。

「薔薇回廊に向かう前に追加報告が入ったんです。花街で遊び回って残虐な行為に耽《ふけ》っていた令息は、金払いがよくて罪に問われることはありませんでした。確かにユアン・ゼノンと名乗っていたらしいのですが、遊女の一人がその男は金髪で青い目、身なりが良く、首元に三つのホクロがあったと証言したそうです」

「金髪……、確かにゼノン公は金髪で青い目だが……、どちらかと言うと……薄い青、水色と表現するのが近い。それに、首にホクロはなかったと……」

「ええ、その首元の三つのホクロですが、あの日私は……あの場所でそのホクロを首筋に持つ男を発見したのです」

「そうかっ！　マルコだな、顔は違うがヤツも確かに金髪に青い目だ！」

キルシュは口をきつく結んで神妙な顔で頷いた。

目線を合わせただけで、リリアはキルシュが言いたいことを全て理解した。

「なるほど、あの傷で双方兄弟喧嘩だと結論付けようとする強い上下関係は、つまり兄の支配下にあるからだろう。少女を襲った件はまだ分からないが、考えてみればユアンは私生児だ。あの家で立場は一番弱い」

「……その前から噂とは違い、陛下を気遣うような態度がどうも気になっていました。あの場で、苦しそうなユアン殿下と、あの男のホクロを見た瞬間、なぜか……頭に血が上ってしまって……」

キルシュは人一倍正義感が強い男だった。

その彼が無意識にユアンのために動いたとすれば、エルカがすでに心を開いているように、キルシュもユアンを見る目が変わっていたということだ。

失敗はしたが、リリアにはキルシュが成長をしているように感じる。

「私はお前の判断は正しいと思う。いつか、マルコに刃を向ける時が来るだろう。だが、それはまだ早い、確実に首を落とせるまで……辛抱強く待つんだ」

「……はい」

頭を下げて一歩後ろに下がったキルシュは、自分の軽率だった行動を反省しているように見える。

立場的には、腹心がやらかした不始末でリリアの評価が落ちてしまったのは確かだが、流れが自分に向いてきているとリリアは感じていた。

「軽率な行動を取ったのは向こうも同じだ」

ニヤッと笑ったリリアは、キルシュに向かって持っていた本の束を手渡す。

「あの……これは？」

「謹慎中暇だろう。剣の稽古に精を出すのもいいが、たまには冒険心をくすぐられてみるのも悪くないぞ」

「はい？　冒険ですか……？」

ポカンとした顔のキルシュに早く寝ろよと言い残し、リリアは自分の部屋に向かって廊下を歩いて行った。

◇◇

「ううぅ……もう、眠れない。寝過ぎて三日くらい寝なくても大丈夫そう」

ベッドの上であくびをしながら伸びをしたユアンを見て、エルカが嬉しそうに微笑んだ。

熱が下がり、首の後ろにできた傷も瘡蓋《かさぶた》になって痛みもなくなった。

体が回復したユアンだが、ベッドの上で寝てばかりの生活だったので、筋肉が落ちて体が重くなったように感じている。

少し運動でもしたいなと思っていたら、エルカが着替えの服を持って歩いてきたのが見えた。

「今日から外出許可が出ております。ゆっくり宮殿を散歩されても良いですし､町へ行くこともできますよ」

「えっ⁉　町に……‼」

ユアンは驚いて目を丸くする。

皇配になったからには、そう易々と外に出られることはないだろうと考えていたのだ。

「公ではなく、私的にということになりますから、馬車は皇族用ではなく宮殿用のもので、護衛騎士も少数になってしまいますが……」

「ぜっ……全然いいよ！　むしろその方が気楽だし！　嘘……嬉しい……」

口を手で覆いながら、歓喜に震えているユアンを見て、エルカが不思議そうに首を傾げていた。

貴族の三男坊と言えば、家督を継ぐという責任もないので、多額の小遣いを貰って好き勝手遊び歩いている者が多い。

そのイメージで考えたら、外出だけで喜んでいるのはおかしく見えてしまうだろうなとユアンは思った。

「家にいた頃は……あまり外へは出られなかったんだ。

その……父が厳しくてね」

　背中の傷を見ているエルカは、その言葉だけで状況を察してくれたみたいだ。

　息を呑む音が聞こえてきて、すぐに安心させるように優しい笑顔を見せてくれる。

「……分かりました。では今日は町に行かれるということで、話を通しておきます」

「ありがとう、エルカ」

　ここに来たばかりの頃は、ぎこちない笑顔しかできなかったが、今はやっと自然に笑顔を作れるようになった。

　ユアンが微笑んでお礼を言うと、エルカは胸に手を当てて頭を下げる。

「では、お着替えはここでよろしいですか？」

「ああ、そこで大丈夫」

　この流れも慣れた光景になった。

　エルカはベッドの端に着替えを置いて、静かに部屋を出て行く。

　着るのが難しい服でなければ、ユアンはだいたい一人で着替えている。

　着替え担当の者達が困りますと言ってきたが、エルカが話をしてくれて、この時間は人払いされることになった。

　恐らく他人に触れられるのが苦手とか、そういう話になっているのだと思われる。

　一人でシャツを脱いだユアンは姿見に自分の後ろ姿を映した。

　この背中をあまり人に見せたくはない。

　エルカには見られてしまったが、あまり見ていて気持ちがいいものではないだろう。

　過去に何があったのか、想像されたり質問されたりしても、上手く答えられる自信がない。

　宮殿に来る前に打たれた傷は癒えていたが、ずっと昔、子供の頃にはもっと激しく打たれていて、その頃の傷痕は消えることなく残っている。

　まるで獣に爪を立てられたように肉が引きつれていた。

　あれは確か、婚約者に内定する前だ。

　それまでは使用人のようにこき使われ、ミスをする度にお仕置きと言われて公爵の部屋に呼ばれた。

これが小説の世界だと気がつく前、ユアンはひたすら従順だった。

母親はお前を捨てた。

お前に行くところはないと言われて、もう捨てられたくないと必死になった。

自分が愚鈍だから、お父様を怒らせている。

そう思って耐えていた。

「……最低な記憶だ」

自分の前世に気がついてからは、やめてくれと抵抗したが、子供の力ではどうにもできなかった。

その頃から考えれば、今のただのお飾りとしての生活は、驚くほど平和で落ち着いている。

不安定な未来さえなければ、手放しで喜べる静かな生活だ。

このまま何もせず、無害であると認識してもらえたら、もしかしたら監獄送りではなく、田舎送りくらいの処遇で済むかもしれない。

そんな風に考える気持ちに、背中の傷がお前の運命を忘れるなと語りかけてくるような気がする。

ユアンは痛みを堪えるように目を閉じた。


コンコンとノックの音がして、ユアンは慌てて新しいシャツとコートを羽織る。

エルカが忘れ物でもしたのかと、どうぞと声をかけたら、入ってきたのは若いメイドだった。

辺りを見渡しながらゆっくりとこちらに歩いてくる姿を見てユアンは、はてと首を傾げる。

人払いをしているので、自分が出て行くまで誰も部屋には入れないはずだ。

エルカが先ほど出て行ったばかりだから、長々と待たせてしまっているわけでもない。

「ええと、新入りの方かな。私の着替えは手伝ってくれなくて大丈夫なんだ。用があれば鈴を鳴らすから……」

「誰もいないようですね。公爵様から伝言です」

のんきに優しく教えてあげようなんて考えていたら、父からという話が聞こえてきて、ビクッと体を揺らした。

「あまり順調ではないようだな、と。目的を忘れたりしたら、許さない、そうお伝えしろと」

まだ少女と言えるくらい若いメイドは、結婚前に部屋に来た少女と似ている。

違うのは子供らしくない鋭い目つきと、感情を殺した表情だ。

恐らく、ゼノン公爵が密かに契約をしている暗殺組織の一員だとすぐに勘づいた。

「……もう俺には何もできないと言ったら？」

「それは賢明ではないかと。公爵様より、使えなければ処分すると聞いております。諦めるという返事があったと報告したら、恐らくすぐにでもその命令が下されます。命が惜しければ大人しく言う通りにするべきです」

「くっ……」

いかにも公爵が言いそうな話でゾッとしてしまった。

皇帝であるリリアにはたくさんの警備が付いているが、ただの皇配であるユアンの警備は手薄だ。

今だって、宮殿のメイドに扮して、組織の人間が近づいてこられるのだから、ほとんど機能していないと言っていいだろう。

ユアンがダメなら他の線を選べばいい、公爵ならそう考えているだろう。

わずかでも内情を知っているユアンは、生かしておかないはずだ。

離れたとしても、また絡みついてくる糸に苦悶《くもん》の声を上げて立ち尽くしていたら、近づいてきた女がスッと何かを差し出してきた。

「これは……」

手のひらに載せられたのは、紫色の液体が入った小瓶だ。

いかにも怪しい小瓶に、まさかこれが小説でリリアを殺すために用意されたという毒なのではと考えた。

「セトニカ国産の上物です。即効性のもので、一滴垂らせば効果があります。皇帝の飲み物にでも混ぜてください。……どんな堅物も気がおかしくなると言われています」

「こ、こんな少量で……命を奪うなんて、恐ろしい毒だ」

「毒ではありません。催淫薬です」

「……そうか、さいいん…………えっっ!?」

「命は奪えませんが、これを飲んで正気ではいられないでしょう。つまり、コトを起こし易い状態にすれば、素直に従うしかないです。雄を求めて女のソコが疼いて止まらなくなるはず。その役目をするのは皇配の貴方ですからね」

「さ……さい……さい」

なんて物を持っているのかと、慌てて手から落としそうになって、組織の女に大丈夫かという目で睨まれてしまった。

「いつでもいいわけではありません。女には妊娠しやすい期間があります。私は皇帝付きの部屋係に探りを入れて、その時期を計算します。確定したら連絡しますので、ハイティーの時にでも飲ませてください」

皇帝が女である前提で作戦が進んでいるので、何もかも無駄な努力であると分かっているユアンは、どう反応していいか分からなかった。

とりあえず、神妙な顔をして頷いたが、こんな恐ろしい物をどこで捨てようかとしか頭になかった。

「いいですか？　貴方の役目はまず皇帝に取り入って世継ぎを作ることとです。見た目を武器にして夜伽《よとぎ》に呼ばれるように努力してください。監視役は他にもおりますので、公爵邸にいた頃のように、バカなことは考えないように……」

「失礼しますー、ユアン殿下。着替えはお済みですか？」

その時、トントンとノックの音がして、すぐにエルカが入ってきた。

ユアンは慌てて持っていた小瓶をコートのポケットに隠した。

「ん？　お前は……？」

「私、メグと申します。今日配属されたばかりで、道に迷ってしまって……」

ユアンの部屋にいるはずのないメイドの姿を見つけたエルカは、訝しんだ顔でメイドに声をかけた。

メグと名乗った女は、今までと打って変わって、人懐っこい笑顔になって体をエルカの方に向ける。

その後ろ姿に、隠したナイフを手にしているのが見えてしまったユアンは息を呑む。

「そ、そうなんだよ。困っている様子だったから俺が声をかけたんだ。部屋に入ってもらって世間話をしていたんだ。お互いここへ来たばかりだねって、はははっ」

怪しまないでくれと、ユアンは心の中で祈った。

メグという女は、エルカを始末することなんて、造作もないだろう。

何でもない顔をして死体も処理してしまう、そんな連中だ。

小さく震える手を後ろに隠して笑顔を作っていたら、エルカは首を傾げながら、もう行っていいとメグに声をかける。

メグは失礼しますと言いながら、ユアンに一瞬だけ目線を送った後、部屋を出て行った。

「殿下、気をつけてください。宮殿のメイドと言っても、色々な家から雇われています。皇族に反感や、逆に近づきたいと野心を抱いている者も多いです。世話係は人選していますが、宮殿のメイドとはなるべく二人きりにならないようにお願いします」

「そうか、分かった。気をつけるよ」

どうやら別の意味で誤解をしてくれたようで、ユアンは助かったと安堵する。

それと同時に宮殿の中にいても気が抜けない状態である、ということが理解できてしまった。

誰も巻き込みたくはない。

ましてや、エルカが傷つけられるなんて、絶対に嫌だ。

小説のように色々動いてはいるが、空回りして上手くいかないという状況を作り出すしかないなと思いながら、ユアンは頭に手を当てて息を吐いた。

着替えてから外へ出ると、エルカにこちらですと案内されたのは、いつも出入りする正面口ではなく、商人が使っている裏口だった。

お忍びで町へのお出かけだからか、ここまで徹底するのかと感心した。

ユアンの服装もシンプルなシャツとズボン、コートもよくある一般的な素材のもので、派手な飾りもない。ちょっとしたお金持ちのお坊ちゃんか、平民の若者という目で見られても大丈夫そうだと思えた。

商人用の出入り口を抜けて、石畳の道を歩くと、少し離れたところに数人立っているのが見えた。

全員軽装だが、背が高く屈強な体つきをしている。

彼らが一緒に町へ同行する護衛騎士かなと思いなが

ら近づいて行くと、その中心にいた背の低い男がさっと手を挙げたのが見えた。

「遅かったな。ゼノン公は女のように着替えに時間をかけるんだな」

「え⁉　へっ……へっへい」

「シッ！　今日はその呼び方は禁止だ。町に行くのだろう？　ちょうど用事があったから、私も同行することにしたんだ」

いつもの隙のないドレス姿とは違い、地味なシャツとパンツにベストという、商人のような格好で立っていたのはリリアだった。

大きめなハンチング帽の中に髪を隠しているので、スッキリとした頸が見えた。

「な、なっ、なぜそんな格好を……」

「女の姿で男に囲まれていたら目立つだろう。少数だが、この者達は騎士の中でも手練れを集めている。安心してくれ」

ニカっと太陽のように眩しい笑顔でリリアは笑った。

女帝としてのリリアは人形のように無表情で、一切の感情が感じられなかったのに、今ここにいるリリアは、本来の姿へ戻ったように生き生きとしていた。

ユアンはそこで小説の内容を思い出した。

主人公リリアは、時々男装をしてお忍びで出歩くことがあるのだ。情報集めや町の暮らしを直接自分の目で見るという、いかにも小説の主人公らしい行動だった。

「ぼけっとするな、早く行くぞ」

リリアは騎士達と共にスタスタと歩いて行ってしまう。

用があったとはいえ、お飾りの自分を一緒に連れて行こうとするのはなぜだろうか。

リリアの後ろ姿を見ながら、ユアンは首を傾げてしまった。

「陛下なりに心配されているのですよ。病み上がりでの外出ですから。今朝予定をお話ししたら、自分も行くと仰って……」

横にいたエルカがこそっと耳打ちしてくれた。

体調を心配してくれるのは嬉しいが、今まで顔を見ることも出来ないくらい遠くにいたので、急に近くなった距離感に戸惑ってしまう。

警戒するとしたら、近くに置いておいた方がいいと考えたのかもしれない。

ユアンは緊張しながら、リリアの後を追った。


馬車の中から流れていく景色を見ながら、ユアンは一度だけ町へ行った時のことを思い出した。

楽しそうに語らいながら町を歩く人達。

両親に手を引かれて笑う子供。

様々な幸せが溢れる町中を、ユアンは裸足で走っていた。

親戚の集まりに向かう途中、監視の隙をついて逃げ出して、近くに止めてあった荷馬車に乗り込んだ。

その荷馬車がたどり着いたのは、公爵領の町だったが、華やいだ雰囲気に自分の状況も忘れて心を躍らせてしまった。

荷馬車から抜け出して、町の中を走り回って、自由を手に入れたと喜んだ。

無一文で何の特技もなく、無謀な逃走だったが、その時は成功したと思っていた。

しかし、たまたま非番で町にいた公爵家の騎士に見つかって、あっけなく捕まってしまった。

何とも悔しくて悲しい思い出だ。

あの時は確か、もうすぐ龍神祭の季節で、街はカラフルに飾り付けられていた。

店のガラス窓には、高級そうな商品が並び、街行く人が覗き込んでいた。

ユアンもまた、一軒の店の前で立ち止まり、他の人と同じようにキラキラした商品に目を奪われた。

しかし、裸足で薄汚れていたユアンを見た店主は、店に近寄るなと言ってユアンを追い出した。

これもまた、嫌な思い出だった。

ユアンが外を見ながらその時のことを思い出して、眉間に皺を寄せていると、それを見たリリアがぷっと噴き出して笑った。

「なんだ、そんな苦しそうな顔をして。薬液を飲んだ時と同じ顔をしているぞ」

「え？　あ、あの……」

「ベッドの上での生活で退屈していたらしいな。しばらく遠方の公務は入れないようにする。今日のように外へ出てもいいし、無理をしない程度に自由に過ごしてくれ」

「はい……」

パーティーや式典などで、皇室の看板として活動するのがユアンの仕事だ。

病み上がりとはいえ、無理をするなと仕事まで調整してくれるという、リリアの考えが読めない。

対面に座るリリアを不思議そうな顔で眺めていたからか、リリアはフンと鼻息を漏らして座面に深く腰掛けた。

「正直に言おう。私達の結婚はお互いの父親が決めたことで、私は貴殿に興味がなかった。即位した後、婚約を破棄するとなると、火に油を注いでしまうから、大人しく甘んじたままで。結婚後についても、関わりたいと思わなかった。なぜなら貴殿はゼノン家の一員だからな。気を抜いたら、首にナイフを押し付けられていても不思議ではない」

意外にもリリアがアッサリと胸の内を話してくれたので、ユアンは驚いてしまった。

小説の中には書かれていなかったが、リリアに興味はないと宣言されるシーンがあったということだろうか。

ユアンが戸惑っていると、リリアは返事を待たずに続けた。

「こちらで調べた情報もあまりいいものではなく、益々疎ましく思って避けていた。しかし、実際に会って話してみて、色々と思うところが出てきた。人任せで、己で判断しなかった自分を恥じたよ。しっかりと自分の目で見て、向き合わないといけない相手なのだと気がついた」

リリアの手元を見ていたユアンが顔を上げると、リリアは真っ直ぐにユアンを見ていた。

その強い視線にとらわれて、ユアンは目を逸らすことができない。

「私は結婚相手としては、不十分だと言える。今はまだ、詳しく事情を話せないが、単純な問題ではないのだ。だが、なるべく貴殿の意向に沿う形にしたい。要望や不満、心配なことがあれば教えて欲しい。できる限り叶えたいと思う」

またもやユアンは驚いて、今度こそ声を上げる一歩手前だった。

リリアは秘密の直前まで近づくことを許した。

まさか、この段階でここまで打ち明けてくれる、という展開が予想できなかった。

これが小説の通りなら、どうしてユアンはあんな暴挙に出るまで追い詰められたのか。

それとも、自分の行動が変わったことにより生じた新しい展開なのか、ユアンには判断できない。

とにかく、ここは話を合わせて切り抜けるしかないと腹を決めた。

「私は……私には何も力がありませんが、皇配として、陛下のために力を尽くしたいと思っています」

できれば自分を殺さないで欲しい。

頭の中ではそう言いながら、ユアンはリリアに向かって答えた。

「……そうか、分かった。私の未熟さ故に、貴殿は苦しい立場になることもあるかもしれない。何もかも話してくれなくてもいい、私にも言えないことがあるからな。けれど、助けが必要なら、私はいつでも力になる」

「ありがとうございます」

リリアには冷たく突き放されるだけだと思っていたので、ここまで心を尽くした言葉をもらえるとは考えていなかった。

ユアンは小説の登場人物なんて、誰も信じられないと思っていたが、その心がわずかに揺れたのを感じた。

素直にお礼の言葉が出てきて、いつも無理矢理作っている笑顔ではなく、心から湧き上がってきたような笑みが口元に浮かんだ。

「ああ、今はまだ小さいが、これからもっと成長するから……」

ユアンが笑ったら、リリアの方はなぜか動揺したように口元をもごもごと動かした。

もしかしたら、変な笑い方だったかもしれないと、ユアンは口元に手を当てた。

「小さいなんて……陛下は偉大な存在です。まだ即位したばかりですし、これから諸侯もまとまっていくかと」

「国のことか？　ああ、それもそうだが。私自身のこともある。周りの騎士達より背が低いだろう、体つきも細い」

「へ？」

一瞬何を言われたのか分からなくて、ユアンは理解できなかった。

ユアンが不思議そうな顔をしていると、リリアは背もたれに体を預けて腕を組み、得意げな顔をした。

「龍の血を継ぐ者は、成長期が遅いんだ。十代はゆるやかに大きくなり、十代の終わり頃からやっと体が大きくなる。だから今、私は成長期なんだ」

「なるほど……そう、なんですね。そういえば、結婚式の時より、背が高くなったように感じていました」

「そっ、そうか⁉　よし！　このままいけば、キルシュのやつなんてすぐに追い越して、逞《たくま》しくなれるぞ」

リリアの背が伸びたように感じていたのは確かだった。リリアは気にしていたのか、ユアンの言葉に、本当に嬉しそうな顔になって、キラキラとした笑顔を見せてくれた。

本来はこんな風に子供のように全力で喜びを表現する人なのだなと思ったら、ユアンも嬉しくなり笑ってしまった。

「その……、陛下は女性なのですから、そこまで大きく逞しくなる必要はないかと」

「あっ……そっ、そそそうだったな！　それではドレスが入らなくなってしまうな。ははは……そうだった」

事情を知らない設定のユアンとしては、この辺りで一度ツッコんでおかないとおかしなことになってしまう。

ハッとした顔になったリリアは、頭をかいて焦った様子だった。

こんなに素直な主人公で大丈夫なのかと、ユアンの方が心配になる。

喋り過ぎたことを後悔しているのか、その後のリリアは気まずそうな顔をして、持参していた書類に目を通していた。

ユアンは、なんとも可愛らしい人だなと思いながら、リリアが成長して立派な真の皇帝として立つ日を、自分は見ることができるのだろうかと考えていた。

できれば牢獄の中ではなく、広場に集まって手を振る群衆の一人になりたい。

力強い龍となって、剣を天に掲げる姿をこの目に焼き付けたい。

そんな大それた願いが胸に浮かんでしまった。


ユアンの外出は散歩程度の予定だったので、リリアは自分の用事を済ませるために馬車を停めた。

ユアンと騎士を一人馬車の中に残して、リリアは一軒の店に入って行った。

ちょっとした探し物だから待っていてくれと言い、骨董品を扱う店に入って行ったが、ユアンはこの店についてよく知っていた。

そもそも、皇帝なら探し物は家来に頼むはずで、自分で動くなどというのは手っ取り早いかもしれないがおかしい。

知らないフリをして、どうぞお待ちしていますと送り出した。

ユアンは馬車の中から『ポアン』と描かれた看板を見て、ここがそうなんだとじっと見入ってしまった。

表向きは帝国内のガラクタを扱う寂れた店、という設定だが、ここはリリアが隠れていた幼少期に出会った幼馴染みの一人、グレイという男が営む情報屋だ。

一階は一般向けのガラクタを販売していて、限られた顧客だけ二階に通される仕組みだ。

グレイの父親は貴族だったが、ゼノン公爵によって田舎に追いやられ、そこでリリアと出会う。

リリアを利用して復讐しようとするという設定だった。

リリアとともに帝都に戻ってきたグレイは、もともと手広く商売をしていた父親の人脈を活かして町で商売を始めた。

今ではその手腕から裏社会では名前が知られているらしい。

リリアは時々グレイの元を訪れて、宮殿を離れた兄達の動向や、反対勢力の動きなどを探らせていた。

恐らく今日もその依頼に寄ったのだと思われる。

もしくは本当に探し物か……。

この後出会うことになる、ヒロイン。

彼女はリリアの運命の相手だ。

かつてリリアが死の危機に瀕《ひん》した時、それを救ったのがヒロインだった。

つまりヒロインは命の恩人なのだが、リリアにはその時の記憶が曖昧なのだ。

手がかりになるような物があるらしいのだが、それが思い出せなくて、リリアはいつもそれを探している。

グレイからは、探し物がなんだか分からないなんて、そんな難しい依頼はお断りだと言われていた。

ヒロインに出会うことで、幸せを手に入れるのだが、確かその探し物についてはどうなったのか書かれていなかった。

探し物は、ヒロインそのもののことを指していた。

前世の自分はそう解釈したのだが、なぜかしっくりとこなかった。

もしかしたら作者は途中でその存在を忘れてしまったのかもしれない。

気にするほどのことでもないなと思いながら、斜め前に座っている騎士を見たら、なんとその騎士は頭を上下に振って居眠りをしていた。

リリア達が出て行ってから時間が経っていたため、まだ若い騎士は夜勤明けで眠気に負けてしまったのかもしれない。

こんなところで襲撃されることはないだろうと、ユアンは鼻から息を吐いて笑った。

しかし、そこで気がついてしまった。

護衛の騎士は居眠り、御者は休憩していて中の様子など気がついていない。

つまり、ユアンのことを誰も見ていない。

逃げ出すとしたら、絶好のチャンスだ。

息を呑んだユアンは、馬車のドアに手をかけた。

ゆっくりと音を立てずに開いて、騎士に触れないように注意しながら体を滑り込ませたら、難なく外へ出ることに成功した。

目の前にはポアンの暗いガラス窓に映った自分の姿が見えた。

そして背後の馬車の中で、変わらず居眠りをしている騎士の横顔がぼんやりと映っていた。

ドクドクと心臓の音がうるさく鳴り、胸を突き破ってしまいそうだった。

路上に一人で立っているユアンは、辺りを見回した。

道行く人はみな忙しそうに歩いている。

誰一人、自分のことを見ている者はいなかった。

◇
◇

「これが伯爵の今まで関わってきた事業の詳細だ。国に申請があったものだけを集めてきた。頼むぞ、中立派の彼を仲間にできたら戦局は大きく動く」

「りょーかい。長年頑として動かなかった男を動かすには、細かいところから詰めていかないとね」

リリアからもらった資料をぱらぱらとめくりながら、グレイはニヤリと悪そうな顔をして笑う。

本当に悪いことを考えているのかは分からないが、そういう笑い方をするのが彼のクセなのだ。

リリアは信頼の気持ちを託して、グレイの肩を叩いた。

グレイはその名に相応しく、銀髪でグレーの瞳を持った男だ。

スラリと背が高く痩せており、普段から和やかで喋りも上手いので、自然と人を寄せつけるタイプの人間だ。

どこか影のある雰囲気も人を夢中にさせる一つかもしれない。

彼もまた、リリアが幼き頃、友としてリリアを助けて支えていくと誓ってくれた幼馴染みの一人だった。

リリアの近くで仕えるキルシュやミドランドとは違い、グレイは裏側で動いてくれる存在だった。

表向きは地味な骨董屋を営んでいるが、実際は潜入から剣や格闘までお手のもので、主に貴族相手に情報屋をやっている。

顧客は金払いのいい連中が中心だが、貧しい者達の力になることもあった。

帝国内を掌握《しょうあく》していくには味方を増やしていかなければならない。

その鍵となるのが、大貴族ゼノン家につづく由緒ある名家で、大きな領土と海洋業で有名な、西の金庫番と呼ばれるルドルフ家だ。

何度も話し合いを試みようとしているが、ルドルフ家は争いを避けて中立を宣言しており、長年政治には関わってこなかった。

ルドルフ家を味方につけること。

それがリリアの皇帝としての地位を強くするために必要不可欠だった。

「ん？　やけに時計を見ているが、誰かを待たせているのか？」

資料を渡して少し話すだけのつもりが、話の長いグレイに付き合っていたら、ずいぶんと時間が過ぎてしまった。

横目で時計を見ていたことに気がついたグレイに、リリアは平静を装って何でもないと言おうとした。

「なんだよ、誰か来ているなら中に入ってもらえばいいだろう？　キルシュ？　ミドか？」

「違う……、今日は別の……」

「もしかして、例の皇配殿下か？　結局依頼が立て込んで結婚式には行けなかったから、顔が見たかったんだよ。というか、大丈夫なのか？　ゼノン家の男だろう？　俺が不在だったからキルシュに素行調査をさせたんだよな？　どうだったんだ？」

案の定矢継ぎ早に質問が飛んできて、リリアは口元を引き攣《つ》らせた。

とにかく興味のあることは、一度喋り出したら止まらないのがこの男の悪いクセだった。

「なんだよ、無理やり押し付けられた婚約だって愚痴っていたのに、仲良くやっているんじゃねーか。っていうか、どうせ敵のゼノン家だしな、いつかは切り捨てるつもりだろう？　それなのにお友達ごっこ？　お前もけっこう残酷だな」

「……あのな。キルシュが調べてくれたが、彼にも事情がありそうなんだ。敵の家の者だからといって、簡単に切り捨てるつもりはない」

「へぇ……お前が人に興味を持つなんてね………、よし！　見に行こう！」

「うっ！　あっ、おい⁉」

興味を持ったグレイの行動は早い。

下に止めている馬車の中にいると察したら、ソファーから飛び上がってスタスタと歩いて行ってしまった。

グレイをなんと紹介すればいいのか、まだ考えていなかったリリアは慌ててグレイの後を追った。

部屋を出たら、店番をしていたグレイの部下の女性が、ちょうど階段を上がってくるところだった。

「ソニア、どうした？　二階には来るなと……」

「すみませんボス。あの……恐らく、お客様のお連れの方が……」

リリアとグレイは顔を見合わせた。

お連れと言われたら、それはユアンのことだろうと察して二人で階段を下りていくと、やはり店内にはユアンの後ろ姿がある。

何やら夢中でショーケースの中を覗き込んでいる様子だ。

「これはこれは、お客様！　どれかお気に召す物はありましたか？　私、店長のグレイと申します」

グレイが早速キリッと顔を切り替えて、ユアンに声をかけると、急に話しかけられて、ユアンはビクッと肩を揺らした後に振り返った。

「あ……いえ、すみません……」

ユアンは慌てた様子で触っていたケースから手を離した。

恐らく、ケースに勝手に触れたので怒られるのかと思ったのだろう、申し訳なさそうな顔をしていた。

「おや、もしかしてこの宝石箱ですか？　これはお目が高い！　これは百年前の製法で作られた陶器の宝石箱で、今ではこの発色が出せないと大変な価値があるのでございます」

「そう……なんですか」

グレイが商売人らしい動きで、サッとショーケースからユアンが見ていた宝石箱を取り出して、ユアンの手に載せてしまった。

「商売はそれくらいにしてくれ。待たせて悪かったな、暇だったから見にきたのか？　私は骨董に興味があって、ここは懇意《こんい》にしている店なんだ」

「そうなんでございます。骨董品好きなお得意様と商談に花が咲いてしまいまして、お連れ様をお待たせしてしまい、申し訳ございませんでした」

食い気味に絡んでいったグレイに呆れながら、とにかく思いついた上客という設定を披露したら、グレイは適当に合わせてきた。

「いえ、そんな。色々見させて頂いて、時間はそれほど感じませんでした」

ユアンは話しながら手の上に載った宝石箱を見てふわりと微笑んだ。

顔は良い方だと思っていたが、普段の怯えた表情とは違い、生き生きとした、花が舞うような甘い微笑みだ。

　思わず息を呑んだリリアの横で、同じようにグレイもごくりと唾を呑み込んだ音がしたのに気がついた。

「そっ、それを、気に入ったのか？」

「え？　あっ……そうですね。昔、持っていた物と似ていて……つい見入ってしまいました」

　長い前髪を耳にかき上げながら、懐かしそうに目を細めたユアンは、また甘い香りでも撒《ま》き散らすかのように色っぽくて美しく見えた。

　リリアが思わず買ってやろうという言葉を口から出そうとした時、先に間に入ったのはグレイだった。

「お連れ様、こちら、六十ゴールドの一品でございますが、お近づきの印に、私からプレゼントしてさしあげます」

「そっ、そんな。六十ゴールドって！　大金じゃないですかっ」

「私の目利きは超一流でして、お連れ様はきっとご贔《ひい》屓《き》にしてくださると直感で分かりました。これからの縁を考えたら、全然安いものです。どうか、受け取ってください」

　リリアがわなわなと口を震わせている間に、グレイはあっという間に宝石箱を包んでユアンにプレゼントしてしまった。

　ユアンは戸惑っている様子だったが、やはり欲しい物だったのか、グレイにプレゼントをありがとうございますと言って丁寧に受け取った。

　そこに外で待機していたのか、騎士が慌てて店内に入ってきたので、ユアンは騎士と一緒に荷物を置くために先に馬車へ戻った。

「おいおい、聞いてないぞ。あんなに美人だなんて」

「美人って……あいつは男だぞ」

「俺は男だってイケるから関係ないね。お前みたいに幻のお姫様をいつまでも追いかけるような無駄なことはしない。いいと思ったらガンガンいくのがこの俺様よ」

　グレイの目はギラギラと光っていた。

　こういう目をしている時のグレイは、かなり本気になっているとリリアは知っていた。

　普段なら好きにしろという言葉も、なぜか今は胸に嫌な痛みを感じて、無意識にグレイの腕を摑んでしまった。

「バカなことを言うな。あれは……俺の……」

体の血が熱くなって、リリアは両眼に力が集まったのを感じる。

リリアを見たグレイは、ハッとした顔になりリリアの腕から逃れて一歩後ろに下がった。

「ははっ、冗談だって。分かっているって、今はお前の伴侶《はんりょ》だろう」

グレイは両手を挙げて、いつものようにおどけた表情に戻った。

なんでもない風を装っているが、グレイの動揺はわずかに額から流れた汗に出ていた。

「……すまない。今日は調子が悪いみたいだ」

「いいよ。例の件はまた連絡するから」

分かったと言ってリリアが声をかけると、裏口で待機していた騎士達が出てきて、そのまま馬車に乗り込んだ。

先に乗っていたユアンは、グレイからプレゼントされた宝石箱をまだ大事そうに抱えていたので、それを見たリリアはまたムッとした気分になった。

「……宝石箱が欲しいなら、もっと新しい綺麗な物を用意するぞ」

「いえっ、そんな……。先ほど申し上げた通り、以前に持っていた物と似ていたので気になっただけで……」

「ならば、空っぽなのは格好が悪いだろう。見合うような宝石を贈ろう」

「宝石なんて、恐れ多いです。私は妃ではないので、そういった物を身につける機会もありませんし……お気持ちだけありがたく頂戴します」

ユアンは胸に手を当てて頭を下げた。

尊い存在に最上級の敬意を表す行為であるが、それが今日は無性に悲しく思えてしまった。

ユアンの頭を縦に振らせたい。

先ほどのような、ユアンの花が咲くような笑顔が見たい。

宝石で足りなければ、城ならどうだろうか。

そんなことをぐるぐると頭の中で思案しまい、しばらくして、何を考えているのだとやっと冷静になりリリアは頭を振った。

気がつくとユアンはまた窓の外を見ていた。

行きにしていた難しい顔ではない。

少しだけ棘が抜けたような、穏やかな顔をしている。

「今日は外出許可をいただき、ありがとうございます。こうやって町の景色を見ることができて、楽しかったです。体力が回復したら、色々なお店を回りたいです」

「ああ、そうするといい。祭りが近くなると、もっと賑やかになる」

二人の間には壁がある。

それは、リリア自身が選んだものだった。

強制的に結ばれた婚約の相手、政敵であり、因縁の相手でもあるゼノン公爵の息子。

距離を取ろうと決めたはずなのに、気がつけば自分から築いた壁が、邪魔に思えて仕方がなかった。

どうすれば。

どうすればこの壁を壊すことができるのか。

もっと彼に近づくためには……。

「………ユアン」

「え？」

「ユアンと、そう呼んでもいいだろうか」

自ら築いた壁を壊す。

それはリリアにとって、大きな変化となる一歩だった。

体の奥底に、熱くたぎる力の存在を感じた。

「ええ、もちろんです。陛下」

ユアンはリリアが望んだようには笑ってくれなかった。

だが、彼の微笑みがリリアの心を揺らした。

胸の鼓動を感じながら、リリアが手を伸ばすと、意味に気がついたユアンがその手に自分の手を添えた。

本来、女性が手を伸ばすと、甲に軽く口付けするのが礼儀となっている。

ユアンもリリアの手を口元に引き寄せようとしたが、そこでリリアはユアンの手を掴んで、自分から顔を寄せて彼の手の甲に口付けた。

なぜそんなことをしたのか分からない。

ただ、どうしてもそうしたかった。

ユアンは驚いた顔になって、目をパチパチと瞬かせる。

「なんだ？　ユアン。私は皇帝だ。好きにしていいだろう」

自分でやっておいて、照れて顔が熱くなってしまったが、それを見たユアンはぷっと軽く噴き出して笑った。

「ええ、光栄です。ありがとうございます」

目を細めておかしそうに笑うユアンを見たリリアは、嬉しくなった。

こんな風に笑う彼を見ることができた幸運に。

そしてその笑顔が、可愛いと思った。

すでに壊れた壁がパラパラと音を立てて崩れていて、それがまるで拍手のようにリリアの胸に響いていた。

◇◇

「ユアン」

リリアにそう呼ばれた時、全身に電気が走ったように肌がピリピリと痺れた。

夫婦であっても、かりそめの夫婦。

薔薇園で倒れたことで、優しくしてもらえたが、それは主人公らしい人助けの気持ちで、元気になれば元に戻るだろうと思っていた。

皇帝と結婚することで、ユアンは公爵の地位を得て、ゼノン家の名からゼノン公と呼ばれていた。

そう呼ぶのはリリアだけだったが、それが二人の間に引かれたハッキリとした線になっていた。

それは小説でもそうであったので、ユアンはなんの疑問も持たずに受け入れていた。

しかし、町に連れて行ってもらった時に、リリアから初めてユアンと名前で呼ばれた。

今までゼノン家の人間にも同じように呼ばれていたが、呼ばれる度に嫌な気分になった。

それが、リリアに名前を呼ばれた時は、体の奥底から嬉しいという気持ちが溢れてきたのだ。

いかにも他人、という呼び方ではなく、まるで本当に家族として受け入れてもらえて、特別なものになったような気がしたのだ。

骨董屋ポアンの前に立って、誰も自分を見ていないと気がついた時、ユアンは逃げ出したい気持ちに駆られた。

　つい少し前まで、陛下のために力を尽くすなどと口にしておきながら、呪われたような運命と残酷な最期を思ったら、全て捨てて逃げることしか考えられなくなった。

　今の自分の立場でそんなことをしたら、帝国中の人間から追われることになるだろう。

　それでも……このまま陰謀に巻き込まれて、牢獄で死ぬなんて嫌だった。

　じりじりと足元から焦燥感が襲ってきて、通りの奥に目を向けた。

　走ればほんの数秒で姿を消せる。

　そこからは港に向かい船に乗って他国へ……。

　居眠り騎士は起きる気配を見せない。

　今しかない。

　そう思った時。

　ポアンの外のガラス窓から見えた、店内のショーケースにある物へ目が奪われてしまった。

　それはかつて自分の手元にあった物とよく似ていた。

　一度は失ったと思って悲しい気持ちになった物を再び目にした時、逃げるという気持ちより、あれに触れたいという思いの方が勝ってしまった。

　フラフラと導かれるように店内へ入ったユアンは、ショーケースの前に立った。

　それは手のひらに載る宝石箱で、薄汚れているが、かつて自分が持っていた物と全く同じに見えた。

　そう、同じに見えるが、ユアンが持っていた宝石箱ではない。

　ユアンの宝石箱は、父である公爵に床に叩き落とされて粉々になってしまったからだ。

　赤子の時に別れたので、ユアンに母の記憶はない。

　公爵からもらった金を持って、喜んで消えたと言われて育った。

　だが、ひとつだけ、母がユアンに残していった物がある。

　それが陶器でできた宝石箱だった。

　背面のネジを巻いて蓋を開けると、オルゴールが流れる仕組みになっていた。

　幼いユアンは、夜になると母恋しさでネジを巻きそのオルゴールを聴いていた。

その当時、優しくしてくれた使用人の女性から、このオルゴールの音色は子守唄なのだと言われて、歌詞も教えてもらった。

それからはオルゴールを聴きながら子守唄を一緒に歌った。

母がいたら、きっとそうしてくれていただろうと、一人で想像しながら布団に入って眠った。

しかし、その母を感じられた唯一の時間は、突然終わってしまった。

その日、公爵は朝から苛立っていて、その苛立ちは、夕食の時にスープをこぼしてしまったユアンへ向けられた。

ユアンの部屋に入ってきた公爵は、ユアンが大切にしている宝石箱を見つけて手に取った。

泣いて謝るユアンの目の前で、勢いよく床に落としたのだ。

その時の記憶が蘇ってきて、ユアンの胸に突き刺さった。

苦しいほど悲しい気持ちだったが、二度と手にできないと思っていたその宝石箱が、また目の前に現れた。

恐らく同じ工房で作られた同じ作品だろう。

そうだとしても、再び母に出会えたようで、ユアンは感動して泣きそうになっていた。

そんな時足音が聞こえてきて、後ろから声をかけられた。

振り返るとそこには、リリアと恐らく小説の登場人物であるグレイの姿があった。


思いがけず手にすることができた宝石箱を持って、ユアンはもう何時間も眺めていた。

町に行った翌日。

今日も特に予定もないので、ユアンは自室で過ごしているが、朝からずっと椅子に座って宝石箱を眺めながら、思い出に浸っていた。

何度目か分からないが、ユアンは宝石箱の蓋をパカっと開いた。

オルゴールは鳴らなかった。

そもそも背面のネジが外れていて、前に持っていた物とは違い、こちらはオルゴールの機能が壊れていた。

それでも、あの寂しかった時に側にあった温もりを感じることができた。

この宝石箱を手にした時、ユアンの中でフラフラと、どっち付かずで揺れていた心は決まった。

もう逃げるのはやめよう。

あの場所で宝石箱に出会えたことは運命なのだ。

思えば逃げることだけを考えて今まで生きてきたが、結局何もかも上手くいかずに中途半端に終わってしまった。

もちろん、行き当たりばったりのユアンの作戦が悪いのは確かだが、ちゃんと運命に向き合うようにと力が働いたような気がしてならなかった。

それがこの宝石箱だ。

これを無くしたことで、希望を無くして消えたいとしか思えなくなった。

しかし希望がまた戻ってきた、ということは、運命と向き合って強く生きろという啓示なのかもしれないと考えた。

そして、あの場所に留まったことで、リリアから名前で呼ばれるようになった。

これは生き残りに向かった、新しい道なのではと希望がどんどん湧き出してくる。

「小説の内容は頭に入っているし、できることはやってみよう」

目指すところは、ゼノン家の目を欺《あざむ》きつつ、リリアを助けて、リリアが真の皇帝となる道作りに一役買うこと。

リリアの三人の幼馴染みのように、信頼される友人になれたら、牢獄行きの展開は避けられるのではないかと考えた。

ただ無理矢理近づこうとすれば、やはり小説の展開と同じように、嫌われてしまうので、どうしたらいいものかユアンは腕を組んで考えていた。

そこにコンコンとノックの音が聞こえてきた。

エルカが来たのかと思って、すんなりどうぞと声をかけると、軋む音を立てて開かれたドアから入ってきたのはキルシュだった。

「長く休んでおりましたが、今日から復帰しますのでご挨拶に参りました」

「キルシュ卿、ご苦労様です」

立ち上がったユアンがキルシュに近づいていくと、キルシュはユアンの無事を確かめるように体の動きを見て、恐れ入りますと言って頭を下げてきた。

「もう、体の方は元通りです。ただ……」

「どうされましたか？　何か問題でも？」

「筋力が以前よりもっと落ちてしまって……、キルシュ卿にお願いしたいのですが、誰か体力作りや剣を教えてくれる人を頼めないかと……」

「剣？　ユアン殿下がですか？」

「そうです。恥ずかしながら、子供の頃に習って筋が悪いからと見放されたきりで……。自分の身も守れない男では、陛下のことを守ることもできないと思ったのです」

　これは寝ながらユアンが考えていたプランの一つだ。

　リリアに信頼されるには、何もしないでぐうたらしているお飾りだけではダメなのだ。

　コイツは力になるぞと思ってもらえなければ、信頼されるわけがないと考えた。

　何かあった時も自分で動けるのは大事なことだ。

　そのためには強くならなくてはいけない。

　これが、ユアンが生き残るために考えたことだった。

「……いいでしょう。私が師になります」

「え？　キルシュ卿がですか⁉　え、あの、陛下の護衛の方があるのでは……？」

「基本的には護衛の人手は足りているのです。私も謹慎明けなので、雑務をするようにとまだ本格的な復帰の許しは出ていません。何か皇配殿下からご要望があれば、喜んで取り組むようにとも指示を受けています」

「なるほど……ではよろしくお願いします」

　まさか自分を嫌っていそうだったキルシュから、剣を教えてもらえることになるとは思わなかった。

　ユアンが不安な胸を隠しながらよろしくと頼むと、キルシュはわずかに微笑み、ハイと言って頭を下げてきた。

　謹慎がよほど効いたのか、こんなに穏やかな笑顔を見せてくれる人だったかなと、ユアンは頭の中で首を傾げた。

　翌日から早朝と夕方、パーティーなどの予定がない日に限るが、体力作りと剣の訓練が始まった。

皇族用の訓練場は毎回人がおらず、キルシュと二人での訓練が続いた。

小説では、リリアもまた密かに体を鍛えるために夜中に部屋を抜け出して、訓練場で汗を流す場面が書かれていた。

ユアンの方は、ひたすら砂袋を担いで走らされると いう、原始的な筋力トレーニングに疲れ切ってしまい、夜は起きていられなくなった。

ゼノン家には、リリアから逞しい男がタイプだと聞かされたので、好かれるために筋力増強に力を入れていると、それとなく手紙を送っておいた。

公爵の目眩《めくらま》し作戦と名付けて、どうにか監視の目を緩めることが目的だった。

案の定、公爵からの返信はなく、しばらくは大人しくしてくれるだろうと思った。

そしてもう一つ、公爵家の目を逸らすためのプランがあった。

公務が落ち着いた午後、リリアはアフタヌーンティーの時間にユアンを呼んだ。

ユアンと名前を呼ばれるようになってから、リリアは度々ユアンとの時間を作ってくれるようになった。

これはこれで大きな一歩なのだが、もっと確実なものにしておかなければ、いつ組織の人間が近づいてきて、あの変な薬を使えと言ってくるか分からない。

それを防ぐために、ユアンはある程度リリアに事情を話して協力してもらうしかないと考えていた。

「剣の稽古は続いているようだな。いきなりキルシュと訓練を始めると聞いた時はどうしたのかと思ったが……」

リリアは口元に穏やかな笑みを浮かべて、美しい所作でカップを口に運んだ。

今日のリリアは深いグリーンのドレスで、長い髪を高く結い上げていた。

麗《うら》らかな午後の日差しを浴びて、優雅にお茶を飲む姿は、巨匠が描いた絵画の一場面のように美しい。

金色の瞳がユアンを捉えると、キラリと光ったように見えて、ユアンは眩しさに目を細めた。

まともに話せるようになってしばらく経つが、リリアの瞳は野生的というか、時々獣を思わせるような強さを放つ時があり、なかなかそれに慣れない。

どうにか助かりたいという、自分の浅はかな考えを全て見透かされているように感じる。

「私も男です。少しくらい使えるようになりたいと思いまして……」

「なるほど、いい心がけだ。怪我はしないように気をつけてくれ」

「はい、ありがとうございます」

話をしている間に、給仕係が次々とお菓子を運んできて、ユアンの目の前に置いていった。

ユアンは甘いものは食べ慣れていないため、こういった場では、いつも一通り軽く口をつける程度だった。

今日もケーキや焼き菓子を口に入れてお茶で流し込んでいると、リリアからの視線を感じた。

「あの……何か？」

「……菓子は好きではないのか？　少ししか減っていないな」

「嫌いというわけではないのですが、あまり食べたことがなくて……、味がよく分からないというか……」

「そうか……」

リリアが目に見えて落胆したような表情になった。

せっかく用意してもらったのに、素直に言い過ぎたとユアンは焦った。

「申し訳ございません、本当に食べ慣れていないだけで……」

「ユアン、宮殿での生活は何かと大変なこともあるだろう。私にできることがあれば、力になりたい。何か要望があれば遠慮せずに言って欲しい」

リリアが優しさを見せてくれた時、ユアンは話を切り出すチャンスだと考えた。

こちらの胸の内をすべて晒すわけにはいかないが、信頼を得るにはある程度打ち明けようと思っていた。

「お気遣いありがとうございます。では、一つお願いしてもよろしいでしょうか？」

「ああ、何が望みだ？」

「よ………」

「よ？」

「よ……夜伽を、私と共寝をお願いしたいです」

カシャンと硬質な音が鳴って、リリアが優雅に持っていたカップがテーブルの上に転がった。

ユアンは怖くてリリアの顔を見ることができなかっ

た。

ただ、祈るような気持ちで言葉を続けた。


テーブルに転がったカップから流れたお茶が、ポタポタと垂れてティールームの床を濡らした。

ユアンの一言で誰もが一瞬動きを止めてしまった。

まさかこんなに直球で訴えてくるとは思っていなかったのか、リリアから困惑したような沈黙が返ってきた。


給仕係が慌ててテーブルと床を拭き始めたのを見て、ユアンは心を決めてまた口を開いた。

「あの、わかっています。陛下が他人との接触を苦手としていて、夜伽については陛下から話があるまで待つようにと聞いております」

「ユアン……それならなぜ……」

ユアンは恐る恐る顔を上げた。

リリアはきっと嫌そうな顔をしてこちらを見ているだろうと思っていた。

予想に反してリリアの表情は変わらなかったが、少しだけ、頬が赤くなっているような気がした。


「あの……ちょっと外の風にあたりませんか？」

ユアンは周りを見渡しながら、リリアに向かって目線で訴えかけた。

以前部屋に来た女はここにいないが、ティールームの中には、給仕係に侍従、護衛の騎士や宮の兵士まで立っているので、誰が監視役か分からない。

ユアンの視線から何か感じ取ったのか、リリアは分かったと言って立ち上がった。

「バルコニーへ出る」

「陛下、では……」

「いい、外で待て。ユアンと二人で話したい」

リリアについて行こうとした近衛騎士長は、リリアが軽く手を上げたので、さっと足を止めて頭を垂れた。

ティールームの奥にあるバルコニーが開けられて、ユアンはリリアに続いてそこへ降り立った。

広々としたバルコニーから、遠くにある町が見えた。

あの町に行った時からリリアとの関係は少し変わったように感じていた。

午後の生暖かい優しい風が吹いてきて、リリアの髪を揺らした。

「さて、人払いさせたということは、何か大事な話でもあるのか？」

　慎重に言葉を選ばなければと緊張しながら、ユアンは息を吸い込む。

「陛下とこのようにお話ができるようになったら、お伝えしようと思っていたことです。私達の縁は親同士が繋いだものです。父、ゼノン公爵としては、私を使ってゼノン家の力を強めようとしています」

「まあ……そうだろうな。その辺りのことは想像するに容易い」

「陛下としては、私にあまり関わりたくないと思っていらっしゃることは、重々承知しております。私がこの事を素直にお話ししたのは、陛下から信頼を得たいと思っているからです。つまり、父からは陛下に取り入ってゼノン家の影響力を高めろと指示されていますが、私としては父に全面的に従いたくないという気持ちがあるのです」

「私を選ぶ、ということか……。なぜだ？」

「貴族にとって家長の言うことは絶対、そう厳しく教育を受けてきました。ですが、途中で気がついたのです……。このまま生きていても、私に未来はない。恐らく、父の駒として使われて死ぬ運命だと……父はそういう人です」

「…………」

　ユアンは手すりに片手で掴まって、遠くを見ながら喋り続けた。

　そうしないと、緊張で倒れてしまいそうだった。

　長い沈黙が流れた。

　リリアの父、前皇帝も自分だけを見ているという点では、公爵と似ていると思った。

　沈黙を破り、リリアから返ってきたのはやはり想像したような答えだった。

「父親に苦労させられたのは私と同じだな。違うのは、お前はまだ苦しめられている、ということだ。手っ取り早く影響力を得るには子だろうな。それで、私に頼みたいのが夜伽か……」

「子は……いりません」

　リリアが大きく目を開いた。

　これでは怪しまれると気がついたユアンは慌てて言葉を付け加えた。

「正確には、陛下が望まない限りです。無理に子を欲するようなことはしない、ということです」

「ではなぜ、夜伽を？」

「数ヶ月に一度くらいの頻度で構いません。陛下から多少は関心を持たれているという体裁を整えておかないと、今度は何を命令されるか分かりませんし、最悪の場合……」

「消されるかもな。ありもしない証拠をでっち上げられて……」

ユアンにはその先に続く言葉が想像できたが、今は話がズレてしまわないように、深く触れることは避けた。

ここは自分がいかに安全な男かを説明しなければいけない。

ユアンはリリアに向かって頭を下げながら、祈るように手を合わせた。

「陛下には指一本触れません！　ベッドなど恐れ多いので、毛布をお借りできたら、部屋の端に転がっていますので、それだけお許しいただきたいのです。……もし、心配なら私を縛っていただいても構わないです」

なんとも言えない沈黙が流れた。

しかしすぐに空気が震えるような音がし、リリアが噴き出して笑う声が聞こえてきた。

「………ぷっ、ふふっははははっ‼　お前を毛布で巻いて縛っておくのか？　それで床に転がして……ははははっ、そんな罪人のようなことをしていたら、気になってこっちが眠れないではないか」

よほどツボに入ったのか、リリアは涙を流しながら腹を抱えて笑った。

つい先程まで、腹を探り合うように真剣な話をしていたとは思えなくなって、ユアンもすっかり気が抜けてしまった。

「分かった。では、今日の夜に来い」

「ええ⁉」

「なんだ？　自分で頼み込んでおいて嫌なのか？」

「そんなっ、まさか‼」

「考えてみれば、お前の皇配としての立場を重んじることなく、そういった面で不便をかけていたな。すまなかった」

「え、で……でも、いいのですか？」

「いいと言っている。私の気が変わらないうちに、早く来るんだな」

ちょうどそこで、コンコンとバルコニーのドアをノックする音が響いて、侍従長がガラス窓に顔を覗かせた。

恐らく、次の予定の時間になってしまったのだろう。

リリアはドレスを摑んで、颯爽とバルコニーから中へ入っていった。

その潔い晴々とした姿を、ユアンはポカンとした顔で頭を下げることも忘れて眺めてしまった。

「……何もしないって言ったから、理解してもらえたのかな」

一人バルコニーに残されたユアンは、手すりに背中をもたれて、まずは上手くいったと安堵のため息をついた。

夜伽に呼んでもらえたら、多少は役割を果たしていると思ってもらえるだろう。

公爵の目を逸らし、暗殺者から自分の身を守れるように鍛えて、無害だとアピールして主人公達からの信頼を得る。

ユアンの作戦はどうやら上手いこと動き出したように見えた。

「信頼……」

ハッと気がついたユアンは、コートのポケットの中に手を入れた。

ずっと処分しようと持ち歩いていた物があったのだが、一人になった今、誰にも見つからずに捨てるチャンスかもしれないと思った。

バルコニーの下は壁になっており、高さがあるのでここから投げ捨てれば……。

「あ……あれ……!?」

ポケットに忍ばせていたはずの、催淫薬の入った小瓶が見つからなかった。

こんな物を持っていたら信頼されるどころか、幽閉されてしまう。

慌ててポケットをひっくり返し、パタパタさせてみたが、虚しく埃ひとつ出てこなかった。

「嘘……だって、肌身離さず持っていたのに……」

つい先程までその存在を確認していたのに、ポケットに穴が空いたように消えてしまった。

ユアンは頭が真っ白になって、口に手を当てて膝から崩れ落ちた。


「音が乱れている。心ここに在らず、という証拠です」

キルシュに指摘されたら、動揺で木剣を落としてしまいそうになった。

夕刻、いつもの訓練場での素振り百回の時間、ユアンの心の動揺は指導者であるキルシュにすぐに見破られてしまった。

ティールームから自室に戻ったユアンは、部屋の中をくまなく探してみたが、催淫薬を見つけることができなかった。

記憶を手繰り寄せても、やはりコートのポケットに入れたところまでしか覚えていない。

コートを脱いだ記憶はないので、偶然落ちるとは思えなかった。

もしもどこかで落としてしまって、拾った誰かに中身を調べられて大問題になったらどうしようかと、それればかりが頭にチラついていた。

「陛下に夜伽を願い出たそうですね。だから気持ちが揺れていらっしゃる、ということでしょうか」

一瞬キルシュが何を言っているのかと思考が止まってしまったが、一歩遅れてどうやらソッチの方で考えてくれたようだと分かった。

それもまた間違いではないので、ユアンは頭をかきながら苦笑いをした。

「陛下が許可を出したのなら、私は何も言えませんが……」

「分かっているよ。無理強いするようなことはしない」

「陛下の夜番は私なので、何かあればすぐに参ります、とだけお伝えしておきます」

そうだろうなと頭の中でツッコミながらユアンは、分かったと言って頷いた。

小説でもリリアを押し倒して、無理やり襲ったユアンを取り押さえたのは、飛び込んできたキルシュだった。

きっとリリアが何をするんだとでも言えば、すぐにでも剣を片手に入ってくるだろう。

その辺りはユアンには何もできないし、するつもりはなかった。

ユアンが欲しいのは夜伽に呼ばれているという状況だけだからだ。

もちろん、彼らはユアンがリリアの秘密を知っているとは思っていないので、警戒されるのは間違いない。

そこは話を合わせておかなければいけないと思った。

「少し休憩しますか？　どうぞ、水しかないですが、こちらで休んでください」

いちおう皇族相手なので地面に座らせるのはマズいと思ってくれたのか、キルシュはマットを敷いてその上に水を入れたコップを用意してくれていた。

本人も休憩用なのか、鞄から本を取り出して慣れた様子で読み始めた。

キルシュの対面に座ったユアンは、ありがたく喉を潤した後、キルシュが本を読む様子をまじまじと見てしまった。

どちらかと言えば、書物よりも剣を持っている姿のイメージがあったので、キルシュが本を手にしている姿が不思議に見えてしまった。

「そんなに見られては穴が空いてしまいます。似合いませんか？」

「え、いや、そんなつもりは……」

「いいのです。私も本を読むなんて、子供の頃の教科書を投げたきりで、文字と格闘しながらやっと読んでいるところなのです。陛下に勧められたのですが、これが読み始めたら止まらなくて」

そんなに面白い本なのかとよく見たら、その背表紙には見覚えがあって嫌な予感がした。

「鉄と銀と金の剣という話なのですが、ご存知ですか？　願いを叶える玉を探す冒険の話です」

「いっ、ぶっ！　ええ…え……と」

「このフェニックス・デストロイという名前の作者は天才ですよ！」

「ぶっっ!!」

適当に付けた厨二《ちゅうに》病っぽいペンネームをハッキリと呼ばれてしまい、ユアンは飲んでいた水を噴き出した。

「実はもう、三回も読んでいるんです。すっかりハマってしまいました」

キルシュは赤い髪をかき上げながら、ニカっと爽やかな笑顔を見せてきた。

以前リリアとの謁見で、会話が変な方向へ行ってしまい、それをごまかすためになぜか本を書くことになった。

その時に書いた本をキルシュが持っているので、冷や汗が流れてきてしまった。

エルカに読み終わったら、捨てて欲しいと言ってあったのに、なぜかリリア側の身内で回っている現象に寒さしか感じない。

どう答えていいのか、ユアンはパクパクと口を開いたが声が出てこなかった。

その間にファン魂に火がついたらしいキルシュは、内容について熱く語り出した。

天才天才と連呼されてしまい、ユアンは今さら言い出すことができずに、苦笑いしたまま気まずい時間を過ごした。


自室で夕食をとった後、ユアンはすぐに湯浴みに連れて行かれた。

夜伽というのは手順が決まっているらしく、いつもより念入りに体を磨かれた後、いい匂いのするオイルを全身に塗られた。

薄手のガウンを着せられた後に長い上掛けを羽織って身支度は完成したらしい。

ユアンは与えられたサファイア宮を出て、リリアの住まいに向かった。

ユアンが廊下を歩いて行くと、使用人達は端によって頭を下げた。

こんな時間に皇帝の宮を訪ねるのだとすれば、夜伽しかないとみんな分かっているのだろう。

背中に好奇を含んだ視線を感じて、ユアンはぶるりと震えた。

少しでも目立って、噂になってくれればそれでいい。

恐らく監視役に潜入した者がこの様子を見ているだろうから、ユアンは胸を張って堂々と歩き続けた。

月明かりしかない暗い廊下を歩いて、リリアの部屋の前までたどり着くと、そこにはミドランドが立っていた。

彼もまた忙しい人なので久しぶりに顔を見たような気がした。

「おや、どうやら逃げずにここへ来られたようですね」

「え？」

妙に含みのある言い方をされた気がした。

何か思うところがあるのか、鋭い目でじっと見られてしまい、ユアンは平静を装っているが生きた心地がしなかった。

「何かあれば、すぐに参りますので」

よくある言葉も重く感じて、ユアンは背中を丸めて、分かりましたと口にした。

ミドランドがドアを開けて、どうぞと手で促されたので、ユアンは緊張しながらリリアの寝室へと足を踏み入れた。

◇◇

「逃走癖？」

「ええ、隙があれば脱走すると言われていたそうです。気になったので、私の方でも調査させていただきました」

山積みになった書類にサインをしながら、リリアが顔を上げると、ミドランドは執務室に入ってきた時から変わらずドアの前に立っていた。

いつも用事が終わればサッサと帰る男が、話があると残ったので何かと思えば、皇配であるユアンの話題だった。

謹慎中だったキルシュに変わり、ミドランドがユアンの追跡調査を行った。

現在邸にいる者ではなく、辞めた使用人、特に急に解雇された者を中心に情報を集めたようだった。

「逃げ出す、ということは、ひどい扱いを受けていたからだろう」

「公爵邸に引き取られてからずっとのようです。乳母は亡くなっていたので、その娘に話を聞きました。詳しくは語らなかったそうですが、乳母は死ぬ直前までユアン様が可哀想だと言っていたと……。本人は耐えていたのか分かりませんが、ある時、急に邸の貴重品を盗むようになって、咎《とが》められたら、部屋を抜け出して逃げるようになったらしいです」

「我慢の限界だったということだろう。貴重品を盗んだのは、公爵への抵抗か、それとも子供ながらに逃走資金でも確保しようとしたのかだな」

「婚約者に内定してからは、多少改善されたようですが、日の当たらない部屋に入れられて、騎士に四六時中監視させていたそうです」

「自分の子ではないから、当然夫人からは冷たくされただろうな。兄弟とは先日の様子だと、子供達だけでも仲良くとはいかなかったようだ」

最初に聞いていた報告とはまるで違う内容に、リリアは頭に手を置いてため息をついた。

キルシュの調査でも、協力者には礼を渡していたが、公爵への恐怖が勝ったということのようだ。

残忍な性格で怠け者、花街通いに嗜虐《しぎやくてき》的な趣味、時には少女を邸に呼んで犯していた。

反吐が出そうな報告に、寒気がしたほどだった。

どんな男が来るかと身構えていたが、実際のユアンは想像とは違う人物で、演技に見えず、どう考えてもおかしいとしか思えなかった。

「少女の件もどうやら公爵が絡んでいそうです。その一家はすでに帝都を離れていますが、少女と接触した近所の子から話を聞くと、若いお兄さんは泣き真似をしたら金貨をくれたと言っていたそうです」

「……なるほど、泣き真似ね。事情がありそうだ。例の組織との関係は？」

「恐らく存在は知っていると思いますが、ほぼないかと。その線は次男のスペンスの方が濃いです。組織と頻繁に接触しています」

「分かった。ユアンのことはもういい。次男の方は引き続き調査を続けてくれ」

サインを書く手を止めて、リリアは腕を組んで天井を見上げた。

ここのところ反対勢力は落ち着いているが、兄達の様子も含めて静か過ぎるのも気味が悪いと感じていた。

表面上は物分かりのいい顔をしているが、皇位を後から生まれた妹に奪われたと憎々しく思っているのは確かだ。

彼らがゼノン家と手を組めば、大きな勢力となる。

いくら考えても時間が足りないところだが、ここへきて皇配であるユアンとの問題も出てきた。

最初の調査とはあまりに変わってしまった報告。

できるだけ関わらないようにしていたのに、気がつけばユアンのことを考えていた。

自分のことながらどうしたのだろうと、訳が分からなくてリリアは頭を抱えた。

最近は体を鍛え始めたと聞いて、時々その様子を宮の窓からこっそり覗いていた。

確かに頬が痩けて、痩せすぎに思えたので、健康になってくれるならいいが、慣れない剣を振って怪我でもしないか心配になっていた。

そして、そんなことを考えてしまう自分が、ますます分からなくて、リリアはすっかり参っていた。

気まぐれにお茶に呼んで、何かしたいことはないかと聞いたら、返ってきたのは夜伽をしたいとの要望だった。

周囲からやめろという視線を感じたが、リリアは分かったと返事をした。

あれほど警戒していた相手を、寝所に入れてしまうなんて、どう説明したらいいか分からない。

だが、真剣にこちらを見るユアンの目があまりにも胸を突いて、断ることができなかった。

ユアンに悲しい顔をさせたくないと思ってしまった。

自分でもうまく説明できないが、どうやら彼のことが気に入ったらしい。

かつての幼馴染みの三人とも出会った頃、同じように気に入って、友達になりたいと自分から声をかけた。

ユアンは危なっかしいというか、どうも放っておけない気持ちになってしまい、どうしたらいいか考えてしまう。

きっと幼馴染み達に向けた友情の芽生えと、同じ気持ちなのだろうとリリアは思っていた。

「実はすでにユアン殿下を試させていただきました」

「なんだと？」

「逃走癖のことです。今後も陛下の側にいる人物であるなら、その責任と自覚を持っているか、それを確認したかったのです。出過ぎた真似をいたしました。申し訳ございません」

「お前は……その暴走する癖をどうにかしろ。何かするならまず相談してくれ。それで？　何をしたんだ？」

「先日、町に陛下と行かれた際に、騎士の一人に隙を作るように指示しておきました。ユアン殿下が自由になる時間を作るようにと……。馬車の中で騎士は居眠りをするフリをしました。殿下は一人外に出られて、しばらく考えている様子でしたが、結局陛下がおられる店に入って行ったと報告を受けました」

「そうか……」

リリアはグレイの店で一人で立っていたユアンの後ろ姿を思い出した。

逃げ癖があるというユアンだが、あの時は何を考えていたのだろうか……。

振り向いたユアンの顔には覚悟のようなものが見えた気がした。

思えば人から聞いてばかりで、自分からユアンを知ろうとする努力を何もしていなかったことに気がつく。

「……公爵家では冷遇されていたようですが、私はまだ警戒しています。そんな時に……今夜、夜伽をするなどと聞いて大変困惑しております。洗脳を受けてきたかもしれません。弱々しい演技をして、陛下と二人きりなどと……豹変《ひょうへん》して危害を加えられることになどなったら……」

「大丈夫だ。私にもいちおう古龍の血が流れている。殺気には敏感だし、何かあっても龍眼の力を解放すれば問題ない」

「……そもそも、なぜ、あの者の要望などを聞いたのですか？」

「ユアンは……私とどこか似ている。父親の……公爵の影に怯えている。守ってやりたいと思ったんだ」

ミドランドはまだ何か言いたそうな顔をしていたが、リリアが体を窓の方に向けてしまったので、代わりに小さく息を吐いた後、失礼しますと言って部屋を出て行った。

ユアンから突然夜伽をしたいと言われた時は、驚いてしまった。

結婚後、すぐに近づいてくると思っていたユアンは、予想に反して全くといっていいほど接触してこなかった。

むしろ、避けているのではないかというくらい、姿を見ることがなかった。

ユアンに侍従として付けたエルカの話によると、公務以外で部屋から出ないし、出るとしても誰もいない時間帯を聞いてから外に出ていると言われた。

最初はそんな姿に、少し興味を持った。

対外的にも交流を持たないことは不自然なので、仕方なく謁見の時間をとった。

それだけで終わるはずだった。

「夜伽を願い出てくることは予想していたが……」

ユアンから皇帝に取り入って、影響力を強めるように命令されてきたという話をされた。

打ち明けられた話はほとんどが予想通りで、驚くような内容ではなかった。

ただ、それを素直に話して信頼を得たいと思っていると言われた時は少し驚いた。

いや、正確には信頼という言葉がどうも気に入らなかった。

ユアンの立場を考えてみれば、どちらに付くかという状況で、自分の身を守るために出た結論なのだろう。

冷遇されてきた家を見限るにはちょうどいい機会だったのかもしれない。

「私は……なんと言って欲しかったのだろう」

皇帝になる前も、なった後も悩むことは多い。

だが今は、これまで感じたことのない薄らとした雲が心を覆っているような気がした。

自分自身の心なのに、中を見ることができない。

窓から見える空がオレンジ色に変わり、夜がやってくる気配がした。

今夜、ユアンと会えるのだと思うと、心が浮き立つような気持ちになる。

リリアは胸を手で押さえて、刻々と変わっていく空を眺めた。

◇◇

リリアの寝室に入ったユアンは、広々とした部屋の入り口に飾られたたくさんの絵画に目を奪われてしまった。

そこにはリリアの成長記録ともいえる、生まれた時からの肖像画の数々が飾られていた。

まず飛び込んできたのは生まれたばかりの小さな赤ん坊を抱く、美しい女性の姿だった。

黒髪にアーモンド色の瞳の女性は、リリアの母であるルーディア妃だ。

本来なら皇帝の生母として皇太后の地位を与えられるはずだが、今の宮殿に彼女の姿はない。

ユアンとリリアの婚約が強引に結ばれたことへ反対したルーディアは、どうにかして婚約を破棄しようと動いた。

しかしゼノン公爵の陰謀により、帝国の金を他国に横流しして利益を得ていたという証拠を捏造《ねつぞう》されて、現在は北部領にある宮に幽閉されている。

リリアと公爵の因縁はそのことによって深いものとなり、後に起こる反乱は、リリアの復讐劇の要素も含んでいた。

ルーディアの胸に抱かれる赤子は、赤茶の髪に茶色い目の色をしている。

これは生まれてすぐに、リリアが秘密裏に侍女の産んだ女子と交換されたからだ。

現在のリリアとは似ていないのに、なぜバレることなくここまでこられたかは、ルーディアの緻密な計画があったからだ。

女好きであった皇帝にはたくさんの女と子がいた。女と子は宮殿に集められて生活していたが、全員男子であったために、次々と殺し合いが行われた。

身分の低い女だったルーディアは、皇帝の子を身籠った時に、このままだと恐らく自分と子の命はないだろうと悟った。

もし女子が生まれたら、専用の宮を与えられ、騎士団に守られることになるので、身の安全は保障される。男子が生まれた場合、それしか生きる道はないと考えた。

長年男子しか生まれず次も男だろうと、ルーディアは全く期待されていなかったので、それを利用して自分の周りを身内の人間で固めた。

この秘密を作り上げることを可能としたのは、皇家特有の古龍の血のおかげだ。

古龍の血を継ぐ者、特に女子は三度外見が変わると言われている。

生まれた時の幼体は仮の姿であり、成長すると古龍の血を継ぐ証が体に現れて、瞳が金色に変わるのだ。

ルーディアはそれを利用して、生まれた子が男子であった場合、取り替えることを計画した。

肖像画はそれをよく表している。

ルーディアに抱かれていた赤子は、ある時から黒い髪となり、印象的な強い金色の目をした子供に変わる。つまり、それがリリアの子供時代の姿だ。

赤子の時は検査があり、大勢に裸を見られる機会が多かったので、性別をごまかすことは不可能だった。

ある程度成長して、周りを完全に味方で固めた後でやっと、リリアが再び宮殿に戻ったのだ。

誘拐未遂にあったせいで、他人に触れられたり、肌を見られたりすることが苦手だという設定を作り、味方以外を寄せ付けないようにした。

リリアと幼馴染みの三人は、入れ替わり途中で暮らした町で知り合った。

固い友情で結ばれて、リリアを支え皇帝にするために生きていくと誓い合った。

その内キルシュとミドランドは、リリアの手配で宮殿に呼ばれて、宮殿内の貴族学校で机を並べ、共に大きくなった。

今はそれぞれ得意な分野で活躍して、リリアの周りを守る盾として成長していた。

肖像画には学生時代なのか、制服姿で立っているリリアが描かれているものがあった。

なかなか可愛いなと思いながら、もっと近づいて見ようとしたら、目の前にぬっと人影が出てきた。

「おい、いつまで絵を見ているんだ。お前はここに何をしにきたんだ」

「わっ、へ、陛下⁉」

「夜伽にきた男が、主人を無視して挨拶もなしか」

「うぅ……すみません！　つい、肖像画の美しさに目を奪われてしまいまして……。あの、今夜はお許しをいただきありがとうございます」

ムッとした顔で現れたのはリリアだった。

長い黒髪をおろして、ゆったりとしたドレスを着ていた。すでに寝るための準備は整っているようだ。

ユアンは迷惑にならないうちに、大人しく寝てしまおうと辺りを見回して、毛布を探した。

「あの……私の毛布が見当たらないのですが」

「お前……本気で床で寝るつもりだったのか？　さっさとベッドに上がれ。広いからお前一人くらい増えたとて構わない」

「いっ！　本気で言っているんですか⁉　さすがに……同衾《どうきん》は……」

「だったらどうしろと言うんだ？　床に寝られたら気になって私が眠れない」

とんでもないことだとユアンは青くなった。

そのつもりなんてもちろんないが、間違えて寝返りを打ち、リリアに近づいて誤解されたら大変だと思ってしまった。

その時、リリアの寝巻き用ドレスのガウンが、壁にかけられているのが目に入った。

そのガウンには、前を結ぶ用の同じ柄の細い紐が巻かれていた。

「あの……でしたらアレを……」

恐る恐るユアンが指差した先を見たリリアは、意味が分からなかったのか、不思議そうな顔でユアンのことを見返した。


「い……いた、痛いです」

「ちょ……大人しくしろ。私だってこんなこと……初めてなんだから」

「あの……陛下……優しく……お願いしま……んっ」

寝室のドアがガタンと音を立てて開けられて、剣を片手に飛び込んできたのはキルシュだった。

「陛下‼　ご無事ですか⁉」

変わった物音がしたら、いつでも飛び込んでいくつもりで控えていたのだろう。

キルシュは目の前の光景に目を丸くして、真っ赤な顔になった後、剣をボトリと床に落とした。

「しっ、しし失礼しましたぁぁぁ‼」

湯気が出そうなくらい赤い顔で、落とした剣を拾ったキルシュは、転がりながら部屋から出て行った。

「今の……絶対何か誤解をされていますよね？」

「アイツのことは放っておいていい。ほら、あとはここを結べば……これで痛くないはずだ」

キルシュが誤解するのも無理はない。

なぜなら今、この状態はどう見てもおかしいからだ。

ベッドに寝転んだユアンの上に、リリアが馬乗りになっている。

寝ているユアンは両腕を上げていて、両手首をリリアが紐で縛っているという状態だ。

これはユアンが提案したことで、何もしないという意思を表すための防御策だ。

リリアは必要ないと言ってくれたが、譲れなかった。

もともとガウンの前を結ぶための簡単な布紐なので、伸縮性がなく、結び方によっては食い込んで痛みが出てしまう。

自分ではできないのでリリアにお願いすると、始めは適当に結んでいたリリアだったが、何度か結び直しながら、やっと抜けずに痛みの出ない結び方を見つけてくれた。

「……本当にその格好で寝るつもりなのか？」

「大丈夫です。私は寝つきがいいので、すぐに眠れると思います」

詳しくは言わなかったが、ユアンが以前逃走に失敗した時、お仕置きとして公爵に縄で縛られて三日三晩過ごしたことがある。

その時に比べたら、ふかふかのベッドの上で寝られるなど天国にいるようなものだ。

「大人しいと思えば、変なことを言い出したり、夜伽で縛ってくれと言ったり、ますますおかしなヤツだな」

「ははは、縛ってくれはやっぱりマズイですね」

「自分で言い出したくせに……」

ぎしっとベッドが揺れて、部屋の明かりを消したリリアがユアンの隣で横になった。

ベッドサイドの柔らかな灯りに照らされたリリアは、人間離れした神秘的な美しさがあった。

「私は……ユアンのことがよく分からない」

「陛下が頭を悩ますほどの人間ではないです。秀でたところはなく、家柄だけでここへ来られただけの、つまらない男です」

「そんな風に言うな。お前も……苦労したのだろう。私には人への気遣いができて、仕事にも熱心で努力家な男に見える。それは立派な才能だ」

「陛下……もったいないお言葉です。ありがとうございます」

「そうだ、文才もあったな」

「ううっ！　あれは……その……本は読み終わったら捨てるお約束では……」

「バカを言うな。あんなに素晴らしい物を捨てることなんてできない。そうだっ、歌の上手い男の話はどうした？　もう書けたのか？」

リリアの言葉に何を言われたのか一瞬考えてしまったが、以前そんな話をしてごまかそうとしたことを思い出した。

まさか、覚えているとは思っていなかった。

「諸事情で、筆が止まっております」

「そうか、楽しみに待っている。出来上がったら、一番に私に見せてくれ」

リリアが身を乗り出して肩を揺らしてきたので、そんなに読みたいのかと思うとおかしくなり、ユアンは笑ってしまった。

見るとリリアも嬉しそうな顔で笑ってる。

二人の間に流れた空気が今までと全く違う穏やかなものに変わっていた。

素直に事情を話したことが良かったのかもしれないとユアンは思った。


このまま、友人の位置に立つことができたら、別の道が開けるかもしれないと、藁《わら》にもすがる思いだった。

「陛下……すみません、もう……眠気が……限界で……」

夕方の筋トレと素振り百回が効いてきて、ユアンの目蓋《まぶた》をどんどん重くしていた。

うとうとしていると、リリアの手が伸びてきて、前髪をかき分けられるように頭を撫でられた。

「この髪の色と目の色のせいなのか……」

ゆっくり沈んでいく意識の中で、リリアの声が聞こえた気がした。

何のことですか？

そう口にしようとした言葉は、深い眠りの底で溶けて消えてしまった。

◇◇◇

朝日を浴びて目を覚ましたリリアは、自分の置かれた状況を思い出すまでしばらく時間がかかった。

自分と同じく朝日を浴びて、キラキラと輝いている男が隣で寝ていたからだ。

まだ眠気から解放されないのに、透き通るような肌と、閉じた目蓋に生えたまつ毛まで、まるで魅入られたように見つめてしまった。

美しい。

そんな言葉が陳腐《ちんぷ》に思えて仕方がない。

リリアの周りに外見の良い人間はたくさんいた。

皇帝のおかげで、帝国中から美女が集められており、子供の頃から美しいと称される人々を見慣れていた。

だからユアンを初めて見た時も、それほど容姿に興味を持たなかった。

ただ、金の髪にブルーの瞳、それだけが遠い昔の幻影と重なって、苦い気持ちになった。

それなのに、今は嫌悪感のかけらもない。

もちろん本人と接して追加の報告を聞き、家の事情を打ち明けてくれたから、ということもある。

知れば知るほど、もっともっと、知りたいと思ってしまう。

話をしたい、笑顔が見たい、触れてみたいと……。

この気持ちを何と呼ぶのか、リリアには理解できなかった。

友情よりもっと進んだ、守りたいというような……。

親愛の気持ちに近いのかもしれないが、出会ったばかりのこの男になぜそこまで心を許してしまうのか、自分でも分からなかった。

昨夜、キルシュに習って訓練を受けているユアンは、疲れからかベッドへ転がるとすぐに寝てしまった。

どうしてもと言われたので、手を縛って寝かせたが、気になって仕方がないのでリリアは途中で縛った紐を解いてしまった。

ミドランドはまだ信用できないと言うが、リリアにはユアンが悪人だとは思えなくなっていた。

「んっ……」

わずかに声を漏らしたユアンに、リリアはビクッとして驚いたが、ユアンは寝返りを打ってまだスヤスヤと眠っていた。

寝ている時のユアンは、まるで幼い子供のようだ。

少し開いた唇から赤い舌が覗いていて、それを見たら胸がドキドキと高鳴ってしまった。

ゆっくり手を伸ばしたリリアは、指でユアンの下唇に触れた。

今まで触れたことがないほど柔らかくて、温かさを感じた。

ごくりと喉を鳴らしたところで、ハッとしたリリアは慌てて飛び起きた。

自分は何を考えていたのかと、混乱して頭に手を当てた。

「失礼します。おはようございます。どうやらご無事のようですね。よく眠れましたか？」

少し頭を冷やそうとベッドから下りたところで、ミドランドが部屋に入ってきた。

ミドランドに続いて、リリア専属のメイド達が入ってきて手際よくリリアの身支度を始めた。

「ああ、大丈夫だと言っただろう」

「そのようですね。殿下はまだ眠っていらっしゃるのですか？」

「そうだ。連日の訓練で疲れているんだろう。起こさないでやってくれ」

リリアはベッドに近づこうとするミドランドに声をかけて足を止めさせた。

寝かせてやりたいという気持ちがほとんどだったが、なぜかそれ以上近づいてほしくないという焦りを感じた。

「本日は午前中に予算会議が二件、午後はメルウ国大使を招いての今年の葡萄《ぶどう》酒の試飲会が予定されています。その後は騎士団の編成についての報告があり、書類関係は隙間に目を通していただいて、夜は大使一家と晩餐会《ばんさんかい》を……」

「分かった。晩餐会の後は、昨夜と同じようにしてくれ」

「えっ……？　今夜も夜伽をされるのですか？」

「……これから夜はユアンを呼ぶことにする。その方がユアンも都合がいいだろうからな」

できる限り平然としていつもと変わらない顔を作っていたが、ミドランドは目の横をわずかに揺らして、納得できないという顔でリリアを見てきた。

「彼はゼノン家の人間です。善人の仮面を被って、隙を見せる機会を窺っているのかもしれません。お母上が連れて行かれたことをお忘れになったのですか？」

「口が過ぎるぞ。私はユアンを信じることにした。それ以上の発言は不快だ」

リリアから怒気を孕《はら》んだ空気を感じ取ったミドランドは、分かりましたと言って後ろに下がった。

「……背がまた伸びましたね」

どうしても言いたかったのか、ミドランドが小さくこぼした。

リリアは侍女が用意した姿見の中の自分を見た。

古龍の血を受け継ぐ者は体の成長が遅い。

今が成長期であるが、ここまで早く大きくなっていくのは想定外だった。

今まで中性的な体つきをしていたが、全体的に筋肉がついて逞しく変わりつつあるのを感じた。

「心情に変化があると成長が通常より促進されると聞いたことがあります」

「何が言いたい？」

「……ご自身の立場をお忘れなきよう」

身支度が終わったリリアは女帝の仮面を被って前を強く見据えた。

ミドランドの言葉には小さく息を吐き答えて、ドレスの裾を持ち上げて力強く歩き出した。

第二章

「ユアン殿下？　聞いていらっしゃいますか？」

グラス片手にあくびをしそうになったところで声をかけられ、ユアンは慌てて姿勢を正して皇族らしい微笑みを口元に浮かべた。

「失礼しました、プリッシュ侯爵夫人。今年の葡萄の話でしたよね？」

お喋りな侯爵夫人は、眠そうにしているユアンを見て、一瞬だけ呆れたような表情になったが、そこは社交のプロとしてすぐに爽やかな微笑みへ変えた。

「ええ、今メルウ国の大使が来ているしょう。ワインは事業として、女性でも手をつけやすい分野だとお話ししたのです。でも、殿下は夜のお仕事でお疲れのようですね」

今社交界を牛耳っているとされている、プリッシュ侯爵夫人の口から爽やかに飛んできた言葉が、グサリとユアンの胸に刺さった。

動揺を隠さなければいけないのに、ユアンは真っ赤になって持っていたグラスをグラグラと揺らしてしまった。

「……あら、聞いていたお話とはずいぶん違うわ。とっても可愛らしいお方でしたのね」

グラスを落としてしまいそうに見えたのか、夫人はさりげなく手を伸ばしてユアンが持っていたグラスを取ってしまった。

「殿下、新しい飲み物がきましたので、こちらは下げさせていただきますね」

まるで子供のように扱われて、微笑みを送られてしまったら、ユアンも笑い返すしかない。

社交界の素人であるユアンは、異世界に迷い込んだ子羊のような気分だった。

リリアが手を回してくれたのか、夜伽が行われた翌日だというのに、すでにその話は社交界に広まっていた。

ユアンとしては、公爵の監視から逃れるために必要なことなのだが、面と向かって話題にされるとさすがに恥ずかしいものがある。

今朝起きるとすでにリリアの姿はなく、エルカがいつもと変わらない態度で、おはようございますと声をかけてきた。

気を利かせてくれたのか、手首に巻いていた紐は解かれていた。

昨夜の出来事がまるで夢だったような気持ちになったが、手首に残るわずかに擦れた赤い痕が、現実だと教えてくれた。

廊下に出るとキルシュが立っていて、何とも気まずそうな顔で見てきた。

リリアは放っておけと言ったが、これからのこともあるので、仕方なく経緯を説明することにした。

少しずつ仲を深めたいと夜伽を願い出たが、同衾するとなると、自分も男なので万が一のことがある。

だから誠実さを表す証に、手を拘束してくれと自らから頼んだのだと伝えた。

キルシュはそうですかと答えたが、まだ理解できないという顔で、無理やり納得したような様子だった。

リリアは会議に忙しく走り回っているらしいが、ユアンもまたこの日は忙しかった。

朝食を終えたら、バタバタと走らされて次々と着替えをさせられた。

しばらくパーティーから遠ざかっていたが、本格復帰することになった。

今日のパーティーは、外国からの要人の対応でリリアが不参加なので、ユアン一人での参加だった。

主催者はプリッシュ侯爵夫人。

社交界の貴族夫人の中でも、トップの位置に君臨する彼女が開くパーティーは、資金集めと意見交換を目的としたパーティーだった。

アイアン帝国の皇帝に、今回女性が選ばれたことで、今社交界ではちょっとした女性達のブームが起きていた。

貴族の女性といえば、今までただ微笑んで煌《きら》びやかに着飾ることだけが仕事だと言われてきた。

女帝の誕生で勢いがついた彼女達は、自分達の興味があることをして、お金にしようという事業ブームが起きていたのだ。

まずは私がと先導して、プリッシュ侯爵夫人がお抱えのデザイナーを集めて、高級ブティックを開いた。

それが成功して、事業や投資に興味を持つ女性達が夫人の周りに殺到した。

というわけで、パーティーはプリッシュ侯爵夫人が主催となって、貴婦人勉強会と名をつけた専用のサロンで開かれていた。

帝国としてはユアンを送り込むことで、開かれたイメージを植え付けて、リリアへの支持を増やすことを目的としていた。

ユアンの仕事は皇室の顔として、女性達の話を聞き、素晴らしいですねと言えばいい。

ミドランドにそう念押しされてきたので、ユアンは口元に笑みを作りながら、皇室の顔としての仕事に取り組んでいた。


「殿下がこんなに美しい人だったなんて……。今までどうして隠れていらっしゃったのですか？　パーティーに出られていたら、令嬢達の争いになっていたんじゃないかしら」

「陛下との婚約の話があったとしても、お近づきになりたい令嬢は山のようにいたと思いますよ」

プリッシュ侯爵夫人と話をしていたら、彼女の友人達が次々と集まってきて、ユアンの周りを囲んでしまった。

気がつけばパーティーに参加している男はユアンだけになっていた。こんなに女性に囲まれたことなどないので、ユアンはすっかり動揺していた。

「いや、あの……その……」

こういった場で何と言ったらいいのか、受け答えを学んだはずなのに頭が真っ白になって、言葉が出てこない。

「まぁ、珍しい。あそこで座っていらっしゃる方、ルドルフ伯爵のご令嬢よ」

「あらっ、お忙しい方だから、パーティーへは滅多に顔を出さないのに、本当に珍しいわ」

どうやら話題の矛先が別の方に向いてくれて、ユアンは助かったと胸を撫で下ろした。

その時、ふと耳に入ったルドルフという家名に、ユアンは電気が流れたようにビクッと体を揺らした。

ルドルフ伯爵、それは小説の中において重要な人物だった。

アイアン帝国の大貴族と呼ばれるゼノン家だが、ゼノン家に続いて古くからある名家がルドルフ家だった。

帝国の西側に広大な領地を持ち、複数の港を管理して海運業で莫大な利益を得ている。

他国とも深い繋がりがあって、政治的な影響力は大きいのだが、ルドルフ家は過去の争いの教訓から中立を宣言している。

どこの派閥にも属さず、政治にも関わらない。

そのためルドルフ家の人間は公の場にほとんど姿を現すことがなく、社交界では幽霊だと言われていた。

中立を守り続ける彼らを味方につけることが、リリアにとって重要であった。

物語が進むと、リリアの長期にわたる説得に応じた伯爵がやっと首を縦に振り、そのことで他の多くの貴族達が追随《ついずい》し、他国からの支持も明確になる。

しかし、リリア側に付くことがあまりにも遅かったために、伯爵は多くのものを失い、リリアの味方になった勢力の中で唯一不幸な最期を迎える。

その不幸の発端となったのが、愛娘の……。

「あの赤茶色の髪の女性がセレステ令嬢ですね。この会に参加するのは、保守的な親への反抗、というやつでしょうか」

「反抗……ですか」

腕を組んで考えていたら、真横から聞こえてきた声と普通に会話をしてしまった。

ハッと気がついて横を見ると、こんなところで会うとは思っていなかった人物が立っていた。

「えっ、えっ！　貴方は……！」

「これは驚かせてしまい申し訳ございません。たくさんの花が咲き誇る中で、あまりにも可憐《かれん》に咲いていらっしゃったので、つい並んでしまいました。愚かな私の無礼をお許しください」

無意識に距離を取るために上げた手をさっと取られて、甲に口付けをされてしまった。

無礼と言いつつ、手を離さないこの男は、リリアの幼馴染みの一人である情報屋のグレイだ。

ゼノン公爵のせいで没落した貴族の末裔であるが、今は平民の彼が貴族夫人のパーティーになぜいるのか、ユアンは混乱で言葉が出てこなかった。

「先日はご来店ありがとうございました。本日は事業家を目指すご婦人方の集まりに、相談役ということでお招きをいただきました。流行が終わったドレスや装飾品の処分に困っている女性は多いのです。中古品の買取り、作り直して販売、そういったことは事業として注目されているんです」

ユアンが聞かずとも、グレイの方からペラペラと事情を話してくれた。

なるほどと思ったが、やはり手を離さないので、ユアンはゴホンと軽く咳払いをした。

「これは、失礼しました。あまりにも美しいお手を前にして、礼儀を忘れてしまいました」

「……ポアンのご主人、変なことを言わないでくださ い。注目を集めてしまいます」

「私のことはどうかグレイとお呼びください。それとお願いです。私はただの平民でございますので、どうか普通にお話しください」

「わかりました……わかっ、分かったから……」

潤んだ瞳でぐいぐい迫られて、ユアンは仕方なく手の力を抜いた。

こういった距離の近い相手と今まで接したことがなかったので、ユアンはすっかり参ってしまった。

「ええと……グレイはセレステ令嬢とは、その……」

「ルドルフ伯爵とは何度か仕事の関係でお会いしています。セレステ様ともその時に」

グレイは作り物みたいに、ニコッと笑ってきた。その腹の中がさっぱり分からない笑みが恐ろしくて、ユアンは無意識に一歩後ろに下がった。

変な男の登場で頭が混乱してしまったが、その一方でこれは大事な場面にいるのだと緊張が高まった。

ルドルフ伯爵の悲劇、それはセレステが巻き込まれる事件から始まる。

セレステが目の前にいるので、今はまだ事件が起きる前ということだ。

つまり、セレステを救うことができれば、ルドルフ伯爵との繋がりができて、リリア達の計画をスムーズに進められる。

まさに今、自分が使える人材であるということを、リリアに示すチャンスであると考えた。

「グレイ、頼みがある。セレステ令嬢を紹介してくれないか？」

「……おや。構いませんが……」

グレイは微笑みを崩さずにユアンを見てきたが、その視線の鋭さに体の中まで探られているような気持ちになった。

ここはどう説明するのがいいのか、ユアンは頭の中でぐるぐると考えた。

好みのタイプだとでも言えば、納得してくれそうだが、変な誤解を生んでしまう。

「い……イメージに……」

「はい？」

「イメージにピッタリ……なんだ。しょ……小説のヒロインの……」

またこの言い訳を使うのかとユアンは頭痛を覚えて、それしか思いつかない自分を呪った。

「小説？　ですか？」

「個人的な趣味だから、ここだけの話にして欲しいんだけど。簡単な小説を書いていて、セレステ嬢のイメージが当てはまっているんだ。ぜひ、話をしてみて、ひらめきとでも言うのかな。人物像の参考にしたいんだ」

自分で話していて苦しすぎる言い訳に目眩《めまい》がしてしまった。

しかしこの世界、見ず知らずの特に未婚の令嬢へ勝手に話しかけるのは失礼にあたる。

誰かの紹介を経て、話をするのが順当だ。

主催者のプリッシュ侯爵夫人は、忙しく会場を走り回っているのでつかまえるのが大変そうだ。

ここはこの男に動いてもらうのが一番早い。

セレステが巻き込まれる事件を未然に防ぐには、まずは本人と関わる必要があるとユアンは考えた。

グレイは苦しすぎるユアンの言い訳を聞いて、口を尖らせた。

絶対怪しんでいるだろうなと思っていたら、ポンと手を叩いた彼は、にっこりと満面の笑みになった。

「分かりました。そういうことならご協力しましょう」

「ほ、本当か。助か……」

「ただし、私も商売人ですので、ただというわけでは……」

「えっ、いくらくらい必要なんだ？」

「条件は一つ、ユアン様のお書きになった小説を私にも見せてください」

「はっ、ええっっ⁉」

「ああ、それと。出版する際は私にお任せいただき、独占販売させていただきます。諸々の経費はこちらで持ちますので、利益の配分は折半ということでいかがでしょう？」

さりげなく条件を増やしているところがもう商売人らしくて怖いのだが、怪しんでいるからあえて大きな話に持っていったのだろうとユアンは思った。

「分かった………。大したものじゃないし、出版とかありえない。とにかく、こちらは紹介してもらえたらいいから」

「さすがユアン様！　話が早くて助かります。やはり、私達の縁は深くなると思っておりました。それでは早速参りましょう」

女性達の話の輪が咲く中、男二人で何をやっているのかと思ったが、グレイはさりげなくユアンの腰に手を回してきて、エスコートでもされるようにセレステのいるテーブルへと向かうことになった。


ユアンはセレステの事件を思い浮かべて、どう関わっていくか作戦を練りながら足を進めた。


新皇帝が即位してから、町である事件が起きる。

若い女性が立て続けに失踪したのだ。

彼女達は酒場に頻繁に遊びに行くような女性だったので、初めは男絡みで家に帰らなくなったのだろうと言われた。

しかしやがて、町で遊んでいる女性に限らず、親の仕事を手伝っている真面目な女性まで突然消えてしまうという事態に発展する。

町では新皇帝になってから不吉なことが起きたので、リリアは呪われた皇帝ではないかという噂が広まっていく。

この事件の犯人はリリアの兄達、皇位を奪われた元皇子達がリリアの治世を揺さぶるために起こした事件だった。

皇兄となった者達は宮殿を出て、それぞれ皇都で暮らしていた。

ほとんどが争いに疲れて、隠居する身を選んだが、中にはまだ皇位を諦められない者もいた。

そこに取り入ったのがゼノン公爵だった。

自身が帝国を支配しようとしている本音は隠し、味方になるフリをして、まずはリリアを貶めるために手を組んでいるのだ。

事件の黒幕はゼノン公爵、女性達は暗殺組織を使い誘拐されて、他国へ奴隷《どれい》として送られていた。

警備を知り尽くした長男のマルコが誘拐のルートを作り、次男のスペンスが他国への輸出に抜け穴を作っていた。

いずれも証拠を残さないように行なわれていて、後にリリア達が真相に迫るが、ゼノン公爵は一人の皇兄を犯人として自殺に見せかけて殺害、元老院を味方に付けられてしまい、リリアもそれ以上の追及ができなかった。

この事件で後々まで尾を引くことになったのが、貴族の令嬢で唯一誘拐されてしまったセレステだ。

これは偶然平民街を歩いていて、誘拐を目撃したセレステが、口封じのために一緒に攫《さら》われてしまったことから始まる。

偶然とはいえ、セレステを手に入れた公爵は、セレステの命を使って、中立派であるルドルフ伯爵を操ろうと画策する。

この後に起こるリリアの足を引っ張る騒動のほとんどで、ルドルフ伯爵は無理やり動かされた。

ルドルフ伯爵は散々操られてボロボロになったが、結局セレステは海に浮かんでいるところを発見される。

逃げようとして失敗し、殺されてしまったのではないかと思われた。

セレステを失ったことでリリアの味方になったルドルフ伯爵だったが、小説の最後の方で孤独に耐えかねて自死を選んでいた。

セレステを救うことが、ルドルフ伯爵を救うことになり、事態の全てを知るユアンにとって、自分の未来を救うチャンスに思えた。

皇配という立場の人間が急に近づいてきたら、警戒されるだろうと思った。

どうにかして知り合いになって、セレステに平民街に近づかないよう、警告しなければならない。

「セレステ様、お久しぶりです」

「まあ、グレイじゃない。このパーティーに出ているなんて、さすが顔が広いわね」

グレイが商売人の顔になって、セレステに声をかけたので、まだ心の準備ができていなかったユアンはグレイの後ろに隠れたまま足が止まってしまった。

「セレステ様こそ、パーティーは苦手だと仰っていたのに、ここでお会いするとは……」

「女性事業家を目指す勉強会を兼ねていると聞けば、参加しないわけにいかないわ。まさに今、私が興味があることだもの」

「今日はぜひご紹介したい方が………あれ？　ユアン様、どうしてそんな後ろに……」

「あ……しっ失礼、レディ、ご挨拶が遅れました。ユアン・ゼノンと申します」

その名を聞けば、帝国の貴族であればすぐに皇帝の夫になった男だと想像できる。

セレステは慌てた様子になって急いで椅子から立ち上がった。

「これは失礼しました。私からご挨拶しなければならないところを申し訳ございません。帝国の星、ユアン皇配殿下。ルドルフ伯爵家のセレステと申します」

セレステは波打つ赤茶色のロングヘアを靡《なび》かせながら、ドレスの裾を行儀よく摑んでにっこりと微笑んだ。

はっきりとした目鼻立ちで、神秘的な緑の目が美しい女性だった。

「私が皇族になったのは最近なので、どうか気楽にしてください。実は遠くからセレステ嬢の姿を拝見して、ぜひ一度お話ししてみたいと、グレイに紹介を頼んだのです」

セレステは大きな瞳をぱちぱちと瞬かせて、どういうことなのか分からないという顔をしていた。

こうなったら、乗り掛かった船だと覚悟を決めたユアンは小さく息を吐いてから、考えていた設定を披露することになった。

「まあ、子供向けの小説を……新しい発想ですね。それに、私がヒロインですか？　どうしましょう」

ユアンが急遽用意した船だったが、セレステは怪しまずに乗ってくれた。

　そして、自分がヒロインのイメージにぴったりだと聞いたら、頰を染めて嬉しそうに微笑んだ。

「そうです。ヒロインは赤茶色の髪に緑の目をしていて、頭が良くて主人公を引っ張る強くて逞しい女性です。あ、もちろん、とびきり美しいというのも、イメージ通りですね」

「まあ……そんな、美しいだなんて」

「確かに、その設定であれば、セレステ様のイメージに合いますね。セレステ様は事業家としても男性顔負けの利益を出していますし」

　ユアンは緊張で吐きそうになりながら、考えていたシナリオで人当たりのいい男を演じていた。

　幸いというか、グレイが味方してくれて、ユアンの話の抜けた部分をしっかり補強してくれた。

　そのおかげかセレステは気分良く信用してくれたようで、まずは助かったと一安心した。

「私は具体的には何をすればよろしいのでしょうか」

「特別なことは何も。趣味とか、どんなものが好きであるとか、色々お話を聞きたいと思っています」

　そういうことならとセレステは了承してくれた。

　まずはセレステがどうして平民街に出入りするようになるのか、それを探らないといけない。

「普段、お仕事は何を？　外出はよくされますか？　買い物などはどちらに？」

「仕事は、父の事業を手伝っています。港の事務所で働いていることが多いですね。自分のための外出はほとんど……パーティーに出る暇もないので、おかげで二十歳を超えましたが相手もおりません。買い物は頼んでいるから自分ではあまり……」

「なるほど……」

　誘拐事件が起きる皇都の平民街は、ルドルフ伯爵領とも離れていて、セレステが行動する範囲でもなさそうだった。

　事件が起こった日、偶然通りかかったという不運な出来事だったのだろうか。

「そういえば、新しい事業の方はいかがですか？　なんでも平民向けの服屋を考えているとか」

　そこでグレイが何気なく会話に入ってきたが、その言葉に飛び上がりそうになった。

「ええ、順調です」

「平民向けの服屋⁉　どういうことですか？」

「あら、ユアン殿下も興味がおありですか？　私の長年の夢が叶いそうなのです」

ごくりと唾を飲み込んだユアンは、身を乗り出してセレステの話に耳を傾けた。


「なるほど、素晴らしい考えだ。確かに興味深い事業ですね」

「まあ、そう言っていただけて嬉しいです」

お互い微笑んでカップのお茶を飲み込んだが、和やかな雰囲気とは逆にユアンの胸には黒雲が漂っていた。

セレステは平民街で新しい事業を起こそうとしていた。

お洒落と言えばお金がかかり、貴族のものというイメージが強いこの世界で、セレステは平民にも安価でお洒落が楽しめるようなお店を提供したいと考えていた。

普通は処分してしまうような流行遅れのドレスや、虫食い汚れがあるドレスを安く買い取って、リメイクして販売しようとしていたのだ。

お金持ちの女性達でも、家のお金はそこまで自由に動かせないので、意外と小金を稼ぎたいという層は多かった。

貴族の令嬢なら、リメイクしたドレスなど笑い者になってしまうが、平民であれば反応は違う。

貴族が使っていた、というだけで特別な価値が出るのだ。

誰かが着飾ることで、それを見た誰かがという流れで、平民の女性達に向けた新しい流行を作ろうとしていた。

「男性達には平民相手の商売なんて、利益がないって笑われますの。でも、女性は流行の力を知っている。利益は少なくとも、山のように売れたら話は変わってまいりますでしょう？」

貴族からしたら捨て場所に困っていたような物だ。安価で引き取ることが可能だろう。

薄利多売という言葉がこの世界にあるのかは分からないが、セレステの考えた事業は将来性を感じさせるものだった。

特にリリアが皇帝になり、久々の女帝が誕生して、勢いが付いている今、夢で終わる話ではないという気がした。

と、それはそれでいいのだが、ユアンの場合そちらが問題ではなかった。

つまり、セレステは平民街に店を出すので、足繁く通うことになるのだ。

そのため、誘拐騒動に巻き込まれるのが、いつなのかが全く予想できなくなってしまった。

「あの……ということは……、やっぱり、頻繁にお店に行かれているわけですよね？」

「それが……そうでもないのです。父から任されている仕事の方が忙しくて。でも、内装も外観もほぼ完成していて、商品は別の工場で製作しているから、実は後は在庫が揃って開店を待つだけなのです。店の整理は任せきりですが、従業員は優秀なので問題ありません。今度行けるとしたら、開店前日になると思います」

「そ……それはっ！　いつですか⁉」

「え……、来月の最初の週末を予定していますが……」

ユアンの頭に稲妻が落ちてきて、全身がビリッと痺れたようになった。

小説の中でリリアは、セレステ失踪事件を調べるのだが、セレステは新しい事業を始めようとしていたと判明する。

失踪によって発表前に全て頓挫してしまったと書かれていた。

発表前、つまり、まだ店は開店していなかった。

開店しようとしていて、セレステが失踪してしまった。

ということは、開店前日にセレステが最終チェックに訪れた日、これがセレステ誘拐の日に違いないとユアンは考えた。

「あのっ、その日、私もお店に行ってよろしいですか？」

「ええっ！　殿下がですか⁉」

「お話を聞いて、私もぜひ投資をしたいと思っております。興味があるのです！」

「そ……それは、殿下からご賛同いただけるなんて、こちらとしては願ったり叶ったりですが……」

「よかった……。とても参考になりました。おかげで人物像に厚みがでました。いい話が書けそうです。では当日はお祝いの品を持っていきますので、ぜひ店内の様子も拝見させてください」

「は、はいっ！　なんてことでしょう！　ありがとうございます」

ユアンの頭の中で、必死に当日の行動について作戦会議が始まった。

セレステより先に店に着いて、セレステが外へ出ないように気を配って一日をやり過ごす、これに賭けるしかない。

幸い小説でリリアの調査過程を読んでいるので、セレステがどこで誘拐されるかはだいたい分かっている。

ホッと胸を撫で下ろしたユアンの顔を、セレステの横に立っているグレイが、何か考えるような目をして見ていた。

グレイはリリア側の人間なので、味方であるはずだが、腹の中が見えないという点では、ミドランドより黒く思えてゾクっとしてしまった。


「ユアン様のお話を聞いて、このグレイも大変興味を持ちました。中古品のドレスはうちも扱っていますし、ぜひ一緒に拝見させていただけますか？」

「あら、グレイも来てくれるの？　それは心強いわ。プロの目で店としての改善点があればチェックして欲しいわ」

「ええ、もちろん」

この男が入ってくると、話が変な方向に行ってしまいそうでユアンは焦って額に手を当てた。

しかし、セレステがグレイの参加を喜んでいる状況で、君は来ないでくれとは言えなくなってしまった。

「ユアン様？　どうかされましたか？」

「い……いや、グレイが来てくれるなんて、俺も助かるよ」

慌てているところをチラリと見られて、クスリと笑われた。

どこまで見透かされているのか、不安しかなかったが、ユアンは無理やり笑顔を作って歓迎するフリをするしかなかった。

開店の日までは三週間ある。

それまでに具体的な作戦を練って、実行できるように計画を立てないといけない。何しろ自由に動ける身分ではなく、何をするにも申請や許可が必要だ。

セレステは未来に期待を膨らませて、花が咲いたように笑っていた。

自分と同じく悲劇の最期を迎える女性。

彼女を救えたら、自分の未来も変わる気がする。

ユアンはセレステを救おうと心に火を燃やした。


訓練場の砂を掴んで持ち上げると、指の間からサラサラと溢れ落ちていった。

それが小さな山になってしまったのを見て、ユアンは鼻から深く息を吐く。

できることをしようと思って始めた体力作りと、剣術の訓練。

キルシュや、他の近衛騎士に付いてもらって、二ヶ月ほど訓練を続けてきた。

ところが、いつまでも素振りばかりさせられて、いっこうに戦いを教えてもらえない。


ユアンは焦っていた。

なぜなら、セレステ誘拐事件の日までに、まともに使えるようになりたかったからだ。

ユアンの計画では、セレステが誘拐される場所に近づかないために、店の案内をさせて外へ出られないようにするつもりだが、万が一ということもありえる。

見えない力に引き寄せられるように、セレステが事件に巻き込まれてしまったら、力でそれを止める必要があると考えていた。

当日は恐らく近衛騎士が数名同行するだろうと考えているが、相手は公爵と繋がりがある暗殺組織だ。

ユアンはあまり関わることはなかったが、それでも彼らが凄腕で公爵の依頼を完璧にこなしてきたことは知っていた。

今は公爵というより、スペンスが指示役になっていた。

その分だと誘拐騒動の件もスペンスが考えたシナリオだろう。

組織のことはスペンスに任せて、公爵は貴族相手にリリアを貶める活動に熱心になっている。

戦闘は近衛騎士に任せて、セレステを連れて逃げたとしても、自分自身が剣を使えなくては意味がない。

それなのに……。

戦いを教えてくれと言っても、キルシュは首を縦に振らなかった。

どうやら基本を重視する性格らしく、まだ無理だ、だめだとそればかりで、話し合いにもならない。

キルシュの考えも分かるが、時間がないのだ。

悔しくてたまらないユアンは、キルシュに先に帰るように言って、一人で訓練場に残って座っていた。

「まだ早いのは分かっているよ……。それでも少しでも使えるようになりたいのに……」

気持ちが整理できなくて、ブツブツと呟きながら砂をいじっていると、ガサっと砂の上を歩く音がした。

キルシュが戻ったのかと思いユアンが顔を上げると、リリアがこちらに向かって歩いてくるのが見えた。

「どうだ？　なかなか苦労しているようだな」

「陛下っ、こんな場所にいらっしゃるなんて……」

「今日は私も汗を流そうと思う。最近は忙しくてやっていないが、以前は毎晩ここで剣を振るっていた」

リリアが夜に訓練をしていることは、小説の中で出てきたのでユアンも知っていた。

ひっそりと抜け出して、という表現だったので、まさか素直に話してくれるとは思っていなかった。

「女といっても、皇帝であるからな。戦いになれば先頭に立たなければならない」

「そう……ですね。陛下は私よりもずっと強そうです」

「そう思うか？　ではやってみるか」

リリアがマントを脱ぐと、その下は動きやすそうな運動用の服を身に着けていた。

そして木剣を二本持っていて、片方をユアンに向かって投げてきた。

カシャンっと音を立てて剣が地面に落ちたのを、ユアンは口を開けて眺めてしまった。

「あ……あの、でも……キルシュ卿にまだ早いと……止められておりまして」

「構わない。アイツの師は私だから、私が許可を出せばいい」

「へ？」

「私達が幼き頃より友であったのは聞いているだろう。

私が先に剣を持ち、アイツに教えてやったんだ。まあ、今は体の大きさもあって、アイツの方が強くなってしまったが」

幼馴染みであったのは知っているが、まさかキルシュがリリアから学んだとは思わなかった。

確かに入れ替わり時代、リリアは野山を駆け回り非常に活発で、怖いもの知らずの勇敢な子供だったと書かれていた。

その頃の話なら、そんなこともありそうだと納得してしまった。

「どうした？　やらないのか？」

「や、やります」

リリアに促されてユアンは慌てて目の前に落ちている剣を手に取った。

練習用の木剣とは違い、ズッシリと重くて体にピリッと緊張が走った。

「まずは、そちらから来い」

「……はい」

ちゃんとした戦い方など分からないが、とにかく素振りで鍛えた速さで、ユアンはリリアに向かって走っていった。

リリアはユアンの一撃をさっと後ろに引いてかわすと、下から剣を振り上げてユアンの剣に当ててきた。

「ううっ……」

細腕だと思っていたが、かなりの力が入っていて、ユアンの剣は簡単に飛ばされてしまった。

「まだだ、剣を取れ。体で覚えろ」

「はいっ」

「腕力がないのは仕方がない。聞けばお前の腕はなかなか肉が付かないらしい。ならば、速さで相手を圧倒するしかない。実戦であれば、物を使って防いだり、例えば砂を使って視界を奪ったり、そういう手も時には有効だ。馬鹿正直に剣で突っ込むより、死なないようにするくらいの気概が必要だ」

「なるほど……」

「まあ、私が言っているのは邪道だから、キルシュの前ではやめておけよ。精神論から鍛えると言われて逃げられなくなるぞ」

「それは……怖いですね」

「ははは っ、私は優しく教えるから、しっかり学んでくれ」

「はいっ！」

リリアの戦法は確かに騎士道という考え方とは違うのだろう。だが、暗殺組織相手に正攻法では勝てないのは分かっている。

邪道と呼ばれても、勝てばいいのだと心の中に置いておくことにした。

落としてしまった剣を拾って、ユアンはまたリリアに向かって走り出した。


「いたたたっ……」

「じっとしていろ。動くとちゃんと塗れない」

薬草が入った塗り薬をたっぷりと指に載せ、リリアが手足にできた傷に塗り込んでくるので、傷にしみてしまい、ユアンはベッドの上で後退《あとずさ》りしてしまった。

「すみませ……陛下にこんなことを……」

「いいんだ、私が付けた傷だからな。それより力を使えばこれくらい簡単に治せるぞ」

「もっと恐れ多いです。尊い龍神の御力を、私のような者に使うなんて、絶対にだめです」

手を振って止めてくれと言うと、リリアはムッとした顔になってから、仕方なくまた薬を塗り始めた。

リリアは古龍の血を継ぐ一族だ。

その外見にも特徴があるが、特別な力が受け継がれている。

小説ではリリアには、戦闘能力の向上と回復や癒しの力が備わっていると書かれていた。

リリアが本当に女であれば、この力よりもっと強い能力が備わるらしいが、それでも他の兄達よりも強い力だとされていた。

龍神の力は尊いものとされていて、本人以外の者に使用するなどというのは以《もっ》ての外《ほか》だった。

「気が進まないならいいが……、私は構わない。ユアンは私の夫ではないか。私達はもうベッドを共にしている仲だ」

そんな言い方をされたら心臓が騒いでしまう。

真っ赤になったユアンはふるふると首を振った。

初めは数ヶ月に一回という気持ちで夜伽を願い出たが、なぜかその次の日から同じベッドで眠るように言われて、夜はルビー宮にあるリリアの寝室に連れて行かれるようになってしまった。

もちろん、公務や会議の関係で、毎日とはいかないが、三日に一回くらいのペースで呼ばれるようになった。

積極的に考えてくれるのは助かるのだが、初日こそ手を縛ったのに、それ以降はキッパリと拒否されてしまった。

おかげでリリアに近づかないように端で小さくなって寝ている状態だ。

朝はいつもリリアが早いので、いつの間にかいなくなっている。

訓練場での練習試合を終えて、一緒に帰ってきたユアンとリリアは、それぞれ湯浴みをして、今夜も同じベッドで寝ることになった。

エルカが塗り薬を持ってきたので、それを見たリリアが塗ってやろうと言い出したのだった。

一通り治療が終わると、では寝ましょうかと言ってユアンはいつものようにベッドの端に移動した。

リリアはそんなユアンの様子を、難しい顔をして眺めていた。

「どうしてそんなに端で寝るんだ？」

「えっ？　そっそれは、当たり前じゃないですか……。私は男ですよ。か弱い女性と同じベッドで寝て、何か間違いでもあったら……」

「ふふっ、か弱い？　私がか？」

リリアに笑われてしまった。

先ほどまで試合をしていたが、攻撃は空振りばかりで、結局地面に転がっていた自分を思い出したユアンは恥ずかしくなった。

しかし、それとこれとは話が違うのだ。

「いや、でも……そうなのですが、それでも……やはり距離は……必要では……」

「そうか……」

枕を抱えたリリアは本当に女の子かと見間違うくらい可愛く見える。

潤んだ目で寂しそうに見られたら、だめだと思うのになぜか悪いことをしているような気持ちになった。

「あ……い……その、ちょっと……だけなら」

ほんの数ミリ近づいてみようと思ったら、リリアの方からぐっと距離を詰めてきて、肩が触れる距離になってしまった。

「こっ……これは、よくないです。近い……」

「何を恐がっているんだ。もしも寝ている時に賊が忍び込んできても、倒せるだけの訓練はしてある」

「それは……凄いっ、でっ、ですが、肌の接触は……わっっ！」

「ユアン、少しうるさいぞ。今日は疲れたんだ。早く眠りたい」

無礼かもしれないが、必死で背中を向けて丸まっていたら、リリアはユアンの背中にピタリとくっ付いてきてしまった。

「だっ……陛下、だめです……こんな……陛下？　あの……」

背中に人肌の温かさを感じるが、部屋はしんと静まり返っていて、寝息の音だけが聞こえてきた。

朝から会議で大忙しだったリリアは、あっという間に眠ってしまったようだ。

なぜか広いベッドの端に二人でくっ付いて寝ている状態だった。

ユアンは一度寝たらほとんど動かないので、ベッドから落ちる心配はない。

しかし、全く動けない状況というのも困ってしまった。

そっと抜け出して、反対側に逃げようとしたら、ちょっと動いた瞬間にリリアにガシッと腕を掴まれてしまった。

「嘘だろ……どーすんだこれ……」

静かな部屋にユアンの小さな呟きは大きく響いた。

リリアの方からは、気持ち良さそうな寝息がまるで返事のように聞こえてきて、今夜はとても眠れそうにないなと思った。


しかし疲れていれば、自分はどんな状況でも眠れるらしい。

ユアンが目を覚ますと、窓から朝日が差し込んでいて、どこかから鳥の囀《さえず》りの音が聞こえてきた。

爽やかな朝の始まりに、目を擦ってあくびをしようとしたら、なぜか体が動かなくてユアンは自分の状況がおかしいことに気がついた。

「あれ……体が……えっっあっ！」

自分の胸と腹の辺りに腕があって、ガッチリと組まれていた。

つまり、誰かに後ろからしがみつくように抱きしめられている状態。

そんなことをするのは、一人しかいない。

「んー、なんだ、もう朝か……」

背中から聞こえてきた声に、まさかと汗が出てきてしまった。

いつも朝はユアンより先に起きて、姿が見えないのが当たり前だったのに、一緒に起きるなんて思わなかった。

しかもこんなに密着しているなんて……。

「陛下っ、あの……これは……」

「ユアン、お前体温が高いな。おかげでよく眠れた」

まるで手柄を立てたみたいに褒められて、頭を撫でられてしまった。

こんな状態で何事も無く朝を迎えられたことに安堵したが、気がつくとリリアの腕の中にすっぽりと収まっている自分に違和感を覚えた。

「あれ……陛下、体が大きく……」

「言っただろう、成長期なんだ。龍の血を継ぐ者は、男も女も一般的な人間より大きくなる」

「な……なるほど」

葬儀場で初めて会った時、同じくらいだった背丈と体つきだったが、今はどう見てもリリアの方が逞しくなって全体的に大きくなってしまったように思える。

一年も経っていないというのに、驚くべき成長速度だった。

小説のラストの方で、リリアがヒロインとダンスを踊るシーンが挿絵になっていたが、リリアは長身で逞しく、しっかりと男性で描かれていたのを思い出した。

男女ともに大きくなるのであれば、そこまで気にすることはないかと思ったが、それでもあまりにも急に逞しくなったら、怪しまれてしまうのではないかとユアンの方が心配になった。

「……しかし、確かに少々早すぎる感はあるな」

「え？　なんですか？」

リリアが口元に手を当てて呟いた言葉がよく聞き取

れなくて、ユアンが耳を近づけると頭ごとぎゅっと抱きしめられた。

「えっ……あ……あの……」

「ユアンは私が昔飼っていた猫に似ている」

本当か嘘か冗談なのか分からないが、リリアにそう言われて頭から顎まで撫でられた。

どう反応していいのか、ユアンは正解が分からなくて、ただじっと固まることしかできなかった。

心臓の音だけがドクドクとうるさく騒いでいて、それを聞かれてしまったら困ると、そんなことばかり考えていた。


「猫？　ですか？　はい、昔飼っていらっしゃいましたよ」

ユアンが脱いだ服を片付けながら、エルカはよくご存知ですねと返してきた。

「あっ、陛下から直接お聞きになられたのですね。私は幼かったのであまり覚えていませんが、大切にされていたそうです」

「そうか……そうなんだ」

疑っていたわけではないが、エルカなら知っているかもと聞いてみたら、やはり猫を飼っていたのは本当だったようだ。

今朝起きた時、ベッドの上でリリアに飼い猫を可愛がるように撫でられてしまった。

ユアンは手の感触まで思い出してしまい、顔が熱くなった。

撫でられている間、大人しく動かずにいたが、胸が熱くなって気持ちいいとまで感じた。

優しくされることに慣れていないユアンは、わずかな触れ合いでも心が震えるくらい嬉しかった。

実際にはそんな長い間ではなく、軽く撫でられていたら、使用人達がぞろぞろ入ってきたので、リリアは先にベッドを出て行った。

一人残されたユアンは、まるで本当に猫になったように、リリアの後を追って付いていきたい気持ちになってしまった。

「可愛がっていらっしゃったそうなのですが、ある日突然いなくなってしまって……。賢い子でしたから、死期を悟ったのではないかと言われていました。陛下はそれ以来、猫の話は避けていましたが、ご自分から仰ったのですか……」

エルカは何か感じ取ったように、掃除をする手を止めて穏やかに笑っていた。

エルカを含め、リリアと幼馴染み達の関係は深い。

昨日今日出会ったくらいの自分では分からないことだらけで、なんでも知っているエルカが羨ましく感じた。

ユアンは自分でもよく分かっていた。

冷水のような環境で育ったから、優しくされることに慣れていないし、どうしても怯えてしまう。

しかし、一度この人は大丈夫だと感じたら、もっともっと近づきたくて、凍えている心に触れて欲しくなってしまう。

リリアに対して、自分の心がそう動き始めていることに気がついていた。

自分が誰だか忘れるな、期待なんてしちゃいけない。

もっと仲良くなりたい、幼馴染み達のように仲間だと認めてもらいたい。

ユアンの中で複雑な感情が入り乱れ、胸が壊れてしまいそうだ。

「今日の予定ですが、陛下は龍神殿への定例参拝へ行かれました。神殿で休まれるのでお帰りは明日の予定です。週末は来賓《らいひん》とのパーティーが予定されていますので、ユアン殿下はゆっくり休んで欲しいと伝言を承っています」

「分かった。キルシュ卿は同行している？」

「えっ？　いえ、宮内の通常勤務ですが……」

「じゃあ、食事が終わったら訓練場へ行くから、もし大丈夫だったら来てもらえるように伝えておいてほしい」

「ユアン殿下！　また剣術の訓練ですか？　お怪我が癒えていないというのに」

「かすり傷ばかりだから大丈夫。早く強くなりたいんだ」

腰に手を当ててたエルカがぷんぷん怒った顔で反対してきたが、休んでなどいられない。

リリアに教えてもらった動きをしっかり覚えて、少しでも使えるようにならなければいけないのだ。

キルシュがまともに教えてくれるかは分からないが、とにかくやるしかないとユアンは立ち上がって力強く歩き出した。


その日、リリアから話が通っていたのか、キルシュはムッとした顔をしていたが、まずは初級だと言って剣の型を教えてくれた。

　複雑な動きではないが、その分力を使うのでユアンは最後はフラフラになりながら訓練を終えた。

「陛下に頼まれたら、うんと言うしかないですよ。剣術は基礎体力が大事なんです。その疲れ具合から見ても、お分かりになりましたよね？」

　荒い呼吸ばかりでまともに返事ができないユアンは、苦笑いしながら頷いた。

　初対面から険のある目でしか見られなくて、それからしばらくずっと同じ様子だったのに、兄のマルコとの一件からキルシュの態度は変わった。

　表情が落ち着き、言動が気遣いのあるものになったのを感じていた。

「汗を拭いてください。風邪をひかれたら困ります」

　今もそう、ぶっきらぼうに言いながらユアンに汗拭き用の布を渡してくれた。

　これが彼の見せる不器用な優しさなのだということは、最近やっと分かってきた。

　剣術の訓練を通して、だいぶ慣れてきたこともあり、リラックスして喋れるようになった。

「ありがとう」

　素直に微笑んでお礼を言うと、キルシュは気まずそうな顔になって下を向いてしまった。

「陛下は別として、私のような者にお礼を言う貴族はユアン殿下くらいですよ」

「……威厳が足りないって怒られるかな。ごめんね、私は貴族としての教育が……」

「そういうのはいいんです。俺もよく分からないですから。その…………すみませんでした」

　下を向いたままのキルシュが背を丸めて小さくなり、いきなり謝ってきたのでユアンはポカンとしてしまった。

「え？　な、何かあった？」

「私の態度です。ずっと……ひどい、失礼な態度でした。色々誤解していて、私の思い込みで……殿下を敬うことができずに……」

もしかしたらずっと言おうと思って、言えずにいたのかもしれない。

キルシュの手は自分の膝を摑んで、わずかに震えていた。

今まで関わってきた人の中で、こんな風に真摯《しんし》に向き合って謝ってくれた人などいなかった。

キルシュの真っ直ぐな優しさが胸をついて心が熱くなったのを感じた。

「兄と争った時、私のために怒ってくれてありがとう。私もごめん、お礼を言うのが遅くなってしまった」

「……ユアン殿下、皇族の方が騎士に簡単に謝るなんて」

「ははは、そういうのはよく分からないんだろう？　いいじゃないか、これでおあいこだ。握手をして仲直りしよう」

ユアンが手を差し出すとキルシュはすぐに動かなかったが、ゆっくり手を伸ばしてきて、その手をぎゅっと捕まえた。

ユアンの手より大きくてごつごつしている。

この手であっという間に何人も倒してしまうのに、今は子供の手のように小さく思えた。

「と、いうことで、これから上級の型を教えてもらおうかな」

「だめです。まずは基本百回終わっていません」

顔を上げたキルシュは、鼻水を垂らして泣いていた。

その顔を見たユアンは、ぷっと噴き出して笑ってしまった。


剣術の訓練を終えたユアンは、キルシュに送ってもらい自室に戻るために宮殿の長い回廊を歩いていた。

すると、商人用の出入り口からスッと人影が出てきたので足を止めた。

「これはユアン殿下、ご機嫌麗しゅうございます」

「グレイ！　なんでここに……」

「私は許可を得ている出入りの業者でございます。本日は陛下のために、商品を納品しに参りました。ユアン様もよかったらご覧になりますか？」

小説でも情報屋のグレイは度々宮殿を訪れてリリアと話していたので、彼が自由に出入りできるのは理解できた。

本当はミドランド辺りと話す予定でもあるのだろうと思ったら、後ろからヌッとキルシュが入ってきた。

「こら、骨董屋！　勝手に皇族の方に話しかけるなど無礼だろう。この方はお前がペラペラ話せるようなお方では……」

「おや、騎士様。今日も相変わらず暑苦しい顔をぶら下げて、おかげで廊下の温度が上がりました。あー暑い暑い」

「ぬぅあっ、グレイ、この野郎っ」

そういえば幼馴染み同士のこの組み合わせを初めて見たが、確か彼らは友人ではあるが犬猿の仲だと書かれていたのを思い出した。

「キルシュ卿、大丈夫だ。彼とは陛下の紹介で顔見知りになったんだ」

「だとしても、こんな男と話していると腹が黒くなります。さぁ、行きましょう」

「そう、焦らないで欲しいなぁ。ユアン殿下にもお話があるので、ぜひお茶でも飲みながら」

「おまっ、自分から誘うか⁉　無礼にもほどがっ」

「話？　もしかして、セレステ嬢のお店のこと？」

「そうです。ぜひ、ゆっくりと……」

「分かった。じゃあ、私の部屋へ行こう」

ユアンが話に食いついたので、グレイはキルシュを見てニヤリと笑いながら、さりげなくユアンの腰に手を回して歩き出した。

すっかり置いていかれたキルシュはその様子を大口を開けて見ていたが、ハッと気がついて急いで二人の後を追いかけた。

「ちょっと待て、なんの話だ！　こらっグレイっ！　勝手にそんなに殿下に近づいて、バカっ、この野郎、離れろ、変態！」

宮殿の廊下には、大騒ぎするキルシュの声が響き渡っていた。

その様子を不思議そうに見る使用人達の中で、一人のメイドが鋭い視線を送っていたが、話に集中していたユアンは気がついていなかった。

グレイはもともと、グレイス・アーレッジという名で、帝都に住むアーレッジ子爵家の嫡男として生まれた。

アーレッジ家は紡績業で成功し、子爵は当時、新進気鋭の事業家として社交界でその名を知られていた。

そんなアーレッジ子爵をよく思わなかったのがゼノン公爵だった。

ある集まりで公爵の意見をバッサリと否定して、恥をかかせたことがキッカケで、ゼノン公爵による事業の妨害が始まった。

公爵に睨まれたらたまらないと、次々と取引先は手を引いていき、子爵はあっという間に窮地に立たされた。

それで終わらないのがゼノン公爵だった。

ありもしない罪を捏造して子爵から爵位を奪い、帝都から追い出した。

親戚縁者からは全員縁を切られて、誰一人助けてくれる者はいなかった。

田舎に追われた子爵は失意のうちに体を壊して亡くなり、残された妻とまだ幼かったグレイは、その日生きるのにも苦労するような暮らしに陥ってしまった。

母もまた体が弱く、グレイは村の子に石を投げられながら、食べられるものを探して毎日歩いていた。

そんな時出会ったのが、同じく田舎の村で隠されて生きていたリリアだった。

同じくらいの歳であるのに、リリアの力強い存在感はその頃から群を抜いていた。

グレイをいじめる村の子を全員倒して、子分にしてしまった。

子分達に食べ物を集めるように命じて、それを全部グレイに渡したのだ。

そのことがキッカケで、グレイはリリアの友人になり、その後もリリアに付いて回るようになった。

「財務状況は問題ないようです。借金をして店を建てたわけでもなく、まあ、あのルドルフ伯爵のお嬢様ですから、声をかけたら協力者が集まったのでしょう。工場の従業員には相場より多く給与を払っているので、懸念としてはそのくらいですね」

「なるほど……すごいね。よくまとまっている」

情報屋としての彼を舐めていたわけではないのだが、実際セレステの店についてまとめた資料をドンと机に載せられたら、その手腕に驚くしかなかった。

グレイはあくまで骨董屋の主人という設定だが、投資の素人であるユアンに、アドバイスという体で資料を作ってくれた。

「もっと言ってくださいー、ユアン様に言われるとグングン熱くなると言うかぁ」

調子に乗って笑っていたグレイの頭に、横からキルシュのゲンコツが飛んできた。

「黙れ、この変態！」

「いたっ！　すぐ手が出るのはよくないですよ」

「ちょっと二人とも……」

犬猿の仲はもう分かったので、セレステについての話を進めたいのに、この二人は一分に一度は睨み合うので困ってしまう。

誰かまとめ役はいないかとハラハラしていると、そこにエルカがワゴンを押しながら入ってきた。

「グレイさん、お久しぶりです。先日いただいたお菓子、とても美味しかったです。ありがとうございました」

「喜んでくれて嬉しいよ。エルカの笑顔には癒されるなぁ」

ぐちゃぐちゃになっていた空気をいい意味で掻き回してくれたのはエルカだった。

どうやらグレイはエルカを可愛がっているらしく、目を細くして嬉しそうに頭を撫でていた。

弟に優しくしているグレイのことを怒れなくなったキルシュは、ムッとした顔のまま近くの椅子にドカリと座った。

「お二人は先日、陛下と町へ行かれた際にお知り合いになられたのですね。この山のような書類はなんですか？」

「ああ、これはね、女性の事業家を目指すパーティーで知り合った令嬢が今度新しくお店を出すんだ。それに投資してみようかと思って。といっても、私に割り当てられた予算は少ないから、微々たるものだけど」

「投資ですか⁉　それで、グレイさんにご相談を……、グレイさんは物知りで顔も広いですから、きっと成功しますよ」

和やかに話している三人を見ながら、キルシュだけ難しい顔をしてお茶を飲んでいた。

自分が入れる話題ではないので、イラついているように見えた。

「来月の頭にそのドレスショップが開店するらしいのだけど、前日にお祝いに行くつもりなんだ。当日だと迷惑になるといけないし」

「ええ、不肖ながら、案内役としてこの私も一緒に……」

「俺も行く」

三人で盛り上がっているところに冷水をぶち込むように、キルシュの一言が入ってきた。

三人の視線がキルシュに集まると、ゴホンと咳払いしたキルシュは、護衛隊に参加すると言い出した。

「失礼ながら騎士様、陛下の護衛担当では？」

「陛下からは、ユアン殿下を優先しろと言われておりましてね。前回は諸事情で行けなかったもので、今回は絶対に行きます」

また犬猿の仲の二人が睨み合って、青と赤の火花がバチバチ散っていた。

グレイから断ってくれという視線を受けたが、ユアンとしてはキルシュが来てくれるなら百人力なのだ。

暗殺組織も関わっていて、何が起こるか分からない状況でこちらから頼みたいと思っていたところだった。

「あの……ぜひ、お願いしようかな」

「そんなぁ～ユアン様～～」

大袈裟に泣き顔になったグレイがしがみついてきたが、飛んできたキルシュに引っ剝がされてそのまま廊下に連れていかれてしまった。

二人のコントみたいな姿を見て、エルカと顔を見合わせたユアンは同時にクスクスと笑ってしまった。


その夜、夕食を終えて自室に戻ったユアンは、穏やかな気持ちでベッドに向かって歩いていた。

キルシュとの関係も改善して、セレステ誘拐阻止の件も明るい兆しが見えてきた。

順調だと思っていたが、何か忘れているような気もしていた。

その時、ベッドの横のランプの下から、人影が出てきたのを見て悲鳴を上げそうになった。

いつからそこにいたのか、現れたのは、前回ユアンに小瓶を渡した公爵の手の者で、メグと名乗っていたメイドだった。

「ずいぶんとご機嫌ですね。公爵様にのんきな手紙など送って……。こちらは苦労しているというのに……」

「君は……メグと言ったね。組織の人間なの？」

「私のことはどうでもいいです。皇帝の側近に探りを入れましたが、誰一人口を割りませんでした。これほど守りが固いのは予想外ですね。まるで、何か隠していることでもあるようです」

メグの鋭さに心臓がドキッと揺れてしまった。

リリアの側に付いている者達は、ミドランドの親戚などから集めた侍女達で、一切情報が漏れないようにされている。

ユアンは何も知らないという顔をして、そうなんだとヘラヘラと笑ってみせた。

「……夜伽までいけたのは、まずまずですが、それだけでは公爵様は満足されないのはお分かりですね」

「子供だよね。そればかりは、神の祝福がないと。私にはどうしようもできないよ」

もっともらしいことを言ってごまかしてみたが、メグは不満そうな顔をしていた。

彼女の役割はきっと、リリアの侍女達に近づいて、様々な情報を得ることだったのだろう。

サッパリ成果が得られなくて、焦っているように見えた。

「公爵様より、満月の日を狙うように指示が来ました。女性の子宮が龍神の気で満たされて、御子が宿りやすいと言われています」

今度は迷信かと、ユアンは噴き出して笑いそうになってしまった。次から次へと指示を出してくる公爵に、こちらがおかしくなってしまいそうだ。

「今週末がその日です。夜伽があるかないかではなく、確実にしなくてはいけません。例の薬はちゃんとお持ちですか？」

その話が来ると思っていたユアンは、心臓が冷えて、汗が背中を流れていくのを感じた。

「いや、あの……落として割ってしまったんだ」

チッっと舌打ちする音が聞こえて、ギロリと睨まれてしまった。

本当はなくしてしまったのだが、結局行方が分からなかった。

「そんなことだろうと思っていました。予備は取ってあります。いいでしょう、この件は私にお任せください。事が起きたら皇配の貴方が相手をするように動くのです」

「はっ、ちょっ……ちょっと待って！　いつ、何を……どうやって……」

「貴方はミスばかりして正直言って足手まといです。この件は私一人で進めますので、種馬としてだけ動いてください」

ひどい言われ方に愕然としてしまったが、どこかで薬を飲ませるつもりなら止めなくてはいけない。

メグの服を摑んで聞き出そうとしたその時、コンコンとノックの音が響いた。

恐らく湯浴みの時間になったので、誰かが呼びにきたのだ。

少し待ってと声をかけて、そちらに気を取られていたら、ガタッと後ろから音が聞こえた。

振り返ると、窓が半分開いた状態になっているのが見えた。

隣にいたはずのメグの姿がなく、出て行ったのだと気がついた。

「マズい……マズいよ」

薬は隠していると嘘をついて、自分でやるからとごまかしておくべきだったとユアンは真っ青になる。

ちゃんと予備まで用意しているとは思わなかった。

分かっているのは、今週末の満月の日にメグは動くということ。

恐らくリリアが口にするものに催淫薬を混ぜて、ユアンが相手をする方向に強引に持っていこうとするはずだ。

実際のところ、リリアが催淫薬を飲んだとしてもユアンが相手をするわけではなく、医術師が集まって対処するだろう。

しかし、皇帝であるリリアがそんな状態になってしまうのは一大事だ。

特に週末は大事な賓客が来ると聞かされている。

賓客へのもてなしの重要な日に、リリアが倒れるなんてことは絶対に避けなければいけない。

「考えろ、考えろ、どうすればいいんだ。事情を話して注意しろと伝えるのか。でも、信じてもらえるのか？組織と繋がりがあると判断されたら……」

ぐるぐる部屋の中を歩き回りながら、ユアンは自分を厳しい目で見てくるミドランドの顔を思い出した。

少しでも怪しいところがあれば、逃さないぞという目で常に見られているのを感じていた。

「大変だ、メグを見つけて止めないと……」

理由は何でもいい。

そういう薬とかは嫌いだとか、気分が乗らないからとか適当に言って、強引にでも奪い取る必要がある。

慌てて部屋を飛び出したユアンは、使用人達が集まる宿舎へ向かって走り出した。

だがその日、どんなに探してもメグの姿を見つけることはできなかった。

王宮ではたくさんの使用人が働いていていて、お互い名前も顔も知らない者が多い。

他の使用人に聞いても、首を横に振るばかりで、メグがどこに潜んでいるのか手がかりすら見つけることができなかった。

何の解決策も見出せずに、そのまま当日の朝を迎えてしまった。


他国からの来賓が到着すると、その旗を見た門兵がラッパを吹いて歓迎の音を高らかと響かせる。

その音が聞こえてきたら、そわそわと部屋の中を歩き回っていたユアンは窓辺に飛びついた。

「黒い鷹《たか》の旗印、シャナール国のエーティー王子が到着したようですね」

ユアンの後ろから外を覗き込んだエルカが教えてくれた。

隣国シャナールは国の大半が砂漠地帯で、かつては閉鎖的であったために、独特の文化が発展した国だ。

シャナール人の特徴は黒髪に褐色《かっしょく》の肌、体つきは男も女も大きくて、槍を使った戦闘に非常に優れているのだそうだ。

今回訪問したのは、シャナール国の第七王子エーティー。かつて帝国の貴族学校に留学していて、リリアとは同級生で今も交流があるらしい。

彼は結婚式には出席しなかったために、少し遅れたが、祝いの品を持って直接リリアに会いにきたようだ。

長々と続く大訪問団の列に、たくさんの荷物が見えた。あれが全部祝いの品だということに驚いた。

シャナール国産の交易品や、装飾品、馬や荷物運び用のロバもおり、宮殿の入り口はたくさんの人が詰めかけて大変な賑わいになっていた。

エルカがシャナール国の説明をしてくれている間も、ユアンは気が気ではなかった。

エルカの前では落ち着いてみせていたが、時々爪を噛みながら、辺りの様子に耳を澄ませては、そっとため息をついていた。


今日は満月の日。

暗殺組織の女メグが、リリアに催淫薬を仕込むと宣言した日だ。

ユアンは今回の強引ともいえる作戦が少しおかしいと思っていた。

ゼノン公爵の指示通り、夜伽をするところまで漕ぎ着けていたからだ。

とりあえずの役割は果たしているといえるだろう。

それなのに、こんなに急ぐのはなぜなのか？

メグがユアンの部屋に来た日、無表情ではあったが、顔に焦りのようなものが見えた。

リリアの側近に近づいて情報を得るのが彼女の使命だったとしたら、上手く情報が得られなかった場合、組織から消される可能性がある。

彼女が生き残る道は即ち手柄を立てること。

リリアの妊娠しやすい日を調べて、自分がお膳立てしたおかげで子ができた。

そういう筋書きであれば、よくやったと言われて生き残れるかもしれない。

もしくは、あまりに固い警備に何か秘密があるのだろうと勘ぐって、騒動を起こしてあぶり出そうとしているのかもしれない。

考えれば考えるほど、その線しか見えなくなっていた。

それならばメグは追い詰められている状態だ。

いくら探しても姿が見えず、どこかに潜んでいるのだろうと思うが、ユアンには見つけることができなかった。

リリアが口にするものには、全て事前に毒見が入る。昨夜神殿訪問から帰宅したリリアだが、そこからずっと食事は管理されたものを食べている。

朝食もパンとスープに果物を食べていたが、誰かが余計なものを入れる隙などなかった。

とにかくリリアの周りは味方の人間が固めており、徹底して守られているのだ。

これならさすがにメグも手を出せなくて諦めてくれるだろうと、ユアンはそう願うしかなかった。

謁見の広間にシャナール国の訪問団は集められて、その場で祝いの言葉と品物の贈呈式が行われた。

リリアは壇上にある玉座に座って、ユアンは皇族の席の端に座った。

持ってきた品物が次々と披露されて、その度にお礼の拍手が続いた。

何百品目という贈り物が紹介され終わった頃には、空も暗くなりユアンは座っていただけなのに緊張しすぎて疲れ切っていた。

リリアとエーティー王子、そしてキルシュやミドランドは集まって同窓会みたいな雰囲気になっていた。晩餐会が始まるまで軽く飲み食いをして懇談するらしい。

ユアンも同席を勧められたが、少し休みたいと言ってその場を抜け出した。

ユアンが向かったのは厨房だった。

メグが潜んでいるならここだろうと思ったが、そこで見たのはやはりリリアの食事が徹底した管理の元で、準備されて運ばれていく様子だった。

複数人でチェックしながら、何度も毒味を行っていた。

今日は人手が足りないのか、みんな晩餐会の準備でバタバタと走り回っており、いつもは側についているエルカも会場の飾り付けに駆り出されていた。

一人で行動するのには都合が良かったが、当日になってもメグの姿が見えなくて、ユアンは途方に暮れた。

調理場でうろうろしていても目立つので、いったん自室に戻り落ち着いて考えてみることにした。

普段通り部屋のドアを開けると、人のいる気配がして、ユアンは窓辺に立つ人の後ろ姿を見つけた。

メグとは明らかに違う、背の高い後ろ姿を見たら驚きで息を呑んだ。

「厨房でのご用事は済みましたか？　それとも、このところ熱心にお一人で歩いていらっしゃるので、お探し物でもあるのでしょうか？」

「ミ……ミドランド……」

真っ直ぐに伸びた水色の髪を翻して、くるりとこちらに体を向けたのはリリアの腹心であるミドランドだった。

今は学校時代の同級生として、エーティー王子と歓談しているはずだと思っていた。

それなのにユアンの行動を知り、この部屋に立っているということは、ただの報告などではないとすぐに分かってしまった。

「……探し物とは？」

「たとえば、これとか……」

ミドランドが着ている長衣の間から、スッと出てきたのは見覚えのある小瓶だった。

紫色の液体が入ったソレを、ミドランドはこれ見よがしに机の上に置いた。

「それを……どこで……」

「殿下が怪しげな小瓶を持っているところを私の部下が発見しまして、着崩れを直す際に拝借しました。許可を得ず申し訳ございませんが、陛下のお側におられる方には、こういった正体不明の物をお持ちの場合、確認させていただいており、その権限が私にはございます」

ミドランドの鋭い視線と凍りついたような空気から、すでに中身は調べられているだろうとユアンは判断した。

こんな物を持っていたら弁解のしようがない。

全身の力が抜けて倒れてしまいそうだった。

「これは……その……」

「中身の鑑定が終わったので、今日戻られるのを待っておりました。まさか、催淫薬とは。夜伽を願い出たのは、これを使うためだったのですね。失くしたと思って焦ったのではないですか？」

「ちがっ、そうじゃなくて！」

「ではこちらの薬の入手経路を教えていただけますか？　帝国では禁止薬となっており、持っているだけで罰せられる代物です。まさか、拾ったなどとは……」

話せば話すほど、どつぼにはまってしまいそうで、ユアンは胸に手を当てながら息を吐いた。

嘘や下手な言い訳は通用しない。

素直に話すしかないと息を吸い込んだ。

「なるほど、夜伽に呼ばれないことを案じた公爵が、秘密裏に薬を用意して貴方に渡したということですね。しかし、使うつもりはなかったと……」

「はい……」

公爵が影響力拡大を狙っていることは、ミドランドも分かっているのだろう。そのためにあらゆる手を使うだろうということも。

その話に納得はできたようだった。

あとはその薬を使うつもりはなかった、ということをどう信じてもらえばいいのか、それが難しくてユアンは必死に訴えた。

「薬は処分に困っていただけで、夜伽に持っていくつもりなどありませんでした。皇配として何も役にたっていないとなると、父からの圧力があって……、形だけでもそう見せておきたかったのです。夜伽についてては陛下ともお話ししていますし、無理やり襲うような真似もしていません」

「ゼノン家での貴方の立場が悪いことは想像できます。私も似たような立場でしたから」

ミドランドは、マーシャル伯爵家の次男であるが、ユアンと同じく本妻の子ではなく、伯爵がメイドに手をつけて生まれた子だった。

帝都の本宅に足を踏み入れることは許されず、幼い頃はリリアが潜んでいた田舎の村近くにあった別邸で暮らしていた。

ユアンと違うのは、ミドランドの方が兄より優秀だったこと。

帝都の貴族学校を過去にない優秀な成績で卒業し、

伯爵に認められて家督を継ぐと言われている。

夫人はすでに亡くなっていて、ミドランドの兄は剣も学問も振るわず、悪い仲間とつるんで賭け事に夢中になり、伯爵家から追い出されていた。

実力で今の位置を勝ち取ったようなミドランドからしたら、本人は何もできずに家の力だけで皇配になったユアンが気に入らないのは、間違いないだろうと思っていた。

「だからこそ、その状況を変えようと卑怯な手を使うかもしれません。私はそれを危惧しているのです」

「確かに状況を変えたい気持ちはあります。でも、誰かを傷つけて、その上で得られる心の平穏なんて私は……」

その時、宮殿内に晩餐会の始まりを知らせる鐘が鳴り響いた。

今日リリアが何かを口にするとしたら、最後の機会だ。

こんなところで議論していたら、何かあってからでは遅い。

疑いの姿勢を崩さないミドランドに、とにかく体当たりで話を進めるしかないとユアンは近づいた。

「聞いてください、どうかお願いです。逃げようと嘘をついているわけではなく、公爵の手の者が今日その薬を陛下に飲ませるつもりなのです」

「……薬を？　なぜですか？」

「私に接触してきた者が言うには、今日は満月なので子を授かりやすいと」

「それはまた……お粗末な」

「私もそう思います。恐らくその者が独断で手柄を立てようとしているのだと思います。止めようとしましたが、逃げられてしまいました。宮殿のメイドに扮していたので、今日まで探しましたが、見つからなかったのです。でも必ずどこかに潜んでいるはずです」

「ゼノン公爵が抱えている組織については、こちらも調べを進めています。その者が組織の一員だと言うのですか？」

「恐らく」

「それを信じろと……」

「私が解決すべき事なのに、ここまで黙って何もできずに申し訳ございません。後でどんな罰でも受けます。

でもまず、組織の者を止めないと……陛下がエーティー王子や他の貴族の前で苦しむようなことになったら……」

ユアンは手に力を込めて、ミドランドに必死に訴えた。

ミドランドは額に手を当てて、小さく唸るような声を上げて考えている様子だった。

時間にして数十秒、眉間に寄せた皺がそのままの状態の顔でユアンを見たミドランドは、分かりましたと言って深く息を吐いた。

「会場へ向かいましょう。今夜の晩餐会は、陛下の外交力を判断しようと厳しい目が光っています。不確かな情報で晩餐会を止めるわけにはいきませんから、この件は後で陛下にお話しするとして、私とユアン殿下でそのメイドを探します」

完全に信用してくれてはいなさそうだが、リリアに被害が迫っているとなると、動かないわけにはいかないと判断したようだ。

それでも自分の話を信じてくれたと考えたユアンは、力強く頷いた。

「陛下が口にするものは全て事前の毒味が済んでいます。調理過程や運ぶ際に混入させるのは不可能です。となると、晩餐会の最中に陛下に近づいて、密かに混入させるしか手はないでしょう」

「陛下はワインを注いだグラスを持って、参加者と乾杯しながら歩くはずですよね？　乾杯したら一度は口に含まなければ失礼になるから……私もそこしか考えられない」

先ほどまで罪人を追い詰める勢いだったミドランドだったが、こうと決めたら行動が早いタイプらしく、ユアンより先にズンズン歩きながらメグの特徴を聞いてきた。

一人でどうしたらいいかと途方に暮れていたが、ミドランドの登場で一気に追い風が吹いてきたのを感じた。

このまま会場に現れたメグを捕まえて、薬の混入を阻止する。

そして何事もなかったように、晩餐会を成功させるべく、ユアンは緊張で手を震わせながら会場へ向かった。

王宮の晩餐会は、宮殿の中央大広間で始まった。

絢爛豪華《けんらんごうか》なシャンデリアが誇らしげに天井を彩って、テーブルには見るだけでも楽しい色とりどりの芸術品のような料理が並んでいた。

まずは全員座って食事と会話を楽しんだ後、隣の龍の間に移動してグラス片手に歓談が行われる。

遅れて会場入りしたユアンは、リリアの隣に用意された席に座った。

「ユアン、体調が悪いと聞いたが、大丈夫か？」

「大丈夫です。遅れてしまい申し訳ございません」

リリアから気遣う言葉をもらって、ユアンは襟を正しながら微笑んだ。

目の前の席に座っているのが、シャナール国のエーティー王子だ。

カシュフと呼ばれる、白い布を巻きつけた伝統的な衣装を纏っていた。立派な体軀に褐色の肌、短髪の艶のある黒髪が光っていて、異国の香り漂う色男という感じだった。

「初めてご挨拶させていただきます。ユアン・ゼノンと申します。この度は婚礼の祝い品をご持参いただき、大変ありがたく感謝と喜びを感じております」

「そうかたくならないでくれ。リリア陛下とは学生時代からの仲だから、婚姻の際は駆けつけられずに悔しく思っていたんだ。今日、やっと二人の姿を拝めて気持ちが落ち着いたところだ」

ずいぶんとくだけた雰囲気にユアンは首を傾げそうになった。

どうやら晩餐会の前に学友達で集まっていたが、その時にだいぶお酒が進んでいるように見えた。

「エーティー、その話は……」

「これくらいいいだろう。実はな、リリアは私の初恋だったんだ。あっけなくフラれたが、この私をフッて選んだのがどんな男か、会うのを楽しみにしていたんだ」

褐色の肌に白い歯はよく映える。

大きな歯を見せて快活に笑ったエーティーに圧倒されて、ユアンはただ大人しく頷いてしまった。

「どんな厳つい大男が出てくるか、どうせなら一戦交えて、淡い思い出に花を添えようかと思っていたくらいだった。だが久々に会ったら、もうあの頃の小さいリリアではないし、皇配もずいぶんと可愛らしいし、すっかり冷静になってしまったよ」

そう言って目の前のグラスから酒を一気にあおったエーティーは、豪快に笑い出した。

リリアは苦い表情になった後、額に手を当ててため息をついていた。

「すまない、ちょっとクセがあるが、悪いやつではないんだ。面白いことが好きな変わり者ではある」

「楽しそうなお方ですね。学生時代はさぞかし賑やかだったでしょう」

「ああ、私は静かに過ごしたかったが、周りはうるさかった。とくに、エーティーとキルシュはいたずらばかりして、教授方に悪童とあだ名を付けられていたよ」

制服を着たリリアや幼馴染み達が、机を並べながら楽しげに語らい合う姿が目に浮かんだ。

羨ましいなと笑って見ていたが、近くを給仕係が通るたびにユアンの心臓はビクッと跳ねて緊張が走ってしまった。

「大丈夫か？　顔色が悪いぞ。もし辛いなら、部屋で休んでくれても大丈夫だ」

「いえ、大丈夫です」

安心させるように微笑んだユアンは、ミドランドの姿を探した。

ちょうど会場の入り口付近に立っているミドランドと目が合ったが、軽く首を横に振っているので、まだメグらしき人物が見つかっていないのだと分かった。

その後はリリアの学生時代の話などを聞きながら、時々両国の友好関係について話が及び、ユアンは静かに頷きながら愛想良く笑っていた。

メグらしき怪しい人物が近づいてくる事なく、大広間での食事は終わってしまった。

続きの部屋に移動して、全員に帝国でこの年に作られたワインが配られた。

リリアが飲むワインについては、ミドランドが運んできたので、安心してユアンもグラスを受け取った。

今まで挨拶ができなかったシャナール国の貴族達が、次々と列になってリリアとユアンの前に集まってきた。

一人一人と言葉を交わして祝いの言葉を受け取り、

グラスを合わせて一口飲む、その繰り返しが続いて、いよいよ晩餐会も終わりへと近づいてきた。

「大変なもてなしと歓迎に感謝する。両国の発展を願って、シャナールから最後の祝いを贈ろう」

エーティーが手を叩くと、広間に続く廊下のドアが開いて、訪問団のシャナール人達がどっと入ってきた。

大きな壺を数人のシャナール人が担いで広間の中に持って入ってきたので、何が始まるのか全く予想がつかなかった。

「これはビジャバンと言って、砂漠に生息する蠍《さそり》を長期に漬け込んだ酒だ。我が国では高貴な身分の人間しか飲むことを許されず、またこれを一緒に飲むことは永久に互いの助けとなり強い信頼で結ばれるということを意味する」

帝国の貴族達からも緊張する空気が発せられた。

エーティー王子は王位継承順位は低いが、現国王から相当気に入られていて、かなりの権限を持っているとエルカが教えてくれたのを思い出した。

シャナール国と強い和平関係が結ばれたら、リリアを支持する貴族も増えるだろう。

その酒は大丈夫なのかと心配になるものだったのだが、次にガラガラとワゴンに載せられて運ばれてきたのは、目が眩《くら》むほど輝く二つの金の杯だった。

どうやらこれら全てが、シャナール国からの贈り物のようだった。

「では、杯を……」

壺の封印が解かれて、中から酒を汲《く》み出すための準備が始まった。

当然ここは、皇帝のリリアとエーティー王子が、友好の酒を二人で飲み交わす場面なので、ユアンは後ろに下がった。

そこに合わせたようにミドランドが近づいてきて、小声で話しかけてきた。

「給仕係から掃除や設営担当まで、全てのメイドを調べましたが、怪しい人物はいませんでした。殿下のお話が本当なら、諦めて逃げたのかもしれませんね」

「何も起こらないなら、それでいいです。後は私が知っていることをお話しします」

組織について、閉じ込められて生活していたユアンはほとんど何も聞かされていなかった。

それでも、自分が知っていることだけでも、リリアの力になれるなら伝えておこうと考えた。

催淫薬を隠し持っていたことも合わせて、リリアがどう判断を下すのか、それを待つしかないと思っていた。

信じてもらえるだろうかと思いながら、ぼんやり目線をシャナール人達に向けると、杯を運んできた一人の女が目に入った。

褐色の肌に黒髪。

シャナール人特有の姿だったが、なぜか目が離せず、その女が顔を上げた時に目が合うと、全身に電気が走ったように痺れた。

「ミ……ミドランド」

「はい」

「はだ……肌の色を変えるのは可能ですか？」

「そうですね……、女性用の化粧にそういったものがあると聞いたことがあります。シミやアザなどを隠すために、あえて暗い色の肌にされるとか……」

そこまで話した時、ミドランドが息を呑んだ音が聞こえた。

間違いないかもしれない。

ユアンが女に目線を送ると、ミドランドもすぐに気がついたようだった。

「なるほど、シャナールの訪問団に入り込んで……これは盲点でした。となると、恐らく既にあの杯に……」

もしかしたらメグは、リリアの性別を疑っているのではとユアンは本格的に思い始めた。

催淫薬を飲んでリリアが倒れたら、混乱に乗じて介抱するフリをして、リリアの体を探ろうとしているのかもしれない。

「ミドランド、杯を交わすのを止めなくては！　早く、別のものに変えるように指示を……」

金杯にはすでに酒が注がれて、リリアとエーティーの手に渡っていた。

「くっ……、ですが……それはっっ」

友好の証である乾杯を止めるというのは、かなりのリスクが生じる。

場合によっては、両国の貴族が見守る中、友好を無にするような失礼な行為になってしまう。

そちらのシャナール人の中に怪しい女がいて、酒に危険な薬が混ざっている。これらを瞬時に説明して理解してもらうには時間がなさすぎた。

そしてここまで手伝ってくれたミドランドだったが、全てユアンの自作自演であり、リリアの評判を落とすために仕組んだ可能性を捨てきれないようだった。

ミドランドの瞳が迷いで揺れているのを見たユアンは、これ以上信じてもらうのは無理だと悟った。

とにかく時間がない。

そう思ったら、もう勝手に足が動き出していた。

「それでは信頼の証として、乾杯を……」

「あのっ」

リリアとエーティーが杯を軽く上げた瞬間、近づいて行ったユアンが声を上げたので、会場中の視線が集まった。

「これは、ユアン殿。何か?」

「おっ、お二人は……学友であり、すでに強い信頼関係で結ばれているとお聞きしました。それは間違いないですか？」

「それはそうだが」

「でしたら、この信頼と友好を表す乾杯は、ぜひ帝国民の代表として私が行ってもよろしいでしょうか……」

「ユアン……？」

一か八かの賭けだった。

この場の空気を崩さず、両国の対面を保ったまま、平和的に解決する方法はこれしか思いつかなかった。

何者かに毒を入れられたと主張して、調べる方法もあるが、もしメグが杯に入れていなければ、それこそ大事になってしまう。

面白いことが好きな男なら、乗ってくれるかもしれない。

それに賭けたのだ。

「なるほど、面白い。同じ女に惚れた者同士、いい考えだ。豪快に飲み干してくれよ」

エーティーがニヤリと笑ったので、ユアンは上手くいったと全身の力が抜けそうになった。

「ユアン、大丈夫なのか？　あれはかなり強い酒だぞ。無理はするな」

「大丈夫です。……私でなくてはならないのです」

事情を知らないリリアが軽く止めに入ったが、ユアンは手を上げて大丈夫だと微笑んだ。

「それは……どういう……」

「では、帝国民代表の皇配ユアンと、シャナール国の王子である私、エーティーが互いを認め、信頼の証として杯を交わす」

リリアに背を向けたユアンは、エーティーと杯を合わせて、ぐっと一気に杯をあおり酒を喉に流し込んだ。

その瞬間を待っていた会場の全員が一気に手を叩き、大きな歓声が上がった。

「なかなかいい飲みっぷりだったな、ユアン殿」

「恐れ入ります。どうか、末長くよろしくお願いします」

ユアンと酒を交わしたエーティーは、上機嫌でユアンの背中を叩いてきた。

ユアンは口元に笑みを浮かべながら、叫び声を上げそうになるのを必死で堪えた。

やはり、杯に例の薬が仕込まれていたようだ。

喉に入れた瞬間に、焼けるように熱くなり、その熱はすぐに全身に広がった。

肌が恐ろしいくらい敏感になって、背中を軽く叩かれただけでも、悲鳴を上げそうになった。

「ユアン？　本当に大丈夫か？　額に汗がすごいぞ」

「へいか……、私にかまわず、調印式を……」

今回エーティー王子が訪問したのは、交易品の輸入についての合意文書に調印をする目的もあった。

リリアが文書に印を押すというところまでしっかりと見届けるために、ユアンは熱くなる体を抱えながら必死に耐え続けた。

拍手と共に調印式が終わると、ユアンは目立たないように会場から出て、廊下の壁に手をつき倒れ込んだ。

「ユアン殿下！　大丈夫ですか⁉　一体何が……」

ただならない状態を察して、すぐに駆け寄ってきたのはエルカだった。

「だ……だいじ……ぶ、すこ……し、やすめば……あっ、っっ……っ」

「すごい熱です、汗も……殿下、殿下っ、しっかりしてください」

「ユアンっ！　どうしたんだ‼　何をしている！　早く医者を呼んでくるんだ」

ドタドタと足音が聞こえてきて、体を支えてくれたのはリリアだった。

血相を変えたリリアの姿に、慌てたエルカが医者を呼ぶために走って行った。

「へい……か、だめで……ここへきたら」

「何がだめなんだ。お前が倒れたのに、側から離れるわけがない」

リリアはユアンから流れ出る汗と、上気した顔や荒い呼吸を見て、何が起こったのか必死に考えている様子だった。

「もしかして、あの酒に何か入っていたのか？　だから、お前が……」

「陛下、申し訳ございません。私が全て知っております」

そこに現れたのはミドランドだった。

ユアンのように汗を流しながら青い顔をして、リリアの後ろに立っていた。

「どういうことだ……？　ミドランド……お前が傷つけたのか？」

「ちがっ……ちがうんで……わた……しが」

「とにかく横になれる場所へ、話はそれからだ」

上気した顔で荒い呼吸を繰り返しながら、ユアンは身を悶えて体をくねらせた。

ユアンの体の変化を見て状況を察したのか、リリアは自分のマントを外して隠すようにユアンの体を覆った。

「私が運ぶ、誰も触るな」

会場内は変わらず和やかにパーティーが続けられていたが、外では誰もが何が起きたのかと顔を見合わせて、緊迫した空気に包まれていた。

ユアンの耳には、会場からの楽しげな笑い声や歌声が、幻のように響いて聞こえていた。

◇◇

「中和剤が効いたようです。ある程度は抑えられましたが……」

薬品が入った鞄を閉めながら、皇帝専属医であるルパートは緊張が解けた様子で息を吐いた。

「まだ苦しそうに息をしている、なんとかならないのか？」

ベッドに寝ているユアンは、意識が朦朧《もうろう》とした様子でまだ荒い息をしていた。

ユアンの額に流れた汗を拭ったリリアは、苦しそうな様子を見ていられなくて、ルパートに訴えた。

「解決方法は、あるにはあるのですが……、それはこの薬の効果に抗わないということです」

「なるほど、熱を発散させるのが一番ということか……」

ルパートは気まずそうに頭をかいた。彼としてもこれ以上は手を出せないので、苦い顔をするしかない様子だった。

「セトニカの催淫薬は、かなり強烈なものです。殿下は飲んでからしばらく立ったまま我慢していたと聞きました。少量だったのかもしれませんが、相当我慢強い方ですね。不謹慎ですが、陛下が口にされていたら危険でした。今は成長期なので、吸収力が普通の人間とは違います」


「ユアンに助けられた……ということだな」

リリアは状況を聞くためにルパートへユアンを任せて部屋を出た。

隣の部屋で待っていたのは、ミドランドとキルシュとエルカだった。

とりあえず症状は落ち着いたと話すと、みんな一様にホッとした顔になった。

「申し訳ございません。今回は私の不徳の致すところです。忙しい陛下の手を煩わせるほどのものではないと、判断を間違えました」

「それで、例の者は見つかったのか？」

「はい、逃げようとしていましたが、殿下の指示があってすぐに動けたので捕えることができました。殿下の仰った通り、肌と髪の色を変えておりまして、シャナール人ではありませんでした。現在拘束具をつけて牢に入れております」

普段表情が変わらないミドランドだったが、今はさすがに後悔に苦しんでいる様子だった。

ミドランドがこの顔をするのは二度目だ。

一度目はリリアの母、ルーディアが策略によって離宮へ幽閉されると決まった時。

ミドランドは必死に立ち回ってくれたが、まだ幼く力もなかったために、助けることができなかった。

ユアンと同じ、実の母を知らず、私生児として育てられたミドランドを最初に認めたのはルーディアだった。

ミドランドの優秀さを見抜いたルーディアは、周囲の反対を押し切り、ミドランドを貴族学校に入れて、金銭面でも全面的に援助をした。

ミドランドにとって、母のような存在であり恩人だった。

その人を守れなかったことをミドランドはずっと後悔していた。

今もなんとか離宮から解放されるように動き続けている。

そのため疑り深く、神経質なまでに周囲へ目を光らせていた。

「今回のことは、私や国のことを考えて、それぞれがその時に最善だと思う選択をしたのだろう。それについて責めるつもりはない」

ゼノン公爵が抱える暗殺組織の人間が、ユアンに接触し催淫薬を渡したが、それはミドランドによって回収された。

ミドランドがそのことでユアンを問いただそうとすると、ユアンから組織の人間が動いていて、満月の日に皇帝へ飲ませようとしているという話を聞いた。

ユアンは組織との繋がりを知られることを恐れて、一人で捜索にあたっていた。

晩餐会の会場で使われるのではないかと推測した二人は、互いに分かれて探すことになった。

シャナール国王子との友好の乾杯の時間になって、ようやく組織の人間を発見し、恐らく杯に仕込まれているだろうということが分かった。

ユアンは乾杯を止めようとしたが、ミドランドは薬の混入が確実でない状況と、ユアンが完全に味方なのか判断しかねたために動けなかった。

「ただ、ユアンが苦しんでいるところを見るのは二度目だ。私はもう……ユアンのあんな姿を見たくない。これで分かっただろう、催淫薬といっても、量を間違えれば死に至ることもある。それでも、私のためにユアンは……」

「申し訳ございません！　私にも責任があります」

リリアが堪えきれない感情に震えていたら、ここまで黙って聞いていたエルカが一歩前に出て頭を下げてきた。

今回の件には関わっていないだろうと思っていたが、エルカは肩を震わせながら実はと口を開いた。

「私が……もっと早く、皆様にお伝えしていれば……こんなことには……」

「エルカ、お前、何か知っているのか？」

「ユアン殿下は……ひどい虐待を受けていらっしゃったのです。背中に……鞭を受けた痛々しい傷が……」

「それは……本当か？」

「宮殿に来たばかりの頃には、まだ新しい傷もありました。ユアン殿下は、誰にも言えず一人で耐えてこられたのだと……。私にも優しくて、怒ったことなどありません。そんな方が悪い人間の手先などでは……。もっと早く、このことを……」

エルカはポロポロと涙を流しながら、ぎゅっと膝を掴んで歯を食いしばっていた。


兄のキルシュが側に寄り、エルカの肩に触れて慰めた。

「どうして、報告しなかった。ユアンについて、細かいことでも気になったら話すように言っておいたはずだ」

「それは……ユアン殿下が、傷物だと知られて陛下に嫌われたくないと……」

そこまで聞いたリリアは、胸の痛みを感じて目を閉じた。

一刻も早く、ユアンの側に戻りたいと思った。

「みんな、今夜はもういい。晩餐会の方は仕切りをエーティーに頼んでいるから、もう下がってくれ。それと、何が聞こえても寝室には絶対に入らないように」

三人の返事を待たずに、リリアは身を翻して部屋を出た。

ユアンが誰にも言わずに、孤独に戦い続けてきたのが分かった。

杯を飲む前に、自分でなければならないと言ったユアンの言葉が胸をついて苦しいほど切なく感じた。

寝室に戻ると、ルパートが変わらずユアンの様子を見ていてくれた。

ベッドに近づいたリリアは、ルパートに目で訴えた。

その意味に気がついたルパートは、軽く目を見張った後、大丈夫なのかという視線を送ってきた。

ルパート医術師は、ミドランドの遠縁にあたり、医術師になってからずっと慈善活動に励んでいた。

一人娘とともに、貧しい村を回って無償で治療や薬の提供をしてきた優しい男だ。

リリアの体を診るにあたり必要があるので、彼はリリアの秘密について知っている一人だった。

「大丈夫。ユアンはもう、私の仲間だ」

そう言って、リリアがユアンの髪に触れるのを見たルパートは、分かりましたと言って静かに寝室を出て行った。

「ん……んんっ、……はぁ……へ……陛下?」

いまだに苦しそうに息を吐いているユアンだったが、薬の効果が弱まったおかげか、やっと意識を取り戻した。

ぼんやりした瞳に光が戻って、リリアと目が合うと、ゆっくり手を伸ばしてきた。

リリアはぐっと息を呑んだ後、ユアンの手を握った。

◇◇

ユアンは自分でも我慢強い方だとは思っていた。

散々痛めつけられたおかげで、少しの傷では痛みを感じないくらいだったからだ。

そんな自分でも気が狂いそうな熱に飲まれて、ずっと灼熱《しやくねつ》の釜の中で踊り続けていた気分だった。

痛むほどの激しい熱は去ったが、まだ至る所で炎の残骸が燻《くすぶ》っていた。

揺れている視界に、リリアの姿が幻のように映っていた。

ようやくまともに息が吸えるようになり、うめきながら何かに摑まりたくて手を伸ばすと、しっかりと力強い力で手が握られた。

「ユアン……」

「……い……か、……こは?」

徐々に視界がハッキリとしてきた。

自分の名を呼ぶ声が聞こえたら、そこには幻ではなく本当にリリアがいるのだと分かった。

「ここは私の寝室だ。安心しろ、晩餐会は問題なく終わった。ミドランドから事情も聞いている」

「………う、ですか」

ユアンはリリアが催淫薬入りと疑わしき金杯を持ったのを見て、居ても立っても居られなくなり、自らが飲みたいと言い出した。

命を奪うほど入っているとは思えなかったので、自分ならその場で倒れても構わないだろうと判断した。

そして予想通り催淫薬は入っており、ユアンは調印式が終わるまで我慢したが、ついに立っていられなくなって廊下に出たところで倒れてしまった。

「もうしわけ……ごさい……ま…せ…ん、今回のことは……私の……せきに……」

「いや、私の責任だ」

手を握ったリリアは、泣きそうな顔でユアンを見つめてきた。

今体がおかしいユアンは、その視線だけでゾクゾクと背中が痺れてしまった。

「私はまだまだ頼りない皇帝だ。仲間から助けられてばかりで、ユアンの事情も分かっていながら、深く知ろうとはしなかった。だから、こんなことになってしまった。二度も……辛い思いをさせることになって、本当にすまなかった」

「陛下……、そんな……全て私が……保身のために……」

「何を言っているんだ。あんな強い薬を躊躇《ためら》いもなく飲み干したくせに。ユアンが私のことを思ってくれる気持ちは痛いほど伝わった。落ち着いたら、お前にちゃんと話しておきたいことがある」

「え………」

リリアの強い視線には、覚悟のようなものが感じられた。リリアが打ち明ける話といえば、一つしか考えられなくて、ユアンの心臓はもっと激しく揺れ始めた。

「それより、先にどうにかしないといけないな……」

リリアの視線が気まずそうにユアンの下半身へ注がれた。

全身熱いので意識していなかったが、まさかと思って頭を起こすと、身体にかかった上掛けを押し上げて起立しているソコが見えてしまった。

「あっ……こっ、これは……その……」

「分かっている。これは催淫薬のせいだ。中和剤で少し抑えられたが、根本的なところは変わらない。つまり、早く楽になるなら、熱を散らさなければいけないんだ」

ただでさえ熱い体に、熱湯をかけられたみたいに、ユアンはもっと赤くなった。

上掛けをどうにか集めて隠そうとしたが、その手をリリアに止められてしまった。

「あの、それなら……自分で処理を……」

「そんなに手が震えているのに、うまく握れるのか?」

言われてみたら、ユアンの手は小刻みに震えていて、手に力が入らず掴んだはずの布がするりと落ちてしまったのに気がついた。

「心配するな、私が手伝ってやる」

「えっ……ええええ!?」

「なんだ、他の者がいいのか?」

「そんなわけ……! な、ないですけど……」

ユアンの体の力が入らないのをいいことに、リリアはユアンの服をするすると脱がしてしまい、あっという間に肌が露わになってしまった。

寒さは少しも感じないが、恥ずかしすぎて気が遠くなってしまいそうだ。

「なるほど……。男の体だと思っていたが、綺麗だ」

「いっ、そ……そんなことは」

「ここも、まるで花が咲いているようだ。なぜ、こんなにも赤い色をしているんだ?」

「しらな……あっ……っっ」

ギシッと音を立てて、リリアがベッドに上がってきた。はだけた胸の頂にある色付いた蕾《つぼみ》に指で触れたと思ったら、ゆっくりとこねるように弄《いじ》ってきた。

「はぁはぁ……だ……め、だめ……」

力が全く入らないので、払いのけることができない。強い快感に胸を反らせたら、リリアの顔にもっと近づけることになってしまった。

リリアは顔の目の前に近づいた蕾に、躊躇いもなく舌を這わせてきた。

「はっっ、ぁぁ……っっ、なっ……なっ……」

長い舌を丁寧に動かして、丸く円を描くように舐めてから、じゅっと音を立てて吸い付いてきた。

どこもかしこも敏感なのに、こんなことをされたらたまらない。

ユアンは喘ぎながら無意識に腰を揺らしていた。

「ああ、すまない。こちらに触れていなかったな。薬のせいで触れずとも達していたようだな」

ユアンのソコはすでにぐっしょりと濡れていた。

リリアが下着を外したら、糸を引いてしまうくらい溢れていたので、ユアンは声にならない声を上げた。

「へいか……ないで……見ないでくださ……」

「どうしてだ？　こんなに愛らしいものに、触れずともいられるか。ああ、握っただけで垂れてきたぞ。他人のモノに触れたのは初めてだが、ユアンのモノは美しい」

「ひぃぁああっっ……擦っちゃ…だめっっでちゃうううう――」

しまったと思ったが遅かった。

リリアに少し擦られただけで、堪えていた熱が弾けるように白濁を放ってしまった。

勢いよく大量に出たものが、リリアの顔にまで飛び散って、頬にべったりと付いてしまった。

「う……そ、あ……あっ、だめっ、イッたばっかり……あああっんんっ――っっ」

信じられないと青くなったが、リリアの方は全く気にしない様子で拭おうともしなかった。

むしろ自分がイカせたことが嬉しかったのか、瞬きすらせずに目をギラギラさせながら興奮した様子で、もっと激しく擦ってきた。

「あああっ……あっ、はぁはぁはぁっ、あっ……でる、でちゃ……」

再び達してしまい、どくどくと熱を放ったが、リリアは手を休めるつもりはないらしい。

まだ濃いなと呟き、角度を変えたり、カリを中心に擦ったりしつつ、今度は乳首まで吸いながら同時に攻めてきた。

「あう……も……だめ……んじゃ……」

「少しも萎えないぞ。出しておいた方が楽になる」

確かに熱はちっとも冷めなくて、ユアンのソコは燃えるように熱かった。

リリアの手で何度か導かれたら、頑なだったユアンの心も少しずつ緩んできた。

「どうして欲しい？　言ってみろ。その通りにしよう」

「あっううう っ……先の方を……」

「先？　ああ、この辺りか？　ここが良いのか？」

「んんっ、いい……い……、そこぉ……ぎゅってつよく……」

抗っていた心を解放したら、今まで溜めていたものがどっと溢れてきた。

恥ずかしい、とか、そんなことをしたらダメとか、そういう気持ちが一気に吹っ飛んでしまい、残ったのはただ貪欲に快感だけを求める獣のような心だった。

「いいぞ、ユアン。素直になるんだ。快感を受け入れて、気持ちいいことだけを考えろ。全部、私に委ねるんだ」

「はぁはぁ……はぁ……いか、もっと……ぐりぐりして……あっ、あああっ、吸って、つよく……んんっああっ」

「ユアン……」

リリアにしがみついたユアンは、ソコを押し付けてもっともっと刺激が欲しいと強請《ねだ》った。


その壮絶な色気に目が眩んだのか、リリアも荒い呼吸になりながら、ユアンのソコを言われた通りに擦り続けた。

「アッ、アッアッ、んんんっ、へいか……へいか……あっいい……また……イク……あっっ――っっ！」

リリアの首にしがみついて、ユアンはビクビクと体を揺らした。

今までで一番強烈な快感が体を貫いて、そのまま破裂してしまいそうだった。

「はぁはぁ……はぁはぁ……」

どろどろだった。

何度射精したか分からない。

ユアンとリリアの間には、ユアンが放ったモノが大量に飛び散っていた。

ユアンは完全に力をなくして、リリアにもたれかかった。

最後まで残っていたシャツがはらりとベッドに落ちると、ユアンが隠していた背中が露わになった。

それを見たリリアから息を呑む音が聞こえて、まるで堪えきれない怒りが溢れてくるように、リリアの全身が震え出した。

「ユアン……目を閉じて、じっとしていろ」

引き攣《っ》れた古傷に触れたリリアは、ゆっくりと優しくそこを撫でてきた。

疲れ切った体は重くなり、リリアに撫でられている背中がじんわりと温かくなっていき、その心地よさにとても起きてなどいられなかった。

「お前を傷つける者は許さない」

その温かさで、心を閉ざしていた鍵が溶けていくのが分かった。

鍵がとろとろになって床に落ちたら、ゆっくりとドアが開いて、膝を抱えて怯えていた子供の頃の自分が見えた。

ユアン。

リリアに名前を呼ばれて、ようやく顔を上げて走り出した。

抱きしめて、強く抱きしめて欲しかった。

ありがとう。

小さく呟いたユアンは、朦朧とした意識をついに手放した。

力をなくしたユアンを抱き止めたリリアは、その体を優しく抱きしめた。

その日リリアはそのままユアンを離すことはなかった。

ユアンは抱きしめられたまま朝を迎えることになった。


無理やり灯された炎は、散々暴れ回って熱が冷めたら、何事もなかったように、ありえない記憶だけ残して波のように引いていった。

目が覚めてベッドから起き上がったユアンは呆然としてしまった。

清潔に整えられたベッドに、汚れひとつない自分の体。

とても現実に起きたことだとは思えない記憶だけが、ユアンの体を這い回っていた。

よく見ればここはリリアの寝室で、主人の姿はなかった。

カチャリとドアが開けられて中に入ってきたのは、たっぷりと髭を蓄えた優しそうな顔をした初老の男性だった。

「おや、目が覚められましたな。顔色もいい、薬は抜けたようです」

「あ……あの、あなたは……」

「私は陛下の専属医をしているルパートと申します。郷里にいる母の体調が悪く、しばらく帰っておりました。ユアン様にお会いするのは初めてですね。ユアン様の体調管理も任されておりますのでよろしくお願いします」

皇帝専属医のルパート、小説で確かその名前を見たはずだったが、ぼんやりとしていて思い出せなかった。あまり重要な人物ではないのだろうと、今はそれどころではないユアンは思い出すことをやめた。

ルパートは手際よく腕まくりをして、ユアンの脈を測って診察を始めた。

組織の人間だったらどうしようかと、一瞬緊張してしまったが、どうやら杞憂だったようだ。

「記憶が……それほどハッキリではないのですが、私はどういう状態だったのですか？」

「殿下がお飲みになった催淫薬は、セトニカ国でしか作られていないもので、効果が強く常習性があるため禁止薬となっております。目眩、動悸、息切れ、発熱、それらが複合的に症状として現れますが、一番は性的な興奮ですな。中和剤である程度抑えましたが……、抑えきれないものは発散させるしかなく、昨夜は陛下が……」

「ああ……やっぱり、夢じゃないんだ」

ユアンは真っ赤になって顔に手を当てた。

とても冷静ではいられない、口にできないことの数々にまた目眩が戻ってきそうだった。

昨夜、催淫薬で朦朧としていたユアンは、暴れ狂う熱に悶え苦しんでいた。

そこにリリアが現れて、薬のせいだからと言ってユアンに触れた。

あとはもう……勃《た》ち上がったソコをどろどろに溶かされて、イカされ続けて、最後はリリアにしがみついて、もっともっととありえない言葉を連発していた気がする。

あの場ではそうするしか、苦しみから解放する術がなかった。

それはわかっているのだが、いったいどういう顔をしてリリアに会えばいいのか、恥ずかしすぎてずっと布団をかぶっていたい気持ちだった。

リリアにあんな痴態を見せることになるなんて、気持ち悪かったとか、嫌だけど仕方なくとか思われていたらどうしようかと、心が重くなってしまった。

「陛下はユアン様のことを大変心配されていましたよ。それはもう、誰も止められないくらいで……。龍眼の力で周りは怯えていましたし……」

「怯える……？」

「ああ、ご覧になったことはありませんか？　龍の力が強く受け継がれると、古龍が持っていた力が使えるのです。リリア様はその龍眼をお持ちです」

「どういう力なのですか？」

「先代皇帝は真逆でしたが、本来古龍の血を受け継いだ者は、生涯一人しか愛さないと言われるほど、愛情深いのです。特に自分の領域にいる者を大切にして、奪われたり傷つけられたりすることを嫌います。もしそのような状態に直面したら、興奮状態になり目に力が宿ります。我々のような一般人がその目を見ると、金縛りにあったように動けなくなり、心が恐怖に支配されてしまうのです」

リリアにそんな力があったのかと驚いた。

小説では男なので、それほど多くの力は受け継がれなかったと書かれていたからだ。

もしかしたら、無限に使えたり、コントロールして自由に使えるものではなく、命の危険がある場合などに限られるのではないかと推測した。

「そんなすごい力が……」

「はい、だからユアン様を、大切にされていらっしゃるんですね」

「えっ……」

ルパートが先ほど言ったことを思い出した。

自分の領域にいる者を大切にする、確かにそう聞いたが、まさか自分がとユアンは考えられなくて、ぶるぶると首を振った。

「それは違う。わっ、私は、政敵の家の息子で……そんな……そんな、大切になんて……そんな存在では……」

「………ユアン様、そのお背中の古傷ですが、鏡でご覧になって見てください」

突然背中の傷のことを言われたので、ユアンはビクッと体を揺らした。

医術師であるルパートには、診察で見られてしまったのは分かるが、鏡で見てみろというのはどういうことなのか首を傾げた。

ゆっくり起き上がったユアンは、寝室にある姿見に自分の背中を映して、着ていたガウンを緩めて肩からするりと落としてみた。

「あっっっ！　う……うそ、消えている⁉」

肩口からざっくりと横に裂けていた傷が跡形もなく消えていた。

他にも細かい傷があったが、それらが全部消えて、生まれた時のままのような滑らかな肌が現れた。

「古龍の力が尊いと言われて、他人に使ってはいけないというのは、自分以外に使うと消耗が激しいからです。小さな傷程度の回復なら問題ないですが、手足の欠損、体に深く残る古傷、そういったものを元に戻すのは自らの寿命を削る行為なのです」

「な……なんだって⁉」

「……恐らく一年程度は命を削られたかと。ユアン様、それでもご自身が大切にされていないと思われますか？」

ユアンは口に手を当てて声にならない声を上げた。

自分のために、リリアが命を削ったなんて信じられなくて、信じたくなくて、胸が熱くなった。

リリアはそこまでしてくれたのに、自分はなんて浅い考えしか持てないのだろうと愕然としてしまった。

「ルパート先生……、これ、元に戻せないのですか？　私は……私のために陛下が……そんな……」

崩れ落ちて、床に手をついているユアンに近づいてきたルパートは、持ってきた上掛けをユアンの背中にかけた。

「それは無理です。ユアン様、元に戻したいと思うくらい、陛下のことを思っていらっしゃるなら、その思いを陛下に向けてあげてください。上に立つ者は孤独なものです。側に寄り添い、支えてあげること、それが恩を返すということではないでしょうか」

「……はい」

「もう少しで、昼の会議が終わる頃でしょう。すぐには来られないかもしれませんが、ユアン様が目覚めたことを陛下に伝えに行って参ります」

気を利かせてくれたのか、ルパートはリリアを呼びに出て行ってしまった。

一人残されたユアンは、自分の肩を抱きながら、やけに軽くなった背中に気がついた。

自分の呪われた運命の象徴みたいだった傷痕がなくなったのは、ユアンにとって大きな衝撃だった。

リリアが大切に思ってくれたことが嬉しかった。

それと同時に、命を削ってまで傷を治してくれたことも。

最初はただ自分の未来を救うためであったが、リリアが真の皇帝になるために、自分の持っている力や知識を全て捧げて、リリアを支えていこう。

そう、心に強く刻んだ。

◇◇◇

ルパート医術師からの連絡を受けたリリアは、会議が終わったらすぐに席を立って、寝室へと向かった。

薬の効果は限定的で、眠りから覚めたらもう影響はないだろうと言われていた。

ルパートの話だと、もう歩き回っていると聞いたので、リリアは早くユアンの顔が見たくて急いで足を進めた。

寝室のドアの前まで着くと、両端に立つ警備の騎士がドアを開けた。

すぐにベッドに向かいユアンの姿を探すと、ベッドの上にユアンはいなかった。

「ユアン……？」

カタンと音がして、寝室に続いている浴室のドアが開いた。

濡れた髪を拭きながら出てきたのはユアンだった。

どうやら体を清めていたらしい。リリアの姿に気がつくと、大きく目を開いて驚いた様子になった。

「陛下！　すみません、こんなに早くいらっしゃるとは……勝手に使ってしまって……」

「いやいい……、昨夜の残りがあったのだろう。綺麗にしたいと思うのは当然だ」

「あのっ……すみません……色々と……お世話に」

ユアンは話しながら真っ赤になっていき、今にもベッドの下にでも隠れてしまいそうなくらい小さくなった。

あんなことがあったので、恥ずかしがっているのだろうというのは分かったが、その可愛らしさに見ているだけでウズウズしてきてしまった。

ユアンを見ると、リリアは以前可愛がっていた猫のことを思い出す。

臆病な子で慣れてもらうまでが大変だった。

ビクビクしながら寄ってきて、撫でようとすると机の下に入ってしまった。

リリアにだけ懐いて、膝に乗って甘えてくれるまでになったが、ある日突然消えてしまった。

「昨夜私がしたことは治療だ。嫌な記憶なら、忘れてしまって構わない」

「そんなっっ、……ことは……」

「お前が早く知らせてくれたおかげで、薬を混入した女を捕まえることができた。まだ口は割らないが、背後を調べることができる」

「申し訳ございません。接触があった時にすぐにお伝えできていたら……」

「誰が味方か分からない状況で、なかなか言い出せなかったのだろう。体を張って、私を守ってくれた。それだけで十分お前の気持ちは伝わった」

「陛下……」

優しい微笑みを口元に浮かべて、リリアはユアンに近づいていった。

ユアンは誰も付けずに一人で湯を浴びたらしく、肌はしっとりと濡れていた。

シャツの前を結ぶ紐が外れており、だらりと落ちていたので、それを手に取ったリリアは丁寧に結び始めた。

「陛下っ、そのようなことは……」

「いい、やらせてくれ。軍の訓練遠征では、私も自分の準備をしなくてはいけない。服の紐を結ぶくらい簡単だ」

手際よく結んでどうだという顔でユアンを見たら、ユアンは目元を赤くして水色の瞳を潤ませていた。

「陛下……私の背中の傷ですが……、どうして私のためにお力を……」

「……そうだな。痛々しい深い傷を見た瞬間、怒りが込み上げて、どうにかしてこの傷を癒してやりたいと思った。それだけだ」

昨夜リリアはユアンの背中を見た。

鞭で皮膚が引き攣れた痕が固まった状態で、痛々しい傷痕だった。

ユアンがこの傷に耐えて苦しんできたのだと思うと、ゼノン公爵への殺意が湧いてきて、気が狂いそうになった。

迷うことなどなかった。

回復能力を使ってユアンの背中の傷を癒した。

「それだけって……！　ルパート先生から聞きました。寿命を削るような行為だと！　私のためにそんな……陛下の大事な命を……」

「龍の血を引く者はそうでない者と比べると肉体の寿命は長いんだ。一、二年くらい大した問題ではない」

「問題ないなんて！　一、二年だと思ってどんどん積み重ねたら、いつの間にか寿命分使っていたらどうするんですか？　ちゃんと覚えて計算していますか？　まさか、今まで考えずに削っていたなんてことは……」

真っ青になったユアンは、慌てながら指を折って数えようとしてきた。

まるで自分のことのように焦って心配してくれる姿に、リリアはクスクスと笑ってしまった。

「心配するな、他人に強い回復の力を使ったのは初めてだ。それに私は誰でも大盤振る舞いで助けるような聖人ではない。使いたいと思うのはユアンだけだ」

口をパクパク開けて動揺している様子のユアンが可愛くて、手を伸ばして柔らかな髪と頬を撫でた。

こんなに可愛い反応をするやつを前にして、手を伸ばさずにいられるかとリリアは一人で考えてしまった。

ユアンは触れた瞬間にビクッと揺れて、表情に少しだけ怯えるような色を見せたが、しばらく撫でているとのと頬にぽっと赤みが宿って、無意識なのかわずかにリリアの手に頭を傾けてきた。

そのほんのわずかな重さを感じたら、ただ可愛がっているだけだったのに、リリアの心臓が飛び跳ねたようにドクドクと揺れ出した。

「……陛下？」

「な……なんでもないっ、今日は公務は取りやめて、部屋で休んでくれ……さっ、散歩もいいぞ。庭園の修理が終わったから奥まで入れるからな」

「……はい」

午後の会議が始まるからと言って、リリアはユアンをベッドの上に戻して寝室を出た。

平静を装って手を振りながらドアを閉めたリリアは、騎士達に頼むぞと伝えて廊下を歩きながら顔に手を当てた。

口から心臓が飛び出してしまいそうだ。

儚げで美しい花のように、愛らしくて可愛いユアン。そんなユアンの別の顔が頭に浮かんでしまい、火がついたように熱くなった。

煽られて熱い吐息を吐くユアンの、溶けてしまいそうなくらい色香を感じる表情。

切なげにリリアの名を呼んで求めてくる潤んだ瞳。

「はぁ……どうかしている。いや、どうかしてしまったようだ」

しんと冷えた廊下に、リリアの熱いため息が白い煙のように広がって、静かに消えた。


「中途半端に手を出さなければよかった」

飛んできた言葉に動揺したリリアは、手元にあったインク壺を倒しそうになって慌てて止めた。

「わ、私は決してそんなことは……」

「え？」

思わず否定した時、ソファーに座って本を開いていたグレイと目が合った。

「独り言だよ。オークションから流れてきた品が、ひどい不良品で手を出さなければよかったって話だけど……」

「あ……ああそうか。すまない、ぼんやりしていた」

話しかけられたのかと思って思わず反応してしまったが、グレイは一人で喋っていただけだったらしい。

心の中を読まれてしまったようで、リリアは息を吸い頭を振った。

そんなリリアのいつもと違う姿を見たグレイは、首を傾げ持っていた本を閉じた。

「大丈夫かよ。働きすぎじゃないか？　俺が言うのもナンだけど」

「別に大丈夫だ」

執務机に座ってから時間は経っているが、ほとんど書類の山が減っていない。

リリアは頭をかきながら、ペンを手にとって手元にある書類にやっとサインをした。

「それより、どうなんだ？　なかなかよく出来ているだろう」

「ああ、ユアン殿下の本ね。多少の手直しが必要だけど、これはイケるよ。本といえば小難しいものが好まれてきたけど、もっと大衆的で子供でも楽しめるような物語があるといいと思っていたんだ。みんな物珍しさで手に取って、あっという間に引き込まれると思う」

「そうかっ、良かった。実はまだ大作を書いているらしいが、筆が止まっていると言っていたんだ。こんなに褒められていると聞けばユアンも喜んで意欲が湧いてくるだろう」

さっきまで難しい顔をしていたのに、ユアンの話題になったら、急に機嫌が良くなったリリアを見てグレイはつまらなそうに腕を組んだ。

「ちなみに、ユアン殿下には出版の許可は取って、利益も折半だと話がついているから」

「は？　いつの間に⁉」

「あら、先日プリッシュ侯爵夫人のパーティーでばったり顔を合わせて、仲良くなったのよ。うふふ、聞けば投資に興味があるらしく、今度ユアン殿下がご興味をお持ちの、平民向けのドレスショップを見に行く約束もしておりますの」

「なんだって⁉　お前勝手に……」

「相変わらずですね、グレイ。変な喋り方をしないでください。その態度は不敬にあたりますよ」

グレイがふざけていた時、ワゴンを押してミドランドが部屋に入ってきた。

執務室で話し合いをするのはいつものことなので、慣れた様子でミドランドはお茶の用意を始めた。

「えー、だってぇ、リリア様ったら、私がユアン殿下と仲良くすると、とっても怖い顔をされるんですもの」

「話を聞いていましたか？　ふざけるなら出て行ってください」

ミドランドが冷たい視線を送ったが、グレイはいつもの調子でケラケラと笑っていた。

子供の頃からこの調子だ。

グレイはすぐにふざけて、キルシュは遊ばれて怒り、ミドランドは冷静にツッコむという関係が、リリアには心地良かった。

幼馴染み達といると、本来の自分へ戻れたような気分になってくる。

しかし、最近はどこか違った。

いつも気になって仕方がない存在ができたからだ。

「一週間後の週末ですね。ユアン殿下の外出許可は出しました。キルシュが護衛の希望を出したので、同行するように組んでいます」

「へぇ、ミドが珍しいな。終日外出なのに、やけに素直に申請が通ったね」

「ミドランドは、ユアンと一悶着あった。厳しくしすぎたと反省しているようだ」

グレイが興味津々でソファーから身を乗り出したが、ミドランドはそれ以上語りたくないのか、ゴホンと咳払いして黙々とお茶を運んでいた。

ゼノン公爵の手の者が起こした催淫薬を混入させた件は、大々的に発表されることなく、今のところ内密に処理された。

女を拘束して調べを進めているところだ。

エーティー王子にも話を通して、何もなかったことにしてもらった。

向こうからも、自国の訪問団の管理ができていなかったと謝罪を受けた。

ミドランドは、ユアンから事情を聞いていたものの、完全に協力するに至らず、ユアンが危険な薬を飲むことになってしまった。

そのことで、ミドランドはユアンに謝罪し、ユアンは気にしないでくれと受け入れた。

まだわだかまりが残っているのは感じるが、ミドランドはユアンに対し厳しくするのはやめて、寛容な気持ちで接することを心がけているようだ。

「ご趣味の小説の資料に投資を検討されていると聞き

ました。資金はご自身でお出しになるそうなので、問題はないでしょう」

「それがさ、ユアン殿下が目をつけたブティックだけど、なんとあのルドルフ伯爵家のご令嬢、セレステ様の事業なんだ」

「そのようですね。我々が目をつけていたルドルフ家との繋がりなので、偶然にしては出来すぎていると感じますが……」

「正確には、目をつけていたのはルドルフ伯爵の方だろう。セレステ令嬢については、ほとんど調べていなかったはずだ。ユアンが興味を持っているなら力になりたい。もしかしたら、暗礁《あんしょう》に乗り上げている伯爵との交渉にも何かいい変化が起こるかもしれない」

中立派を宣言し、どの派閥とも一切の交流をしないルドルフ伯爵は、リリアの協力にも応じる気配を見せなかった。

長い歴史の中で、皇家と関わらないという文書を交わしていて、それを盾にされたら強引に出ることもできなくなった。

ゼノン公爵と全面的に対立するには、元老院へ意見することができるルドルフ伯爵の支持が必要不可欠であった。

「まったく、あんなに嫌がっていた結婚だったのに、すっかり皇配殿下に甘くなって……」

「グレイ、余計なことは言わないように。陛下にも考えがおありなのですから」

「へいへい。ただささ、あの人はお飾りみたいなモンなんだろう？　リリアはずっと思い出のお姫様を探してきたんだから、今さら諦めるのか？」

リリアの脳裏に、風に靡くふわりとした金色の髪が浮かんだ。

怖がらないで、大丈夫と囁く優しい声。

子供の頃、死にかけた自分を救ってくれた人。

その時の記憶は朧げで、覚えているのは金色の長い髪と青い瞳、優しげに背中を撫でてくれた手。

そして、ソニアという名前。

死の淵から助けられて目を覚ました時には、ソニアは消えていた。

当時住んでいた家の者が、助けてくれたのは同じ歳くらいの少女だったと教えてくれたが、近隣の村を探しても見つからなかった。

命の恩人であるソニアに、いつか恩返しがしたい。もし相手がいなければ、結婚したいとまで思い続けてきた。

だから、ユアンとの結婚が決まった時は、苦々しい思いだった。

いつか本当の姿になり、ユアンとの結婚を無効にして、ソニアを探し出したい。

そう思っていたはずだった。

「諦めたわけでは……彼女は命の恩人だ」

「会えばきっと分かる、だろう？　ずっとそう言い続けてきたんだから、いくらユアン殿下が可愛く思えても、あいつは男なんだからさ。皇帝であるリリアには……」

「ユアンに、秘密を話そうと思っている」

ミドランドとグレイが息を呑む音が聞こえた。

二人とも、リリアがそう決めたら、それ以上意見できないことは知っている。

沈黙が二人の声となって返ってきた。

「大丈夫だ。私はユアンを信じている。私が真の皇帝となった後も、ユアンには相応しい地位を授けることを約束するつもりだ」

「リリアがそう決めたなら、俺達は頷くまでだよ」

「グレイ、くれぐれも余計なことは考えないように」

「分かっているって。ユアン様が皇配殿下である限り、俺は良き友人でいるよ」

手を上げてヘラヘラと笑っているグレイの言葉には、引っ掛かるものがあったが、リリアは書類の山に手をかけて仕事を再開した。

明日の夜伽の前にユアンと話す時間を取っている。

目をつぶると快感に身を悶えながら、熱い息を吐いていたユアンの顔が浮かんでしまう。

額に手を当てたリリアは、腹の奥へ宿る熱に目を背けて頭を振った。

秘密を話し、自分とユアンの立場を明確にしよう。

ユアンをゼノン家から守ることを約束して、協力してくれるなら、今後の地位についても約束しよう。

それはいつか自分が真の皇帝となり、ユアンとは別の道を歩くことになる、ということだ。

「それにしても、ユアン様の本はちゃんと子どもが読んでも面白いかどうか、試しに見せてみようぜ」

「ポアンの近所の子にでも見せてみたらいいじゃないですか」

「それもいいけど、ここにちょうどいいのがいるじゃないか。後で顔見るついでに持っていってやろう」

「グレイ……貴方はまた、オパール宮に出入りしているのですか⁉　許可証を偽造しましたね。勝手にうろうろと……」

ミドランドとグレイが盛り上がって騒いでいる中、リリアは一人頬杖をつきながら遠くを見てため息をついていた。

◇◇◇

公務を終えたユアンは、一人で帰りの馬車に揺られていた。

単独の公務だったので気楽ではあったが、リリアが一緒にいないと、いつも二人で乗る馬車の中が広くて寂しく感じる。

今日は宮殿に戻ったら、リリアから話があるので時間を作ってほしいと言われていた。

恐らく一緒に夕食を食べた後、軽く話すことになるのだろう。

話があると聞かされてから、どんな話になるのか想像していた。

先日、ミドランドに呼び出されたユアンは、公爵の暗殺組織について知っている情報を話した。

暗殺組織の人間は、元々公爵領の貧民街で生きていた孤児だった。

彼らなら使い捨てにできると考えた公爵が、子供達を集めて暗殺の訓練をさせた。

使えなければ即処分、という環境で生きてきた子供達は、かなりの使い手に育った。

あの、メグと名乗っていた少女もそうだろう。

宮殿へ潜入する任務に選ばれるくらいなので、かなり優秀な者だったはずだ。

今は独立した組織として動いているが、公爵の命令があれば優先的に対応すると言われている。

最近は公爵の手から離れて、スペンスが中心になって動かしているはずだ。

ユアンが知っているのはそのくらいだったが、ミドランドは貴重な情報をありがとうございますと言ってくれた。

ようやく信用を得て、仲間として認めてもらえるのかもしれない。

そして、秘密についてもついにリリアの口から語られることになるかも……。

「もしかしたら、安全な未来を保証してくれるかな」

それはユアンが望んでいた未来だった。

ゼノン家が滅ぼされたとしても、生き延びる道を作ってもらうこと、そのために努力しているのだ。

それなのに、もどかしい気持ちになって、胸が切なくなってしまうのはなぜだろう。

全てが解決すれば、ユアンの地位はあってないものとなる。

小説でのユアンは監獄送りとなり、ゼノン家の策略の上で結ばれたとして婚姻は無効となった。

女帝がどうやって真の皇帝になったかといえば、リリアは反乱を止めるために特別な力を使ったため、男に変わったと発表される筋書きだった。

龍の血を継ぐ者は、強い力を使うと外見が変わる場合があるとされている。

まだ解明されていないことも多く、それなら性別が変わってもおかしくないだろうと考えたのが、リリアの母、ルーディアだった。

衝突する派閥を消し去って、息子として頂点に立たせる。ルーディアは息子を産む前からそこまで計画していた。

紆余曲折あったが、リリアは母の計画通りに事態を収束させる。

真の男の皇帝として新たに即位式が行われ、その時、隣に立ったのがヒロインだった。

その場でヒロインが正式な妃となると発表されて、長年の想いがようやく叶うのだ。

ユアンは仲間だと認めてもらえたら、その姿を見ることができる。

これでハッピーエンドじゃないかと思うのに、胸が苦しくなってしまう。

「俺は……自分で思っていたより贅沢なのかもしれない。ただ救われたいと願っていたはずなのに、陛下の隣にずっと……」

そこまで考えたユアンは、ハッとして首をブンブン振った。

何を考えていたのか、おかしくなってしまったとしか思えない。

催淫薬の効果を散らすために、リリアが手伝ってくれたのは治療のためだったはずだ。

リリアは男でもあるが、この国の皇帝だ。

自分のような人間が側にいたら、足枷にしかならないことは分かっている。

リリアにしがみついて、それでも側にいるなら、リリアをめぐってヒロインと対立することになるのだ。

「そんなの……虚しいだけだよ」

これからリリアがどういう話をするのか分からないが、未来を知るユアンとしていつかは選択しなければならない時が来る。

進んでいく物語の中に立って、ユアンはそのことを痛いほど感じていた。

宮殿の皇族用の馬車回しに到着して、いつものように馬車を降りたユアンは、軽やかに走ってくる小さな足音に気がついた。

何事かと思った時、足元にぽすっと小さなかたまりが飛びついてきた。

「オーブリー様、いけません！」

続いて宮殿の侍女らしき若い女性が走ってきて、ユアンを見ると大きく口を開けて頭を下げてきた。

「帝国の太陽に寄り添う光、皇配殿下。大変ご無礼を、申し訳ございません！」

「いいよ、大丈夫。少し驚いたけど、君が……オーブリー様かな。式の時に遠くから見たきりだから、直接会うのは初めてですね」

オレンジ色のふわふわとした波打つ髪が視界に揺れて、小さな女の子が顔を上げた。

茶色の透き通るような大きな瞳と、リリアに似たハッキリとした目鼻立ち、ちょっと意地悪そうに吊り上がった眉が印象的だった。

「貴方がユアン、お姉様の皇配ね。やっと会えたわ」

「はい、初めまして、ユアン・ゼノンと申します」

ピンク色のレースがフリフリしたドレスを丁寧に持ち上げて、子供らしく可愛い挨拶をしてくれたのは、元皇女、今は皇帝の妹にあたるオーブリーだ。

彼女こそ、先代皇帝の最後の子として認められた十七番目の子供である。

オーブリーは本当に女児であり、彼女こそ本来は皇帝になるべき人物なのだ。

まだ五歳と幼かったことと、生まれ順からリリアが皇帝に選ばれたのだが、オーブリーが選ばれなかったのには他にもワケがある。

皇帝が最後に愛した女は、戦争奴隷として港で働いていた女だった。

たまたま皇帝の目に留まって、宮殿に連れてこられたそうだ。

皇帝の子を身籠ったのと、皇帝から寵愛《ちょうあい》を受けていたため、宮殿に留まることになったが、身分の低さに反発する声が大きかった。

そのため、皇帝の死後も宮殿で暮らしているが、特別な身分を与えられることもなく、母と子は住まいとして与えられたオパール宮に引きこもって暮らしている。

小説でもその存在は書かれていたが、積極的に話へ絡んでくることはなく、母子は最後まで登場しなかった。

「お母様が出歩いたらだめだと厳しいの。やっと目を盗んで出てきたところよ」

オーブリーもレアキャラだが、その母親はもっとレアで、名前すら書かれていなかった。

分かることは元奴隷で、容姿は美しいがほとんど言葉が喋れないとか、受け答えが拙《つたな》くて何か病気なのではないかと噂されているくらいだ。

人前には出ず、その姿を見たことがある人間は数えるほどしかいない。

リリアは会っていると思うが、ミドランドとキルシュは見たことはないかもしれない。

そんな影の薄い存在であるが、皇帝は死ぬまで彼女に寵愛を注いだらしい。

「貴方に会いにきたの」

「私に？　ですか？」

「これ、昨日もらったの……」

オーブリーは可愛らしいドレスの中から、ゴソゴソと何やら大きな物を取り出した。

玩具でも見せてくれるのかと思ったら、オーブリーは見覚えのある物をユアンの前に掲げてきた。

「わっ……それは……」

「貴方が書いた本だと聞いたわ。とっても面白かったから、会いに来たの」

どこまで広がっているのかとユアンは心の中で頭を抱えた。

確かグレイに見せるくらいのところで止まっていたと思うが、このままだと宮殿にいる全員が目にしていそうだ。

「ええと……気に入っていただけたなら良かったです。もともと子供向けの本を書きたいと思っていたのです」

「乳母が文字の勉強にいいと言っていたの。ここにある本は歴史や戦争とかお金の本ばかり。もっと読みたいわ」

「ええと……、趣味で細々と書いているので、なかなか時間がとれなくて……」

目をキラキラさせながら、期待の目を向けられたが、今はそっちをのんびりやっている暇はないので、忙しさを理由に逃げるしかない。

「そう……、では、新しいお話ができたら見せてちょうだい。私は恋の話が読みたいわ」

「恋、ですか……」

五歳にしてはずいぶんとませているなと思ったが、宮殿のメイド達の話題といえばそれが一番多いので、自然と耳が肥えてしまったのだろう。

「分かりました。では次は恋のお話を書きます」

「絶対よ。約束ね」

ユアンはオーブリーと目線を合わせて、ふわふわした可愛らしい頭を撫でた。

小説の最後、真の皇帝となったリリアのその後は書かれていなかった。

もしかしたら、続編があったのかもしれないが、今となってはそれは分からない。

本来なら皇帝になるはずだった、唯一の皇女オーブリー。

リリアが今の座にいなければ、幼い彼女をめぐって、もっと激しい争いになっていたはずだ。

その場合、ゼノン公爵も別の手を考えていただろう。例えば、ユアンはこの幼いオーブリーと無理やり結婚させられていたとか……。

そんなことにならなくて良かったと、無邪気に笑う少女を見てユアンも穏やかに笑い返した。

「私、あまり外へは出られないの。またユアンと遊びたい！　ねぇ、会いに来てくれる？」

「分かりました。陛下の補佐官に話を通してみます」

約束よと言って満足したのか、オーブリーは侍女とともに歩いて行った。

入れ替わりに走ってきたのがエルカだった。

到着を知らされてから戻りが遅かったので、心配になって来てくれたのだろう。

恋の話。

オーブリーに頼まれたことを考えてしまった。

前世の記憶は曖昧で、ユアンになってからそんな想いを抱いたことなどない。

牢獄で死ぬ未来ではなく、今は別の道が見えてきた気がするが、まだわずかな希望にすがるしかない状況だ。

こんな自分に恋の話などが書けるはずがない。

その時、頭によぎったのは、優しく自分の名前を呼ぶリリアの姿だった。

胸に小さな痛みを感じたが、手を当てて耐えたユアンは、走ってきたエルカが心配しないように笑顔を作って顔を上げた。


皇帝との夕食は、いつもたくさんの人間に囲まれている中で行われる。

近衛騎士、給仕係、侍従、側仕えのメイド。

みんなに見られる中で食べることは慣れたが、今日はいっそう食事が進まない。

この後、リリアとの謁見が予定されており、それを考えたら緊張して食事が喉を通らなかった。

食事の最中もリリアには様々な報告が入り、その度に手を止めて打ち合わせをしているので、皇帝とはつくづく大変な仕事だと思う。

スープとパンを少しだけ口にして、忙しそうなリリアに頭を下げた後、ユアンは席を立った。

先に湯浴みをして夜着に着替えたユアンは、皇帝の寝室にあるバルコニーに立っていた。

今は各省の予算を決定する時期らしく、リリアは特に忙しかった。

こうやって時間を作ることも大変なのだろう。

予定していた時刻を過ぎてもリリアが現れないので、ユアンは外の風にあたりたいと思いバルコニーに出たのだ。

「すまないっ、遅くなってしまった」

町の様子を眺めていたら、慌てた様子でリリアが部屋の中からバルコニーに出てきた。

ドアを開けていたので、すぐにユアンの場所が分かったのだろう。

誰か周りにいるのかと思ったが、リリアは誰も付けていなかった。部屋の中にも気配がなくて、一人で会いにきてくれたのだと分かった。

「皆、下がらせた。ユアン、お前と私で話をしたかった」

ユアンがキョロキョロと周りを見ていたので、リリアは微笑みながらそう言ってユアンの横に立った。

また大きくなった、とユアンはリリアの姿を眺めてしまった。

いつもゆったりしたドレスに大きなマントを付けているので、その体つきはよく分からない。

しかし、夜用の軽装に変わると、印象はずいぶん変わってしまう。

ユアンが目線を上げるほど背が伸びていたし、細くて肉のついていなかった腕にはしっかりとした筋肉がついていた。

驚くべき変化だが、やはり人を超越した美しさがあるので、どこもおかしいと思うところはなかった。

むしろその神々しい魅力が、どんどんと増している気がして、見ているだけで引き込まれてしまいそうだ。

空の色が赤く燃え上がり、夜に染まっていく。

リリアと二人、その様子をしばらく無言で眺めた。

「体の調子はどうだ？　あれ以来何か困ったことはないか？」

「ええ、何も問題はありません。父からも連絡が来ないので、メグが任務を放棄して失踪したと考えていると思います」

「メグという女だが、無言を貫いている。法に則った方法で取り調べるように命じているが、時間がかかりそうだ」

メグが組織にどれだけ忠誠を誓っているのかは分からないが、強い洗脳状態であればそこから抜け出すのは難しいだろう。

一度自分が話を聞きに行った方がいいかもしれないと、ユアンは考えていた。

「あの……その節は……助けていただきありがとうございました。治療とはいえ、お見苦しいところを……陛下の御手を汚してしまい……」

「何を言っているんだ。助けられたのは私の方だ。あの時は、治療……ではあったが、あれは私が望んだことで、他のやつに任せるつもりもなかった。汚れるとかそんなことはない」

あの時の事に触れるのが恥ずかしくて、ちゃんとお礼を言えていなかった。

ユアンが顔を赤くしつつ、なんとか話題に出すと、リリアも赤くなりながら嫌ではなかったと返してくれた。

「……陛下は優しいですね。私のような対立する家の息子にまで、心を配ってくれるなんて」

「誰にでも優しいわけではない。ユアン、お前だからだ……」

空が完全に暗くなり、風が少し冷たく感じるようになった。

羽織っていた上着をリリアにかけてあげようとしたら、反対にリリアが私は暑がりなんだと言って、自分の着ていた上掛けをユアンの肩に載せてきた。

見上げるとリリアの強い視線を感じた。

父親の葬儀のとき、棺に向かっていたあの時の視線の強さとよく似ている。

あれは冷たいものだったが、今のリリアの視線は痺れるほど熱く感じる。

「ユアン……ずっと言えずにいたことがある」

ユアンは緊張で体を硬くした。

ついに、リリアの口から秘密が語られる。

仲間として認めてもらい、この先の悲劇から逃れられるところにユアンは立っている。

秘密を知れば、リリアを支える幼馴染み達と同じ立場になることができる。

そしていつか、リリアがヒロインと結ばれてハッピーエンドを迎えた時、仲間として手を叩き祝福する立場に……。

「ど、どうした？　ユアン？　どこか痛むのか？」

気がついたらリリアが喋り出す前に、胸が苦しくなり、ユアンの瞳からは涙が粒になってぽろぽろとこぼれ落ちていた。

「なん……でも、な……続けて……ください」

「どうして泣くんだ？　私はお前を……泣かせたくなどない」

リリアは手を伸ばしてきて、ユアンの頬をつたっていた涙に触れた。

指先の優しい感触にユアンの胸は切なく揺れた。

もっと、もっと触れてほしい。

込み上げてくる思いがユアンの心を熱くさせた。

止めないといけない、そう思えば思うほど、涙が溢れてきて止まらない。

仲間への信頼だけでは足らない。

望んではいけない思いが浮かんでしまう。

側にいたい。

ずっと、リリアの側にいたい。

口に出せない思いが嗚咽《おえつ》となって漏れそうになるのを、必死に唇を噛んで耐えた。

「私には秘密がある。それはいつか、明らかになる時が来る。その時、私はお前が望むようにしたい。特別な地位が欲しいなら……」

「なにも……」

特別な地位も、権力も、名誉も、金も……。

何もいらない。

「私が望むのは、貴方のお側に……ずっと……」

月明かりがリリアの顔を明るく照らした。

大きく開いた瞳に輝く月と、自分の姿が浮かんでいるのを見たユアンは息を吸い込んだ。

「陛下の秘密がどんなものでも私の気持ちは変わりません。私を側に置いてください。貴方のために生きていきたい」

涙はすでに止まっていた。

リリアの未来に自分がいないのだと感じた時、ユアンの心は張り裂けそうに痛んだ。

圧倒的な存在感で、暗く沈んでいた自分に光を照らしてくれた人。

凍えていた心を、優しさで包んでくれた。

この温かさを知ってしまった。

そして、知った時にはもう戻れないのだと痛いほど分かった。

正しい道ではない。

いつか来る運命の強さに打ちのめされて、消えてしまうかもしれない。

それでも。

貴方が幸せを見つける時まで……。

側にいることを許してくれますか？

「分かった。ユアン、何があってもお前の側にいると誓う。……それに、私の方こそユアンに側にいて欲しいんだ」

「陛下……」

「二人の時は、レオナルドと呼んでほしい」

ユアンは驚きで大きく息を吸い込んだ。

その名を知っているのは、リリアの母であるルーディアのみ。

ルーディアが生まれてきた我が子に付けた本当の名前なのだ。

いつか真の皇帝としてその座に就いた時、大々的に発表されるはずだ。

ヒロインが最後にその名を呼んで、二人が抱き合ってたくさんの拍手に包まれる。

そのラストシーンに相応しい大事なものであるはずだ。

「私の本当の名はレオナルド。男として生まれたが、生きるために皇女であると偽って皇位を得た。偽りの皇帝だ」

リリアの口から出た言葉は、全てユアンの頭に入っていた。

秘密を打ち明けられた時、どんな反応をしたらいいのかずっと悩んでいたが、それらしい反応なんてできない。

ただじっとリリアの目を見て、言葉を返すことができできなかった。

「今は偽りであるが、反対勢力を制圧し、平和な世を築いてみせる。その時に、本当の名で男の皇帝として立つつもりだ。困難な道であるが、ユアン、私と共に歩いてくれるか？」

私の名はユアン。

前世の記憶を持ち、この世界のほんの少し先の未来を知る者。

生き延びたいという欲だけでなく、物語の主人公に惹かれてしまい、一緒にいたいという欲を抱いてしまいました。

どうかお赦しください。

いつか本当の幸せが降ってきた時、貴方が喜びで空を見上げたら、その時は静かに消えることを約束します。

だから、それまでは。

それまでは……。

「お供させてください」

止まっていたと思っていた涙が、また一つぽろりとこぼれ落ちた。


それでもユアンは、リリアに向かって精一杯の笑顔を見せた。

「ありがとう、ユアン」

リリアも緊張していたのか、ホッとしたような顔になって微笑んだ後、両手でユアンを包み込むように抱きしめた。

恋の話なんて書けないと思っていたのに、ユアンはとっくに恋の波にのまれていた。

自分を包み込んでくれる温かさを嬉しいと思い、離れてしまうのが寂しいと思う。この熱い心を恋と呼ばずになんと呼ぶのだろう。

触れたい。

もっと触れたい。

私は貴方が……。

「事情は分かりました。私は陛下のお側で力になりたいです。どうか、遠慮なく何でも仰ってください」

「よかった……、この話をしてお前を傷つけたらと悩んでいたんだ。ずっと騙していてすまなかった」

「謝らないでください。私も詳しい事情を話せなくて、黙っていたのは同じです。少し驚きましたけど、陛下を尊敬する気持ちは変わりません」

「ユアン……嬉しいよ。本当にありがとう」

リリアの腕に力がこもって、ぎゅっと強く抱きしめられた。

それだけでユアンは、満たされていくのを感じていた。

月明かりの下、リリアとユアンはまるで離れ離れだった恋人同士のように、飽きるほど長い時間、抱き合っていた。

◇◇◇

皇配は使えないお飾り。

少し前までそんな噂が流れていたが、今は違う。

皇帝はどうやら皇配を気に入っているようだ。

毎晩可愛がられているらしい。

あの生意気な皇帝も、ベッドの上ではただの女だった。

貴族の趣味といえば噂話だが、最近は内容ががらりと変わっていた。

変な噂や話が耳に入ったと渋い顔で報告に来たミドランドに、リリアは構わないから好きに言わせておけと言った。

「……ずいぶんとご機嫌ですね」

長い会議の後だというのに、穏やかな顔でお茶を飲んでいるリリアを見て、ミドランドは何か勘づいたようだ。

「昨夜、ユアンと話し合う時間をとったのは知っているだろう。その時に、秘密について話した。何と言われるか心配だったが、ユアンは受け入れてくれたよ」

「そうですか。それはよかったですね」

ユアンを助けたい、守りたい。

ユアンのことを知るたび、その気持ちが溢れてきた。

傷つけられたユアンを見て、それは止められないものになり、力を使って古傷を癒した。

ユアンはもう仲間の一人だと思っていた。

だから秘密を打ち明けようと決めて、昨夜ユアンを呼び出した。

ユアンは最初、話をする前から泣き出してしまった。なぜあの時泣いたのか、リリアは考えても分からなかった。

もしかしたら不安だったのかもしれない。催淫薬の一件で、薬を隠し持っていたことが罪に問われるのではないかと。

ユアンは特別な存在だ。

周りの誰とも違う。

ユアンといると抱いたことのない感情が湧いてくる。大事に、大切にしたい。

ユアンが願ってくれたように、側にいて欲しい。

どんな時も、すぐ側で守れるように……。

「ユアン殿下を本当の意味で、夫にするおつもりですか？」

「何を言っている？　ユアンはすでに私の結婚相手だ」

「ですから、本当の意味です。陛下の本来の姿は男、ユアン殿下も男なのですよ。この意味がお分かりになりますか？」

「……分かっている。お前には私が真の皇帝となった後、どうしたいのかすでに話しているだろう。その時が来たら私はユアンとともに生きるつもりだ」

「そうですか。お分かりならいいです。ですが、中途半端な哀れみや同情の気持ちがあるのでしたら、今ならまだ間に合います。陛下も殿下もお互い傷が浅いうちに距離を取られた方がいいです」

「その必要はない」

ミドランドの小言が今日はやけにうるさく聞こえて、リリアはミドランドに背を向けて窓に視線を送った。

「私はいつも陛下の味方です。ですが、ユアン殿下にも傷ついて欲しくないと思うようになりました。何かあった時、殿下に引導を渡す役目だけはやりたくありません」

「その心配も無用だ」

ずっと背を向けていたら、カタンと音がしてミドランドが執務室から出て行った気配がした。

ユアンを大切にしたい。

この気持ちが恋だというならそうなのだろう。

こればかりは、誰かに聞くわけにもいかないので、今はそう感じている。

本当はユアンに拒否されたとしても、側に置く方法を色々と考えていた。

古龍の血を持つ者は独占欲が強いと言われている。

生涯で一人しか愛さないと。

真の皇帝となっても、ユアンを誰かに渡すつもりなどなかった。

縛りつけてでも側に置いておきたい気持ちを隠して、望みはあるのかと聞いたのだ。

そういえば前皇帝もまた、次々と美女を食い荒らしていたが、最後の女であるマヤとは、何年も寄り添って最後まで看取らせた。

もしかしたら、マヤが運命の相手で、年老いて死ぬ間際になってやっと、初めて人を愛したのかもしれない……。


(君が……ぼくを助けてくれたの？　名前は？)

(……そうよ。わたしの名前は、ソニア)

金色の長い髪が風に靡いていた。

目が覚めるような淡いブルーの瞳は、こぼれ落ちそうなくらい大きかった。


(ソニア……助けてくれてありがと……ずっと励ましてくれて……この恩は……)

(無理をしないで。今、人を呼んでくるから)

だめ。

ソニア、行かないで。

お願い。

側にいて。

ソニア!!


窓辺に立って外を見ながら物思いに耽っていたらしい。

ハッと気がついたリリアは、首を振って目をつぶった。

あれは遠い昔の記憶だ。

恋、なんかではない。

ずっと探していたけれど、それはただ恩を返したい。

「それだけだ……それだけ」

リリアは窓に手をついて、窓ガラスが自分の手の熱で曇っていくのを、ただ無言で眺めていた。

◇◇◇

「ユアン様？　何か心配事でも？」

迎えの馬車に乗り込んでから、ずっと無言だったからか、キルシュに顔を覗き込まれてしまった。

「ああ、少し寝不足でね」

思いついた言い訳を適当に口にしたら、キルシュは何を思ったのか顔を赤くした。

今日はセレステの店が開店する前日。

ユアンの見立てだと誘拐事件が起こる日だ。

外出の申請は通ったが、個人的な休日ということになった。

護衛の人数は最小限ではあるが、キルシュが隊長に就いてくれたことが心強かった。

今も同じ馬車に乗り込んで、周囲に目を光らせてくれている。

小説の通り、最近町で不可解な女性の失踪が続いており、いつもは賑やかな町がずいぶんと静かだった。

ある者は呪いだ。

ある者は女帝が引き寄せた悪魔の仕業だ。

そんな風に口にしていて、みんな家から出なくなったので、町の様子は閑散としていた。

「これではせっかく開店しても、人が来ないかもしれないな……」

「ああ、そちらの心配でしたか。町の警備は騎士団が担当することになったので、問題ないですよ」

何か変な想像でもしていたのか、ますます赤くなっていたキルシュは、ユアンの言葉にビクッと揺れて慌てて姿勢を正した。

その警備が問題なんだと、ユアンは鼻から息を吐いた。

兄のマルコが、警備が手薄になるようにわざと隙を作っている。

何かあってもすぐに駆けつけられないように、そして別の場所で騒ぎを起こすように手配されているはずだ。

リリア達に情報を伝えるにしても、これから起きることを知っているのはどう考えてもおかしい。

ただの駒であると主張しているユアンが、皇兄達の計画を知っていたら、せっかく改善した関係でまた変な疑いがかかってしまう。

ここは偶然を装って、事件が起きないように自分が動くしかないとユアンは考えていた。

今回は催淫薬混入を阻止する時と違い、事前の準備や人員も整っている。

そしてミッションとしては、セレステを危険な場所へ近づけさせないようにするだけなので、難易度は低いだろう。

その場所も分かっていることが、ユアンにとってかなり有利な状況だ。

誘拐が行われるのは、セレステが開くブティックの裏手にある迷路のような狭い路地だ。

誰が誘拐されるのかは、書かれていなかった。

とにかくセレステが巻き込まれないように監視をすること。

事件そのものを防ぐために、店の近くを通った時に裏路地に怪しげな人影を見たと言って、護衛の皇宮騎士を調査に向かわせる。

凄腕が揃っているため、彼らなら誘拐を阻止し、組織の人間を倒してくれるはずだ。

膝に置いた手に力を込めて、計画通り上手くいってくれとユアンが願っていると、その温度とは真逆の熱い視線を感じた。

「陛下の秘密についてお知りになったと聞きました。ユアン様が仲間になってくれて正直良かったです。こんなに近い方なのに、ずっと騙しているのは私も心が苦しくて……」

「私は公爵家では冷遇されてきた。どうにか抜け出したいと思っていたところに、陛下が手を差し伸べてくれたからね」

「陛下は、もう手が届かないくらい偉大な存在になってしまいましたが、優しさは変わらないんです。私は喧嘩に明け暮れて、親も頭を抱える暴れん坊で迷惑ばかりかけていました。盗みを働いて店主に捕まって……、手を切られそうになったところで陛下が助けてくれたんです。俺は単純なので、それ以来、陛下の力になろうって決めたんです」

「そうか、キルシュ卿も助けられたんだね。本当に……偉大なお方だ」

「だから……その……お二人が仲良くされるのは……、男であるとか、そういうの俺はいいと思うので、立場もあるけど好き同士なら、どうにかなると思うんです。応援していますから」

「ありがとう」

　そこまで話した時に、キルシュはまた顔がみるみる赤くなって、煙が出そうになった。

「それで……その、俺は知識とか全然なくて、どっちがどっちとかそういうのも分かんないですけど……無理はされないように」

　何か恥ずかしいことでも言っているのか、声がだんだん小さくなっていって、よく聞き取れない。

「え？　何の話だ？」

「いや、だからっ、全然知識が……、勝手な想像を言うわけにはいかないですからっ」

「は？　想像？」

「うわぁぁっ！　嘘です！　すみません！　想像なんてしていません！」

　変な冗談でも言ってみたが上手く言えなかったのか、キルシュは赤い髪を振り乱して慌てた後、両手で顔を塞いでしまった。

　よく分からないが、こんな面白い動きもできるのかと、ユアンはおかしくなって笑ってしまった。

　その時、馬車が停まって、到着しましたと御者から声がかかった。

　セレステを助けることができれば、これから起きるはずの騒動にルドルフ伯爵の支援はなくなり、リリアの計画はもっとスムーズに進むだろう。

　ルドルフ伯爵と早く手を組むことができたら、争いも最小限で防げる。

　たくさんの人間の未来が今日にかかっている。

　リリアに秘密を打ち明けられてから、自分の気持ちが整理できなくて、何をしていてもぼんやりと考えてしまった。

　しかし今は、ぼんやりしている暇はない。

　ユアンは作戦を頭に思い浮かべながら、力強く歩き出した。

第三章

　セレステのドレスショップは、通りの角という好立地に建っていて、店の入り口には看板になるような豪華なドレスが飾られていた。

　ドレスといっても、貴族の令嬢がパーティーで着るような派手な装飾と、動きづらいデザインのものではなかった。

　平民の女性でも、ちょっとした集まりや、おしゃれを楽しみたい時などに着られるシンプルなデザインのものが多い。

　スカートの丈も広がらず、ワンピースに近い動きやすいように短くなっていて、新たな流行の兆しを感じるものだった。

　ユアンは店に入る前に、今日の護衛に就いている騎士を集めた。

「最近、この辺りで若い女性が姿を消すという事件が起きていると聞いた。セレステ令嬢は若くて美しいし、出店をよく思わないライバルからの干渉もあるかもしれない。セレステ令嬢の周囲をよく見て、外に出ようとしていたら、私に教えて欲しい。ただの思い過ごしならいいが、心配になってしまったんだ」

　こうやってみんなの視線がセレステに注目するようにしておくのは、最初に考えた作戦だ。

　周囲の状況が悪い、ということもあって上手いこと話を振ることができた。

　騎士達は分かりましたと言って、それぞれ配置に付いてくれた。

　店の入り口にはキルシュに立ってもらい、出入りはチェックするように頼んだ。

　これでまず完璧な体制が取れたとユアンは一息ついた。

「ユアン殿下、お久しぶりです。今日はわざわざお越しいただき、ありがとうございます」

　店に入ると、菫《すみれ》色の可愛らしいドレスを着て出迎えてくれたのはセレステだ。

　胸元は開いているが、白い花が並んでいて可憐な少女から大人への成長を感じさせる。

「お花やお菓子までたくさんいただきありがとうござ

います。パーティーで少しお話ししただけだったので、まさか本当に来ていただけると思っていませんでした」

「喜んでいただけたら幸いです。私の趣味にご協力いただき、素晴らしい事業についてもお話ししていただけたので、こちらとしてはとても感謝をしているのです」

ユアンの登場に店内から女性達の小さな悲鳴が聞こえて、一気に部屋の温度が上がった。

従業員は平民の女性がほとんどで、皇族の姿すら見たことがなかった。

皇帝が心を奪われた花の皇配殿下、そんな噂が町にも広がっていて、送られる熱い視線にユアンは恥ずかしくて顔を下に向けたくなった。

今日は投資に興味を持つ人の良さそうな男として立ち回りつつ、事態を円滑に進めなくてはいけない。

恥ずかしがっている場合ではないので、ユアンは前を向いて皇族らしく微笑むことにした。

店内からはまた女性従業員達の悲鳴が上がった。

「これはこれは、ユアン様。入り口で立ち話など、ここにいては作業の手が止まってしまうので、どうぞ中の事務所へお入りください」

先に来ていたグレイが慌てて奥から出てきて、ユアンの後ろに回り背中を押してきた。

確かに、仕事中に騒がしくして悪いことをしてしまったと、大人しく建物の奥にある事務所へ案内してもらうことにした。


「……というわけで、流通に関しての説明はご理解いただけましたか？　利益については、売上から寄付も行うので、ある程度長期的に見ていただけると……」

「ええ、すぐに結果を求めているわけではないのです。新しい事業として、徐々に浸透していくことを期待して投資を考えたのです」

事務所に通されてから、セレステが用意した資料を見て、一通りの説明を受けた。

後ほど商品の製作過程を見せてもらうことになり、いったんお茶を飲んで落ち着くことになった。

「……それでは、本当に騎士の方にお願いしてよろしいのですか？」

「ええ、必要なものがあれば、用事や買い物は近くにいる者に頼んでください。どうしても外出される時は、入り口にいるキルシュ卿に声をかけてください」

セレステはどうしてそこまでしてくれるのかと、ポカンとした顔になっていた。

ルドルフ家からもセレステの侍従が来ていたが、小説の中で彼らは役に立たなかったので、申し訳ないが信用できない。

「実は女性が事業を起こすことを、あまり良く思わない連中がいるという噂を聞きまして、特にセレステ嬢は目立つので、何か危害が及んだらと心配だったのです」

これは本当のことだった。

新しいことを始めようとすると、必ず何か妨害が入るものだ。

セレステも心当たりがあるのか、神妙な顔になって頷いていた。

「貴族学校時代から私のことを気に入らないと陰口を言っていた者達がいました。確かに、嫌がらせの手紙が届いたり、先週は店の前にゴミが撒かれていたりしました。……そうですね、殿下の言う通りです。これ以上何かあったら困るので、ぜひお力をお借りできたら助かります」

セレステの同意を得て、これでユアンの作戦はほぼ成功したと言えた。

後は誘拐が行われると思われる時間だが、人気がなくなる夕暮れ時だろうと考えたので、その辺りで騎士を巡回に向かわせることにする。

ユアンは作戦が上手くいったので、すっかり安心していた。


その後、店内の開店前日の準備は順調に進み、用意されていたドレスは全て展示されて、在庫の整理も問題なく終わった。

裁縫の得意なセレステは、従業員と一緒に細かいところまでチェックしながらドレスの修正に動いていた。

その様子を眺めながら、ユアンは何事もなく終われそうだとホッとした。

窓の外を見ると、空が赤く染まり始めて、夕暮れ時に入ろうとしていた。

この時期の皇都は、日が暮れるのが早い。

今がちょうどいいタイミングだと、裏口の近くにいた騎士三名を外の巡回に行かせた。

「ずいぶんと無駄のない動きですね。まるで何か準備でもされてきたようだ」

騎士達を送り出したところで後ろから声をかけられた。セレステと話していたはずのグレイが後ろに立っていたので、ユアンは息を吸い込んでごくりと飲み込んだ。

足音も気配もなかったので驚いた。

「えっ……いや、心配だからさ」

「ユアン様はゼノン家のご令息でしたよね。私、お父様である公爵様とは少しだけ縁がありまして、公爵様がどういうお人なのか知っております。実の息子さえも、駒のように使い、役に立たなければ切り捨てる」

グレイは、いつもの調子がいいポアンの主人の顔ではなかった。

情報屋としての裏の顔、もっと深く鋭い目をしていた。

ルドルフ伯爵を引き入れたいリリア達の思惑がある中、伯爵の一人娘であるセレステに近づいたら、疑わしく思われるのは想像できた。

「心配なさらないでください。私も陛下の秘密を知る側の人間、幼い頃は一緒に過ごした仲でして、事情は知っております。ただ、宮殿にいる彼らとは違う立場で違うものを見て考えて生きてきました。ですから、私の立場で力になれることがあるかもしれません。何かお困りのことでもあるのではないですか？」

「それは……」

リリア達に仲間だと認識してもらった今、目立った行動を取ることは避けたい。

何でもかんでも知っていたら、わざと誘導して裏切るのではないかと疑念を持たれる可能性がある。

「あ……暗殺組織のことで少し……」

「ああ、ゼノン公爵家が育てたといわれる集団ですね」

「今は実質、次男のスペンスが実権を握って動かしているけど、スペンスは狡猾で残忍な男なんだ。近頃女性の失踪が続いていると聞いて、もしかしたらスペンスが動いているのかもと……、あくまで推測だけど」

「なるほど、ご兄弟の立場から、組織の動きを懸念されたのですね」

「スペンスはよく死体を拾ってきて、解剖したりしていたから、そのために攫ったのではないかと思っている。だから、今日は町に出る機会だし、自分の目で状況を確認したかったんだ。私の思い違いだったらそれでいいし……」

　時間にして数秒だが、グレイの目が光って真偽を読み取ろうとしているのだと感じた。

　猟奇的な趣味を持つスペンスを疑っているというのは、いささか強引ではあったが、全て間違っているわけでもないので信じてもらうしかなかった。

　しばらくするとグレイは、口の端を上げて微笑んだ。

「なるほど。ユアン様なりに、色々お考えになられて、陛下の役に立とうとしている、私にはそんな風にお見受けしました」

「うぅっ……」

　ズバッと当てられて、ユアンは後ろに下がりながら、口元に手を当てた。

　もっと言うと保身のためでもあるのだが、そこまで言う必要はない。

「では巡回に行かれた騎士の方々が戻ってきたら、我々は町の様子を見ながら帰りましょう。セレステ様と従業員の方は二階の作業場でお泊まりになるようです。さきほど送る必要はないと自分の家の馬車を帰していました」

「そうか……分かった。そうしよう」

　馬車を帰したということは、もう外へ出るつもりはないのだろう。

　セレステの方は無事に終わったとユアンは安堵した。

　事務所に戻り帰宅の準備をしながら騎士達の帰りを待っていたら、外がやけに騒がしいことに気がついた。

　ドカドカと足音が聞こえてきて、すぐにドアが開かれた。

「ユアン殿下！　時計塔の広場で火事があったようです。騒ぎが大きくなったら危険ですので今すぐ帰りの準備を」

「火事⁉　他の者は？　巡回に行った騎士達はどうした？」

「巡回に出た三名は騒ぎを聞いて戻りましたが、すぐに広場へ救助に向かいました。後一名は御者に連絡をしに出ました。それと、セレステ令嬢ですがこちらがバタついている間に、飛び出して行ってしまいまして……」

「ええっ!! 何だって!?」

「広場で馬車が一台燃えていると騒ぎになっていて、貴族の馬車が燃えていると逃げてきた者が口にしていました。セレステ嬢はそれを聞いて侍女が乗っていたはずだと言って走って……」

ユアンは肝心なところを忘れていた。

町で人々の目を集めるために騒ぎが起きる。

道に油を撒いておいて、一台の馬車が走ってきた時に火をつけるというものだった。

被害は一台の馬車と数軒の店が半焼、火は駆けつけてきた騎士達により消し止められた。

燃えたのは荷馬車でルドルフ家の馬車ではなかった。だが、情報が錯綜して、セレステはルドルフ家の馬車だと思い込んでしまったのかもしれない。

そう、それでセレステは一人で広場に向かって走り出す。

恐らく近道を通ろうとして、誘拐が行われている路地裏を抜けようと……。

「バカだ、どうして……忘れて……」

「ユアン殿下?」

スペンスが起こす騒ぎは喧嘩くらいだろうと簡単に考えていた。

もっと深く思い出そうとしなかった自分のミスだった。

ユアンが勢いよく立ち上がったので、椅子が床に転がった。

それを直す時間もなく、ユアンは近くに立て掛けていた剣を手に取った。

「嫌な予感がするんだ。剣を持って行く。キルシュ、付いてきてくれ!」

今まさに路地裏で事件が起きている。

間に合ってくれと思いながら、ユアンはキルシュとともに階段を駆け下りた。

◇◇◇

「急に外出されると仰ったのでどこへ行かれるのかと思えば……」

急いで準備させられたからか、ミドランドは眉間に皺を作って不機嫌そうな顔をしていた。

「いいだろう？　予算会議は全て終わったし、押すべきものは押した。行けるか分からなかったから黙っていたが、本当は私も一緒に行きたかったんだ」

リリアは町へ行くために平民の格好をしているが、誰よりも着替えるのが早かった。

シャツとズボンにベスト、帽子の中に髪の毛を押し込めば、町の労働者の出来上がりだ。

ドレスよりよっぽどこの格好の方が楽で、ミドランドの方が支度が遅いくらいだ。

ミドランドもシンプルなシャツを着ているが、彼の方が貴族臭さを隠しきれていなくて、どう見ても労働者には見えない。

「わざわざ乗合馬車までおさえておいて、行く気満々だったのでは？　せっかくの羽を伸ばしたい休日に、妻が押しかけて行くなんて嫌われますよ」

「私は普通の妻ではないから大丈夫だ。それより、お前こそ、忙しいなら付いてこなくてもよかったんだぞ」

乗合馬車は貸し切りにしているので、乗っているのはリリアとミドランドだけだ。

他数名の近衛騎士達もそれぞれ変装して、馬に乗って付いてきている。

ユアンが外出許可を申請した事と、投資に興味を持っているという話は聞いていた。

窮屈な思いはしてほしくなくて、自由にしていいと言ってはいたが気になってしまった。

かといって、自分が堂々と付いて行ったら大騒ぎになってしまうので、変装して会いに行くことにした。

町に出る時はたいていこの格好で、ユアンの前でもすでに披露しているから驚かれることはないだろう。

ルドルフ伯爵の一人娘、セレステ令嬢が開く店、というのにも単純に興味があったので、それなら遅れてでも駆けつけようと計画していた。

会議が終わり、急いで支度しているところをミドランドに発見されて、なぜか私も行きますと言われて付いてこられることになった。

「私も無粋な真似はしたくありませんでしたが、最近の町での騒動が気になっておりまして。よからぬ噂を流す連中がいると情報が入っています。恐らく、陛下の評判を下げるのが目的かと」

「女性の失踪のことだな。確かに単純な家出なら、数が多すぎると思っていた」

「皇兄のジェイク様に怪しい動きが……頻繁に邸を出て、ベイフェルトへ行かれているようです」

ベイフェルトは貴族向けの高級カジノだが、その資金源は謎で、店の特別遊戯室は選ばれた者しか入れない。

何か悪巧みをするなら、うってつけの場所だった。

「なるほど、小狡いあの男が考えそうなことだ。私の評判を落として皇位を狙う気だろう。しかし、町の警備には騎士団が入っているはず、ということは団員を買収でもしたかもしれないな」

「ええ、私は途中で降りて町での騎士団の動きを探ろうと思います。彼らの顔は把握していますから」

リリアが窓から外を見ると、空が赤く染まっていき、もうすぐ夕闇が訪れそうだった。


ユアンが帰るのは夜の予定なので、今から行っても間に合うだろうとリリアは椅子に深く腰掛けた。

「帰りはユアンの馬車に乗せてもらうから、お前は適当に拾ってくれ」

「ええ、妙な動きがないか確認してから、戻りますのでご心配なく」

リリア陛下の治世は呪われている。

兄達を殺していたのはリリアだった。

皇帝は実は魔物で、外に出ると魔物に食われる。

そんなおかしな噂が飛び交っていて、町を歩く人は少なかった。

「グレイのアホが何かするんじゃないかとご心配ですか？」

沈黙に耐えかねて、世間話でもして場を繋ごうとしたのか、ミドランドが珍しく踏み込んできた。

「グレイ？　ああ、あいつは確かにユアンを気に入っていたが、私の皇配に手を出そうとするほどバカではない。……私の心配は、セレステ嬢だ」

「セレステ様？　ですか？」

「だってそうだろう……。ユアンはもともと男が好きだったわけではないだろう。私が秘密を告白してから、どうも元気がないというか……もしかしたら、女でなかったことにショックを受けて、別の女に惹かれているとか……」

「考えすぎでは？　外出の申請はもっと前から出ておりましたし」

「こっ、これから惹かれるかもしれない！　それが心配なんだ」

ミドランドが変な生き物でも見るような目をしていたので、リリアはムッとなって横を向いた。

自分でもおかしいというのは分かっている。

ユアンを自分の内側に入れてからというもの、ユアンのことが可愛く思えて仕方がない。

ただ、今まで女のフリをしていたので、どう近づいていいものか、距離を取られたらどうしようかと新たな悩みが出ていた。

これまで人との付き合いはそれなりに上手くやってきた方だが、頭が真っ白になった。

何も考えず呼んでいた夜伽にも、変に緊張してしまい呼べなくなってしまった。

受け入れてくれたのは間違いで、実は嫌でたまらないのではと、妄想ばかりが広がってリリアの足をここまで動かした。

「ちゃんとお互いの気持ちは確認したのですか？　秘密を話して、さぁ、今まで通りよろしくと済ませたわけではないですよね？」

ため息をついたミドランドが、仕方なくという顔で切り出してきた。こういう話は苦手な男なのに、よほど見たくない光景だったようだ。

「抱き合って、これからよろしくという感じで終わったはずだ。私に付いていくとも言ってくれた。ん？　気持ち？」

「好きとか好きじゃないとかの話です。これ以上言わせないでください」

肝心な気持ちを聞いていなかったし、自分も言い忘れていたとリリアは青くなった。

これでは明言を避ける高官の答弁みたいなものだ。

耳当たりの良いことだけを言って終わってしまった。

汗臭くてもいいから自分の気持ちを話すべきだったと、額に汗が出てきた。

「お互いちゃんと話し合うように、以上！」

「わ、わかった」

議長みたいな勢いでミドランドに方向性を決定されてしまった。しかしその通りなので反論する余地もなかった。

「……秘密をお話しになるくらい、特別に思っておられるのでしょう。私は陛下がどういう選択をしても、陛下を支持します。それが、たとえルーディア様の意向と違っても……」

「ミドランド……」

そこでガタンと音を立てて、馬車が急に止まった。周囲にたくさんの人が集まり出していて、ミドランドと顔を見合わせた。

何かあったのかと思ったら、先を走っていた騎士が戻ってきて、ミドランドが座っている横の窓を叩いた。

「ここから真っ直ぐに進んだ広場で、火事のようです。馬車が燃えているとか」

「怪我人がいるかもしれませんね。陛下、うちの騎士を向かわせますか？」

「いや……人手では足りているはずだ。見ろ、この騎士団の人数を」

広場に向かって、集まっていく人のほとんどは騎士団の服を着ていた。

警備が厳重に行われているのだと思ったがどうも違和感があった。

「集まり過ぎていないか？　これでは手薄なところが出てしまうぞ」

「そうですね。もしかしたら、この火事は利用するために起こされた、とか……」

「……セレステの店はどこだ？」

「パブロ通りです。広場が通れないなら、迂回していく必要があります」

この人混みでは歩いた方が早いので、リリアは馬車を降りて騎士達に指示を出した。

「私と近衛騎士隊は迂回してセレステの店を目指す。ミドランドは広場に行き状況を確認後、警備の責任者に話を」

「お任せください。陛下、どうぞお気をつけて」

ミドランドは颯爽と人混みの中に消えて、騎士を呼んだリリアは預けていた剣を手に取った。

「胸騒ぎがする。ユアン、無事でいてくれ」

持ち場を離れた騎士達が次々と現れる中、リリアは人混みをかき分けてセレステの店へと走った。

空は茜色から漆黒の闇に変わり、尖った三日月が騒がしい町を不気味に見下ろしていた。

◇◇◇

セレステの店から出ると、大きな通りは逃げてくる人と、火事を見に行く人でごった返していた。

宮殿の馬車は邪魔にならないように、大通りから離れた位置に停めていた。

この状態だと他の騎士は当分戻ってこられないだろう。

となると、仲間はキルシュだけだ。

キルシュがいることに安心感はあるが、何があるか分からない。

ユアンは自らも剣を持ち、人混みをかき分けて店の裏手に入った。

大勢の人がいた大通りとは違い、裏手を利用する人間は誰もいなかった。

恐らく、普段でも治安が悪く、こんな夜に歩くには危険過ぎる場所なのだろう。

「ユアン殿下、こちらは危険です。広場に行くならパブロ通りを西に抜けて……」

やはり危険を感じたキルシュが、腕を摑んで止めてきた。

だが、この奥にセレステがいるので、入らないわけにいかない。

「放してくれ。急いで行かないと……」

その時、わずかに女性の悲鳴が聞こえた。

裏手に入ったので聞こえたが、大通りの喧騒の中では聞き逃していたはずだ。

同じく、悲鳴が聞こえたのかキルシュが剣を抜いてユアンを自分の背中に置いた。

「何かあったようです。私の背中から離れないでください」

ユアンは外套《がいとう》に付いていたフードをかぶった。

どこから誰が出てくるのか分からない。

注意しながらキルシュと声のした方に向かって足を進めた。

「いやっ、やめて。放して、何をするの⁉」

路地の奥に入ったところで人影が見えた。

三人の黒装束の者と、その真ん中に頭から袋を被せられた女性の姿があった。

どうやら、女性を無理やり連れて行こうとしている場面のようだった。

「何をしている！」

キルシュの太くて低い声が辺りに響いて、黒装束の者達は即攻撃の体勢になった。

「……貴様に説明する義理はない。見られたからには殺す」

三人が一斉に剣を抜いて襲いかかってきた。

人を殺すための訓練を受けてきた彼らは、素早い動きで連携して攻撃を仕掛けてきた。

しかしこちらは小説の登場人物でもある剣の達人キルシュだ。

全員の攻撃を防ぎながら、的確に剣を振ってあっという間に三人は地面に崩れ落ちた。

「す……すごい」

感心していたらキルシュの声が響いて、ユアンは背後の気配を察知した。

「殿下！　後ろを！」

いつの間にか後ろに潜んでいたもう一人の敵がいたのだ。

素振り百回のおかげか、体は風のように軽かった。

ユアンはしゃがんで背後からの一撃をかわした。

そのまま地面の砂を掴み相手の目に向かって投げた後、怯んだ隙をついて剣を抜き、相手の足に一撃をくらわせた。

敵はギャァァと声を上げて、足を斬られて動けなくなり地面に転がった。

まさか本当に倒せると思っていなかったので、驚きながらキルシュの顔を見た。

「お見事です、殿下。しかし私の教えた剣術とは少々異なっている気がするのですが」

「あ……い、今はそんなことはいいだろう」

その時、ドサっと音がして、通りの角から黒いかたまりが飛んできた。

黒いかたまりは人間で、黒装束から同じ暗殺組織の者だと思われた。

誰が倒したのかと思ったら、その後に暗がりから現れたのはグレイだった。

ナイフを二本くるくると回しながら不満げな顔をしていた。

「お二人さん、のんきに話している場合じゃないですよ。屋根の上に四人、私に一番仕事をさせないでください」

グレイはナイフ使いの名人で、小説でもリリアを守って戦っていた。

どうやら屋根の上の敵はグレイが倒してくれたようだ。

「おーご苦労だったなグレイ」

「少なくとも騎士様にはもっと活躍してもらわないと困るんですけどね」

二人が言い合っている横をすり抜けて、ユアンは袋をかぶっている女性の元へ駆けつけた。

暴れたのか着ているワンピースも足も泥だらけになっていた。

助けに来ましたと言って袋をはぎ取ると、中から現れたのは、セレステではなかった。

「警備隊の方ですか？　助けていただきありがとうございます。仕事が終わって帰ろうしたら、突然路地に引き込まれて……」

「私は皇宮所属の騎士だ。怖い思いをしたところ悪いが君は証言をしに……」

怯えている女性を落ち着かせるように、キルシュが声をかけた。

「待ってください、私の後に通りに入ってきた女性が……彼女も巻き込まれて」

「その人はどこへ行きましたか⁉」

「あの建物の隙間から逃げて、きっとロゼッタ通りに出たかと……、上手く逃げられていたらいいのですけど……」

追いかけようと立ち上がった時、敵が呼んだのか、別の道から黒装束の者達がゾロゾロと走ってきた。

「ったく、しつこいなぁ」

「殿下、その女性と下がっていてください。あれ、殿下？」

敵の再来に気を取られていたキルシュは、ユアンの姿が女性の横にないことに気がついた。

「ここは頼む！　私がもう一人を助けに行く」

「ええ⁉」

「うえ⁉」

小説の展開から考えても、逃げたもう一人はセレステで間違いないだろう。

ユアンはセレステが入ったという建物の隙間に体を滑り込ませて、キルシュとグレイに声をかけた。

二人とも何か叫んでいたが、ここまで来てセレステが攫われるなんて絶対に嫌だった。

建物の間は狭く、下はごつごつした石が続いて足場が悪かった。

なんとか抜け出して、セレステはどこに逃げたか考えた。

恐らく大通りを目指して、人の声がする方に向かって走ったにちがいない。

ユアンはわずかな光と音を頼りに一直線に走った。

なんとか間に合ってくれ。


必死に息を切らしながら走り続けた。

「セレステ嬢！　セレステ！」

走り続けたユアンだったが、ついにセレステの姿を見つけることができないまま、大通りまで出てしまった。

迷路のようになっているので、道を間違えたのかと戻ろうとしたら、微かに苦しそうな声が聞こえた。

「んんー！　んー――！」

ハッとして目を向けると、ちょうど走り出した荷馬車の小窓から、口に布を巻かれたセレステの顔が見えた。

「セレステ‼」

大通りを行き交う人をなぎ倒すように、荷馬車は強引に速度を上げて走って行った。

人々の視線がそちらに向いている中、慌てて後を追おうとしたユアンの顔に、ナイフの先が押し当てられた。

通りを出たところに潜んでいた男が二人、ユアンの前に立ち塞がった。

「アンタ、あのオネーちゃんの知り合いか？　余計なゴミが付いていたな」

どこにでもいそうな労働者の格好をしているが、二人とも逞しく、武器を持っており蛇のような目をしている。

明らかに組織の人間だった。

彼らは回収役かもしれない。

逃げてきたセレステを捕まえて、大人しくさせてから、路地の出口に付けていた荷馬車に押し込んだのだろう。

「それにしても、アイツら遅いぞー。先にばらけた方がいいな」

「そうだな。コイツを始末してから散るぞ」

せっかく路地から抜け出したというのに、またナイフを向けられて路地に押し込まれてしまった。

「さてと、頭巾のニーちゃん。というわけで忙しいんだ。さっさと死んでくれ」

一人はナイフ、一人は短剣を持ってユアンに襲いかかってきた。

ユアンは教えてもらった型を思い出しながら、剣で攻撃を防いだ。

ユアンのしぶとい勢いに敵も戸惑った顔を見せたが、しかし、二人同時にとなるとキルシュのようにはいかなかった。

防ぐだけで精一杯で、じりじりと路地の奥へ後退させられた。

「ううっ！」

ごつごつした石の上に乗ったら、バランスを崩してしまい、ユアンは地面に倒れてしまった。

その拍子に剣が手から離れて転がっていったのを見て、これまでかと歯を食いしばった。

「弱いくせに、時間かけさせやがって！　死ね！」

短剣を持った男がユアンに馬乗りになった。

両手を高く掲げ、勢いをつけて剣を振り下ろしてきた。

ユアンはぎゅっと目をつぶった。

今度こそ運命を変えることができるかもしれない。

そのためにセレステを助けて、小説と違う流れを作ろうと思ったのに、上手くいかなかった。

セレステは攫われて、キルシュやグレイを置いてきてしまった。

これは、主人公に思いを寄せた罰なのかもしれない。お前は嫌われ役のくせに、なぜ主人公に気に入られようとしているのか。

ただの駒であるお前が幸せになろうとするなんて許さない。

見えない力が動いて、短剣が胸に振り下ろされるのだろう。

レオナルド。

ちゃんと別れの挨拶もできなかった。

伝えたいことはたくさんあったのに……。

私は貴方が……。

いつまで経っても痛みが襲ってこないので、恐る恐る目を開けると、ちょうど、カランと音を立てて短剣が地面に転がったところが見えた。

「え……」

ユアンの上に乗っていた男は、白目を剝《む》いて口から泡を吐きながら、ドスンと地面を揺らして横に倒れた。

「ひっ……ひひっ……バケモノっっ」

次に聞こえたのは、ナイフを持っていたもう一人の男の悲鳴だった。

その男もまた、体が痺れたように動かなくなり、白目を剝いて倒れてしまった。

「え、何が……」

全く意味が分からなかった。

突然ユアンを殺す気満々だった二人の屈強な男達が、苦しみながら倒れたのだ。

身動き一つしない様子から、もう死んでいるのかもしれない。

ユアンが上半身を起こすと、通りの奥から赤い光がこちらに向かって近づいてくるのが見えた。

それはやがて月明かりに照らされて、ユアンもよく知っている人の形になった。

「……陛下？」

姿形はリリアだったが、いつもの金色の瞳が赤く光っていた。

人間離れした姿に一瞬驚いたが、明らかにいつもと違う姿に、これがルパート医術師が言っていた龍眼であるのではと気がついた。

組織の二人は倒れてしまったが、ユアンはその眼を見ても体に変化はなかった。

怪我もなくまともに手足が動くことに気がついたら急いで立ち上がり、リリアに向かって走り出した。

「陛下！」

ユアンが走って行くと、瞳の赤色は消えていき、空に浮かぶ月と同じ色に戻った。

「ユアン……よかった」

「どうしてここに？　まさか助けに来てくれるなんて……っって、うぁっ」

事情を聞こうとしていたらリリアの手が伸びてきて、覆い被さるように抱き締められた。

ぎゅうぎゅうと締めてくるので、痛いくらいで、つぶされそうな強さだった。

「ユアン……ユアン……私を殺さないでくれ」

「え？」

「ユアンがいなくなったと聞いて、心臓が止まりそうだった。一人で追いかけるなど……無茶を……」

「ごめ……なさい、助けられるかと……いや、実際全然ダメで倒されちゃいましたけど」

ピッタリと体がくっ付いているので、リリアの心臓の音まで聞こえてきた。

しばらく抱き合い、生きていることを確認して安心したのか、力は弱くなったがリリアは変わらずユアンを腕の中に留めていた。

リリアの背はついに頭ひとつ分くらい大きくなり、ユアンはまるでそこが定位置になっているかのように、すっぽりと収まってしまった。

「あーあー、龍眼を使ったな。敵さん全滅、これじゃ話も聞けないじゃないの」

グレイの声が聞こえてきて、その後にドカドカと大きな足音も聞こえてきた。

「キルシュ、そっちはどうだ？」

「陛下、こちらもなかなかの手練で、生かしておくことができませんでした。殿下が倒した者が唯一生きていましたが、隙をついて毒薬を飲みました」

「なるほど、ただの賊ではないな」

「聞いてください、セレステ嬢が攫われました。通りを走って行った荷馬車の中に、口に布を巻かれたセレステ嬢の顔を見ました。ここまで追いかけたのに……

助けられなかった」
全員が言葉を失って、月明かりの下沈黙が流れた。
これはどういう事態なのか、どうすればいいのか、
それぞれが頭を働かせて答えを導き出そうとしていた。

店を飛び出したセレステを追ったユアンだったが、後もう少しのところで、小説の通りにセレステを奪われてしまった。

しかし、ここで諦めるわけにはいかなかった。

このままだと、小説と同じくリリア達は苦しめられて、ルドルフ親子も悲劇を迎えてしまう。

ユアンは小説で得た情報を活かしつつ、何とかみんなの足を動かさないといけなかった。

「黒装束にただの賊とは思えない身のこなし、毒薬を持っていることから考えて、例の組織と考えて間違いないだろう」

「さっきの女の子の話だと、セレステ嬢は偶然通りかかったみたいだなぁ。ということは、最近話題の失踪は組織の仕業で、彼女達は攫われた。そして、セレステ嬢はその場を見てしまい逃げたところを捕まった」

しばらくの沈黙の後、リリアとグレイが答えを導き出してくれたので、その点においてユアンが補足することはなかった。キルシュは二人の話に納得したように頷いていた。

「セレステ嬢は助けを求めようとしたのかもしれません。ここにいる男は労働者の格好ですし、通りに出てすぐに誰かが襲われていると声をかけて、それが運悪く同じ組織の人間で……」

「なるほどねぇ。ユアン様は、次男くんが趣味のために女性を攫っていると推測していたけど、その線があるかもね」

ちょうどよくグレイが先ほど話したことに触れてくれた。

リリアの胸からもがいて顔を出したユアンは、女性の失踪がスペンスの猟奇的な趣味と関係しているのではと、個人的に疑っていたことを話した。

本当は皇兄が絡んで、人身売買などもっと根深いものなのだが、今はとにかく単純な線を引いてセレステを取り返さないといけない。

リリアのために自分が持てる力を使う、ユアンはそう決めた。

仲間として認めてもらえたからには、ユアンは断ち切らなければいけない線があった。

自分を苦しめてきた過去との訣別。

ゼノン公爵と戦う覚悟を決めた。

「兄は……、皇都に別邸を何個か所有していますが、気になる場所があるんです。ゼノン家ではなく、遠縁の家が所有している港にある倉庫ですが、兄はよくそこに入り浸っていました」

ユアンはもしもの時のために考えていたプランBを使うことにした。

セレステが奪われたら、直接取り返しに行くという賭けのような作戦だ。

小説のリリアの調べでは、集められた女性達は奴隷として売られるまで、港の倉庫で監禁されていたとなっていた。

後に救出された女性の証言から調査されたのだが、薬漬けにされていたので、ハッキリした記憶ではなかったため、具体的な場所は特定できなかった。

だが、ユアンであれば話が違う。

ゼノン家の人間として、わずかながら見聞きしてきたものがある。

スペンスが指示していることを考えたら、ユアンとして思い浮かんだのはスペンスお気に入りの実験室がある倉庫だった。

ユアンも一度、スペンスに雑用として連れて行かれたことがあったので場所は覚えている。

腐臭がして死体が転がっている、薄気味悪い場所だった。

港の倉庫と聞いたら、そこしか思い浮かばなかった。

幸いリリアが連れてきた騎士も合わせたら、かなりの人数が集まっている。

誘拐に成功したばかりで、相手が油断している今、直接叩くのが一番効果があると考えた。

セレステの身元が分かってしまったら、公爵が出てきてセレステをもっと警備が厳重なところへ隠してしまうだろう。

今がチャンスだとリリアの目を見ながら訴えたら、リリアは分かってくれたのか、うんと頷いた。

「よし、今いる人数を集めてその倉庫に行くぞ。そこだけでなく、危険な賊が逃げたと言って周辺と一緒に捜索する。セレステ嬢の発見と、他の失踪した女性の手がかりを見つけるぞ！」

「はい！　部隊を集めてきます！」

リリアの命令にキルシュがはりきって走り出した。

リリアが連れてきた部隊も合流して、大捜索が行われることになった。

「それにしても、ユアン殿下は色々な情報をお持ちのようですね。まるで、先のことでも読めるかのようです」

責めるような口調ではないが、壁にもたれながらグレイが世間話でもするように尋ねてきた。

その勘の鋭さにドキッとしてしまう。

「グレイ、あまりユアンを追い詰めないでくれ。私達の味方につくと言ってくれたんだ。ユアンなりに公爵家で情報を集めていたんだろう。それについて、深く追及するつもりはない。思うことを話してくれていい。ただ、心配なのはこんなに情報を話したら……」

「命を狙われる可能性がございますね」

「……いいのです。私は陛下の力になると決めました。それに、さっきは転んでしまいましたが、いざとなればもう少し使える男ですから大丈夫です」

明らかな実力不足が出てしまったが、少し強がってみたところ、リリアと、グレイまで首を振って手を挙げてきた。

「護衛を増やした方がいいんじゃないの？」

「はぁ……そうだな。今までが少なすぎた。これからはしっかり専属を作って腕利きを集めよう」

ユアンの強がりなど無視して、二人して心配を重ねてくるので、困ってしまう。

ただ、公爵の力は恐ろしいので、ここは素直にお願いするべきところだろう。

ユアンはよろしくお願いしますと言って頭を下げた。

色々考えるより、今はセレステ救出の方が先なのでユアンは落とした剣を拾い準備しようとしたが、リリアがいまだに放してくれなかった。

「あの、陛下……私も準備を……」

「だめだ。ユアンはミドランドと先に戻ってくれ」

「えっ！」

「え、じゃない。先ほど危険な目にあっていたではないか！　倉庫の場所をキルシュに伝えたら、大人しく馬車に乗ること」

　一緒に行くつもりだったが、倉庫の警備を組織の人間がやっていると考えたら、このままだと足手まといになるのは目に見えていた。

「心配するな、ここにいるのは精鋭部隊だ。待っていろ。せっかくお前がくれた情報だ。必ず、セレステ嬢を見つけてくる」

　そう言ってカッコよく笑ったリリアにおでこを撫でられた。

　会う度に男らしさが増していくリリアに、ドキッと心臓が揺れてしまう。

　ここは任せた方が賢明だと判断したユアンは、大人しく頷いて引き下がることにした。

　ようやくリリアの腕から出ることができたが、それはそれで少し寂しく感じてしまった。

「んじゃ、俺はいちおうルドルフ家に連絡を。気をつけて」

「任せたぞ、グレイ」

　グレイが連絡係として動くために、足音もなくスッと影のように消えた。

　入れ替わりにたくさんの足音が聞こえてきた。

　キルシュが仲間を連れて戻ってきたのだ。

　その中にミドランドの姿もあったので、リリアが指示を出して港へ向かう隊と、宮殿に戻る隊に人員を分けた。

　ユアンはミドランドと共に宮殿に戻り吉報を待つことになった。

　リリアと救出部隊は馬に乗って颯爽と町を駆け抜けて港へと向かって行き、ユアンは反対方向になる、宮殿へ向かう馬車に乗せられて大人しく戻ることになった。

　広場の火事はすでに消し止められていて、集まってきた人々は家路にと急いでいた。

　その様子を見ながら、ユアンはリリアと仲間達、セレステと女性達の無事を願い目を閉じて祈り続けた。

　宮殿に一報が入ったのは明け方だった。

　港近くの倉庫で、ルドルフ伯爵家のセレステ令嬢を発見。他、三名の女性と共に救助されて、命に別状なし。

眠れずにいたユアンは、その一報を知って心から安堵した。

ついに小説の流れを変えることができた。

今まで何度も逃げようとして失敗し、心が折れていたが、これで自分自身の未来も変えていける。

白んでいく空を見ながら、ユアンの心もやっと夜明けを迎えて、光が差してきたのを感じていた。


皇都で起きていた女性失踪事件、及びルドルフ伯爵家のセレステ令嬢誘拐事件は、皇帝リリアによって解決された。

この話は瞬く間に皇都を飛び出して各地に広がった。

若き女帝の即位に、各国からも注目が集まっている中での大活躍のニュースに、帝国民は沸き立った。

救出されたセレステに怪我はなかったが、騒ぎになったために店の開店は延期されて、しばらく自宅で療養することになった。

ルドルフ伯爵は、愛娘を助けてくれたリリアに感謝をして、頑として岩のように動かなかった自身の立場を初めて動かすことに決めたらしい。

リリアを支持すると大々的に広めた。

リリアにとってかなり大きな一歩だった。

ユアンの情報もあったが、リリア達も失踪事件について調べていたらしい。

倉庫内からはスペンスと、事件を計画していた皇兄のジェイクが交わした文書が発見された。

度々賭博場で密会していたことも確認されていて、二人の繋がりは言い逃れができなかった。

証拠については、恐らく邸に置いておくとマズいと考えたスペンスが、倉庫を隠し場所にしていたようだ。

それを見事に発見されてしまった。

セレステと女性達は、翌朝には船に乗せられ、連れて行かれる手筈が整えられていたらしい。

間一髪の救出劇だった。

皇兄はスペンスと手を組んで、リリアの治世を揺るがすために女性を攫い、その上他国へ奴隷として売ろうとしていた。

発見された文書からそれらのことが調べ上げられて、スペンスとジェイクは捕まって取り調べを受けることになった。

しかし、一網打尽とはいかなかった。

ゼノン公爵はスペンスが単独で行ったことだとすぐに発表し、自らが関与する証拠をあっという間に消し去った。

暗殺組織についても存在を否定し、誘拐を実行したのはスペンスが独自に雇った者だと主張した。

その勢いで愚息が起こしたことの責任を取るとして、誘拐された女性達の家に見舞い金を送った。

それによりセレステ以外の女性達は沈黙し、訴えることもやめてしまった。

組織のことは表に出すことはなく、スペンスだけを悪者として完全に尻尾を切ったのだった。

大きくなった息子が犯した罪に苦しめられる父親、という構図を作り出したことで、ゼノン公爵にも一定の同情が集まることになった。

だが、それよりも事件を解決したリリアの評判の方が桁違いに上がった。

ルドルフ伯爵が動いたことにより、それに続く家が出始めて、リリアを支持する派閥は、ゼノン公爵を押さえつけることができるくらい大きくなったのだ。

公爵は恐らく歯軋りをしながら悔しがっているに違いないだろう。


「今はどこへ行っても陛下の話で持ちきりですよ。まだ若い女帝ということで、不安だったが、これは間違いなく偉大な皇帝になるって」

エルカがテーブルの上にお菓子とお茶を用意しながら、目を輝かせて報告してくれた。

女性達の誘拐を阻止したリリアのことは、今や宮殿の誰もが口にしている。

町に出ても同じだとエルカが教えてくれたので、ユアンはホッとすると同時に嬉しかった。

「この調子で支持してくれる人が増えるといいね。セレステ嬢から届いた手紙には、もう少ししたら店の準備を再開するって書いてあったから、今度こそ開店祝いに行きたいな」

「……そうですね。外出許可が取れるか、ミドランド様に話をしてみます」

よろしくと言ってユアンは笑ったが、さすがに無理だろうなと分かっていた。

今は自室での自由時間だが、部屋の中と外に屈強な体つきの騎士が二名ずつ立っている。トイレに行く時まで、外の二名は必ず付いてくる状態なのだ。

リリアは事件の処理や調査、これから始まる裁判に備えて毎日顔を見る暇もないくらい忙しい。

心配だから警護は厳重にすると言われて、早速いかにも強そうな騎士達を配置されてしまった。

ユアンが無茶をするから、という心配があるのかもしれないが、リリアが一番心配しているのは公爵のことだ。

今回のスピード解決は、全てユアンの情報に基づいている。

特にスペンスの倉庫は、小説でもリリアは見つけることができなかった場所だ。

周辺を捜索したところ、怪しい倉庫を発見したと発表されているが、外観は全く目立たない普通の倉庫だった。

しかもゼノン家の所有ではなく、遠縁を利用して目眩しをしていた状態なのに、そこをいとも簡単に見つけてしまった。

倉庫を知っているのはユアンだけなので、これでユアンがゼノン家を裏切ったことは明らかになった。

それはユアンも覚悟していたが、リリアはかなり頭を悩ませているようで、宮殿に侵入していたメグのこともあったからか、全使用人の身元の再調査まで命じた。

「ユアン、これ見て。お花を描いたの」

「わぁ、綺麗なお花だね。花びらの形が可愛い」

いつの時代もどこの世界でも、可愛いは共通なのかもしれない。

絵に描いた花を褒められたオーブリーは得意げな顔になった後、嬉しそうに笑った。

「お茶とお菓子もありますよ。クッキーはお好きですか？」

「ありがとう、エルカ。私ね、甘いもの大好き」

ご機嫌にお絵描きで遊んでいたが、ペンを放り出しクッキーを口いっぱいに頬張ったオーブリーを見て、エルカと一緒に微笑んだ。

忙しいリリア達とは違い、皇兄と貴族が起こした騒動で、公務関係は延期が相次いだため、ユアンは時間を持て余していた。

やることといえば日課の剣の訓練くらいで、後は部屋で過ごしていたが、そこにミドランドに頼んでいたオパール宮への出入りについての返事が来た。

オーブリーから遊びに来てと言われていたが、申請は却下されてしまった。

そこで、オーブリーをこちらに呼んではどうかという話になり、それならいいと返事があって、オーブリーがユアンの宮に出入りできるようになった。

一緒に遊ぶうちに、オーブリーとユアンはすっかり仲良くなった。

「私のお部屋に呼びたいって言ったんだけど、お母様は他の人に会いたくないんだって。とっても怖がりなの」

「それは仕方ないね。でも、オーブリーが遊びたくなったら、いつでも来てね」

「ありがとう、ユアンも大好きー」

皇帝の最後の女である元奴隷の女性は、マヤという名前らしい。

綺麗な人だと言われたり、顔に大きな傷のある醜女《しこめ》だと言われたり、姿が見えないからか様々な噂が飛び交っている。

今のオーブリーの言葉からも、ここでの暮らしが彼女にとって辛いものであることが窺えた。

身分の低いマヤは、皇帝には愛されたと聞いたが、元々いた皇帝の女達からひどく扱われた可能性がある。

もしかしたら使用人からもぞんざいな扱いを受けたかもしれない。

それを考えると、人間不信になって、人と会いたくないと思うのも仕方ないだろう。

オーブリーの成長が彼女の癒しとなり、外へ出るきっかけができたらいいと思うのだが、無理はよくないので、ユアンの立場からしたら回復を祈ることしかできない。

「そうだ、お母様も甘いものが好きかな？　このクッキーを包んで持って帰る？」

「いいの？　嬉しい！　お母様にプレゼントするー！」

いつか会えたらいいなと思いながら、ユアンは無邪気に笑うオーブリーの可愛い頰を見ていた。

「ねぇ、ユアン。あの入れ物すてきね。何が入っているの？」

「ああ、これは……宝石箱だけど、何も入っていないんだ。私の思い出の物と似ていて気になっていたら、骨董屋のグレイがくれたんだよ」

やはり女の子なのか、部屋に飾っていた宝石箱を見つけたオーブリーは、興味津々で目を輝かせてきた。

宝石が入っていないと言うと、明らかにテンションが下がったが、手の上に載せてあげると可愛いと言って細工に目を奪われている様子だった。

「本当はね、蓋を開くとオルゴールが鳴るんだ。朝日って子守唄で……、ただこれは壊れていて鳴らないんだ」

「それ、私も好きよ。音色を聴きたい。グレイは壊れたものをくれたの？　もう！　なんていじわるなのかしらっ」

「いや、ただでくれたから文句は……」

オーブリーはなぜかグレイとも仲がいいらしく、グレイの顔の広さに驚いた。

「それ、私も気になっていました。修理することはできないのでしょうか。今度グレイさんに会った時にお願いしてみます。私に任せてくれますか？」

エルカが修理を提案してくれたので、ユアンはお願いすることにした。

トントンとノックの音が聞こえて、部屋に入ってきたのはリリアだった。

「ユアン、少し時間ができたから一緒にお茶でも……、なんだオーブリー、来ていたのか」

「いいでしょう、私、ユアンとお友達になったんだもの！」

すっくと立ち上がったオーブリーは、腰に手を当ててユアンの前に立った。

お友達か、と思ったが、そういえばユアンにとって初めてのお友達だ。そう呼ばれるのが恥ずかしいけど、嬉しくもあった。

リリアとオーブリーは、あまり会うことがないと聞いていたが、打ち解けている雰囲気なのでそれなりに姉妹としていい関係ではあるらしい。

スタスタと近づいてきたリリアは、ヒョイっとオーブリーを持ち上げたかと思ったら、そのままユアンから離れたところに置いて、自分はユアンの隣の席に座った。

「陛下……なんて大人気ない……」

エルカが頭を押さえて小さくこぼしていたが、リリアは構わずユアンの頭や顎を撫でて可愛がってきた。

「なんで私だけここなの！」

「ユアン、あまり時間が作れなくてすまない。寂しくしていないか？」

「い……いえ、私はその……大丈夫で……」

「そんな悲しいことを言うな。私はお前がいないから夜も寝付けないと言うのに」

「お姉様！　聞いているの⁉」

「エルカ、あっちの部屋に特大のケーキを用意したから、オーブリーを連れて行け」

「……オーブリー様、行きましょうか」

「むーーー！　お姉様！　しっとは女のはじだってメイドが言っていたわよ」

ケーキと聞いたら動かずにはいられないのか、エルカの手を握って歩き出したオーブリーだったが、去り際にはしっかり一言残して行った。

さすが皇族の血を引いているのでしっかりしているなと感心してしまった。

「ははは、それなら私は当てはまらないから、大丈夫だな」

オーブリーが出て行ったら、リリアが冗談を言って笑ってきたので、ユアンも呆れながら笑ってしまった。

「あ、お茶が冷めてしまいましたね。今、新しいものを……」

「いい、早く二人きりになりたかったんだ。あの騒動以来、常に誰かいたからな」

そう言ってリリアが手を払ったので、入り口に立っていた騎士は頭を下げて出て行った。

確かに夜伽の時間もとれずに別々に寝ていたので、久々の二人きり、という状況に緊張してしまった。

熱い目をしたリリアはユアンの手を握ってきた。

じっと見つめられたら、ユアンの心臓は激しく揺れだして、壊れてしまいそうになる。

このところ、忙しくしていたリリアとほとんど顔を合わせることがなかった。

食事もいつ食べているのか分からないくらい動き回っていて、心配になるくらいだ。

そんな中で久々に見たリリアは、疲れている様子はなく、むしろ元気そうだったのでユアンは安心した。

「ユアン、お前が教えてくれた情報で多くのことが動いた。感謝しても足りないくらいだ」

「そんな……感謝など……。こうやって陛下の元気そうなお顔が見られたら、私は幸せです」

「お前にも事情があるだろうから、話せないことは話さなくていい……その代わり、私の元から離れないでくれ」

「はい……陛下が望むなら私はずっとお側に……、それが私の願いです」

「ユアン……」

並べた椅子の隣に座っていたリリアだったが、ユアンの手を引き寄せてきて、なんとユアンは膝の上に座ることになってしまった。

自分が乗ったら重いだろうと思ったのだが、リリアの足は硬くしっかりとしていて、崩れることがなかった。

「名前を呼んでくれないか？　今は二人きりだ」

「あ……そ、そうですけど……」

「嫌、なのか？」

皇帝を上から見下ろすなんてことは、恐れ多くて気持ちが落ち着かない。

眉尻を下げたユアンは、横を見たり上を見たりしながら、しばらく悩んだ後、小さく口を開いた。

「れ……レオナルド様」

「レオでいい」

「ううっ、そんな……」

自分が本当に呼んでいいのかすら悩んでいたのに、次の返しで飛び越えてきたので、ユアンは目眩がしてしまった。

「レオ……さ……ま」

「ああ、嬉しいよ、ユアン」

頭を撫でられて、今度は頭を引き寄せられたら頬に口付けられてしまった。

ユアンの頭は真っ白になって、何も考えられなくなった。

「その……なんだ。この間のことだが。ちゃんと、ハッキリ言っていなかったことを……悔やんでいて、もう一度やり直させてくれないか？」

ゴホンと軽く咳払いしてから、リリアは照れ臭そうな顔で頬を染めていた。

「この前……？　仲間として認めていただいたことですか？」

「それは、もちろんそうなんだが……、あぁやっぱり、ちゃんと伝わって……」

今度は顔全体が赤くなって、眉尻を下げたリリアはとても可愛らしく見えた。

最近は精悍《せいかん》な顔つきになってきて、益々カッコよく感じることが多かったので、こういった一面を見られるのは自分だけかもしれないと思うとユアンの胸は熱くなった。

「あの、つまり……だな、私はお前が大切なんだ。この間みたいな、危険なところを見たら、怒りで頭が壊れてしまいそうなくらいで大切だ。だから……その……、ユアンはまるで火とか太陽で……燃える、温かくて、砂糖は甘く……いや、匂いが砂糖みたいにうまそ……甘くてだな」

リリアは口をもごもごさせながら、自分の胸の内を話そうとしているのか、必死に語っているように見えた。

ユアンは頑張って言葉を紡いでいるリリアの口元を見て、何を言いたいのか読み取ろうとしていた。

「あー！　色々考えたが、格好のいい言葉が何も言えない！」

「え？　どうされたので……」

「ユアン！　私はお前がっ！」

バァァン！　っと音を立ててドアが開かれた。

もーと言いながらぷんぷん怒って入ってきたのはオーブリーだった。

エルカが慌てて後ろから追いかけてきたが、ユアンを膝に乗せているリリアの姿を見てもっと慌て出した。

「オーブリー様、今はマズいです‼」

「お姉様！　ケーキが全然大きくなかったわ。私はもっと段になったケーキが……」

「失礼しましたぁー、オーブリー様、庭に散歩に行きましょうねー」

「花冠を作れる？　それならいいわよ」

気を利かせたエルカが、またオーブリーの機嫌をとりながら上手く誘導して部屋を出て行った。

まるで突然の嵐がやってきたみたいで、ドアが閉まったら残されたリリアとユアンは顔を見合わせて笑ってしまった。

「ふふふっ、可愛いですね。私にも妹がいたらあんな感じだったのかな」

「またいつ邪魔者がくるか分からない。ユアン！」

「は、はい」

クスクス笑い続けていたら、真剣な顔になったリリアがユアンの両腕を摑んできた。

「す………」

「す？」

「すき……だ」

「すき？」

「…………」

顔を真っ赤にしたリリアが何とか絞り出した言葉を、ユアンは頭の中で組み立てたりバラしたりしながら、しばらく考えてしまった。

リリアはユアンの反応を見ようとしているのか、それきり無言だった。

たった二文字なので、何度も考えてもありえない場所に辿り着いてしまう。

パニックになったユアンは、助けを求めるようにリリアの金色の瞳を覗き込んだ。

「う……そ……」

やっと出てきた言葉がこれだった。

ユアンの肩を摑むリリアの手の力が強くなった。

「ユアンが好きだ。私は結婚相手であるが、今は偽りの身。だが、一人の男として、ユアンを愛している」

ユアンはふるふると首を振ることしかできない。

だって、リリアが好きになるのはヒロインだ。

生涯で一人しか愛さないのなら、その愛をもらえるのが自分であるはずがない。

これは夢だ。

そうなってくれたらいいと願っていた自分が見てい

る夢。

ほら、瞬きをして目を閉じる、再び目を開けたら夢から覚めて……。

「ぷっ。ユアン、何をそんなに瞬きしているんだ?」

「だ……て、……夢だから……夢じゃなきゃ……私のこと、好きだなんて……夢みたいなこと……言うわけ……な……」

ちゅっと音が響いて、顔を寄せてきたリリアがユアンの目尻にキスをしてきた。

「夢じゃない、だろう」

ユアンはまだ信じられなかった。

小説の流れは変えることができる。

それはセレステのことで分かったはずだった。

けれど、物語の本筋である主人公とヒロインの恋まで、変えることができるなんて本当だろうか……。

しかも、ユアンは悪役の手下で投獄される身であった男だ。

そんな自分が……。

主役である皇帝の唯一愛する者になるなんて……。

「信じられな……」


目頭が熱くなって、涙が溢れてきた。

このまま瞬きをして涙がこぼれたら、すべて幻だったと消えてしまうかもしれない。

目を閉じたくない。

この瞬間を永遠に……。

「ユアン、目を閉じろ」

リリアの顔が近づいてきて、ユアンは反射的に目を閉じた。

「ん……」

唇に柔らかくて温かいものが押し当てられた。

一度軽く触れてから何度か重なり、少し強くなり、やがてもっと深く吸われて驚いたユアンは目を開けてしまった。

すると、焦点が合わないほど近くにリリアの金色の目があって、もっと驚いてしまった。

「こら、ユアン。口付けの時は目を閉じるものだ」

「だっ……びっくりして……、陛下は目を開けていたじゃないですか」

「わっ、私は……この瞬間のユアンを……目に焼き付けておきたかったんだ」

すごいことを言われた気がして、ユアンは真っ赤になった。しかも溢れた涙の雫が頬を滑って落ちたら、舌を出したリリアにペロリと舐め取られてしまった。

「なっ、なっ……」

「夢とか信じられないなんて言わないでくれ。どう告げようか、徹夜で考えたんだから」

「まさか、さっきの温かい砂糖とかうまそうとかの謎の言葉ですか？　あれは……私を……」

「謎……、口説こうとしたんだ。上手くいかなかったが……」

リリアが徹夜で口説き文句を考えている場面が頭に浮かんでしまい、ユアンはぷっと噴き出して笑った。

最近は自然に笑えていると思っていたが、何も意識せずに笑みが溢れてしまったのは初めてかもしれない。

心が。

心が震えている。

怖いからじゃない。

喜びで心が震えている。

「レオ様も……喜んでくれますか？」

「ユアン？」

「私も、貴方が好きです」

自分には心の底から笑えるような日々は来ないと思っていた。

ここは冷たい牢獄ではない。

愛する人の温かい腕の中、愛おしくて震えるくらい嬉しい気持ちでいっぱいだ。

ユアンの両肩を摑んでいたリリアは、手を離して今度はガバッと強く抱きしめてきた。

「嬉しい……嬉しい、嬉しい。喜ぶに決まっているじゃないか。嬉しくて……このまま死んでもいいくらいだ。愛している、ユアン……愛している」

「本当に……私がこのままお側にいてよろしいのですか？　レオ様のお立場が……」

「……それはお前にも後々話すが、ことが成せば、状況も大きく変わる。私を……信じて付いて来てくれるか？」

ユアンは自分の腕をリリアの後ろに回して、頭ごとぎゅっと抱きしめた。

「……はい、もちろんです」

「ユアン、私達は永久の時を共に……離れることのな

い、魂の番《つがい》だ」

最高の口説き文句だ。

これ以上のものなんて知らないし、知りたくない。

ユアンはぎゅっと手を握り込んだ。

大丈夫、セレステは生き延びて未来は変わった。

望んでもいい、信じてもいいんだ。

リリアが好きだと言ってくれた。

その言葉を、想いを手の中に……。

今、つかまえた。


「ユアン殿下ー！」

キラキラと輝く陽の光を浴びて、赤茶色の髪が風に揺れていた。

鮮やかな赤いドレスを着て元気よく走ってきたのは、ルドルフ伯爵家の令嬢セレステだった。

悲劇の令嬢の面影はない。

生き生きとしていて、眩しいほどに輝いていた。

「庭園に出ていらっしゃると聞いて、私もお茶をご一緒してもよろしいですか？」

天気がいいので、エルカにアフタヌーンティーを外に用意してもらった。

オーブリーを呼ぼうかと思っていたところに、セレステが現れたので、ユアンは喜んで立ち上がって椅子を引いた。

セレステと会うのは、あの誘拐騒動の一件以来だ。

手紙のやり取りはしていて、元気にしていると聞いていたが、久々に見た笑顔に曇りがなかったのでユアンはホッとした。

今日は宮殿内で審問会が開かれたので、父親と一緒に出席した帰りだろうと思った。

ユアンの予想通り、セレステは椅子に座ったら早速難しい顔になって、エルカが淹れたお茶をごくごくと飲み干した。

「元気そうで良かったです。体調は大丈夫ですか？何か困ったことはないですか？」

「ありがとうございます。店の方も無事動き出して、私は元通りで体調も万全です。本当に悔しくて……」

今日も証言台に立つ被害者はセレステ一人だった。

他の女性達は皆、関わりたくないと口を閉ざしてしまった。

セレステは誘拐当時、情報を現地で集められなかった。

どう見てもゼノン公爵が絡んでいることは明らかなのに、ルドルフ伯爵も動いてくれたが、具体的な証拠もなく、追い詰めることができなかった。

事件は皇兄のジェイクとゼノン公爵家のスペンス、この二人が手を組んで起こしたという話でほぼまとまってしまった。

ジェイクは、自分は無実だと言って逃げようとしたが、リリアを引《ひ》き摺《ず》り下ろそうと動いていた手紙などの証拠が次々と出てきて認めるしかなかった。

ジェイクを首謀者として上手いこと矢面に立たせ、後はスペンスがジェイクを支持して単独で動いた、というシナリオに書き換えたらしい。

例の組織については、公爵は知らないの一点張りで、誘拐の実行犯はスペンスが個人的に雇った者達、という強引な幕引きが行われようとしていた。

資金面で恵まれている公爵は、金をバラ撒いて元老院を味方につけていた。

影響力があるとされるルドルフ伯爵が出て行っても、金の力には勝てなかったようだ。

「私は誘拐されたショックで、証言に信憑性がないって言われたのです！　私、確かに見たのよ。倉庫の近くに停まっていた馬車の中に、スペンスとゼノン公爵がいたのを！　それなのに、誰も話を聞いてくれないの！　あの時、自分の名前を言ったら、男達が慌てた様子になって、公爵様に知らせろって言ったのも聞こえたわ」

手をわなわなと震わせて、テーブルを叩いたセレステに近づいたユアンは自分のハンカチを差し出した。

「頬に、カップから飛んだお茶が付いています」

「あ……あ、これは失礼しました」

「今回のことはセレステ嬢の証言で、かなりゼノン公爵を追い詰めることができたと思います。あのスペンスを切ったのですから、父も深傷を負ったということです。陛下達が次の手を考えていますので、今は落ち着いてください」

「ユアン殿下……そうでしたね、私、取り乱して……。

公爵はお父様でもありましたよね」

「そこは、気にしないでください。私はもう、父の駒ではありません。陛下のために生きると決めたので、私がお支えするのは陛下だけです」

「まぁ……素敵、純愛だわ」

落ち込んでいるセレステを慰めようとしたら、キラキラした目で見つめられて、ユアンは赤くなってしまった。

「純愛だなんて……そんな……」

「まあ、お二人のラブストーリーは今やみんなの注目の的ですのよ。勇敢な皇帝は、昼は敵をバタバタと倒して、夜はユアン殿下の腕に包まれて眠る。なんて素敵なんでしょう」

「ううっ、私の腕に……!?」

「え？　逆なのですか？」

そうですと言いそうになって、ユアンは口を膨らませて何とか耐えた。

変な疑いが生まれてしまっては困る。

噂は噂として何も言わないのが一番だと思った。

「おや、雛鳥のように頬を膨らませて。私も餌《えさ》をあげてもよろしいですか」

どこから現れたのか、気づいたら音もなく隣にグレイが座っていて、ユアンの膨らんだ頬を指でつついてきた。

驚いたユアンは、おかげで息をブハッと噴き出すことになってしまった。

「失礼しましたっ、ご令嬢の前で粗相を……。グレイ！急に現れてびっくりするじゃないか！」

「失礼しました。お声をかけようとしたのですが、あんまり可愛い頬だったのでつい……」

ユアンは怒った顔でグレイを睨んだが、目が合うとグレイは嬉しそうにニコニコと笑うばかりで、何か吸い取られたように疲れた。

「グレイは今、父の事業の相談役をしていますの。それで今日はこちらに付き添いで。グレイ、父は陛下と？」

「ええ、少し話があると部屋へ行かれました。恐らく、次の公演のことでしょう」

「公演？」

なぜか気になる言葉が出てきて、ユアンは反応して声を出した。

「ええ、父が支援している、グリード・ロートレックという歌手のことです。男爵の位を叙爵した記念に、今週末、初の単独公演を行いますの。混雑するので当日歌劇場の周辺の通行を止める件で陛下に相談をすると言っていました」

「グリード……え、グリードってあの⁉」

「おや、ユアン様もファンのお一人でしたか？　今や帝国民なら誰もが知っているあの奇跡の歌い手と呼ばれる男ですからねぇ。グリードの美声には男も女も惚れてしまうと称されるほど。まぁ、ユアン様に比べたら、容姿という点では……」

「グリードの公演は？　今週末？　本当に⁉」

ペラペラ喋っているグレイの両肩を摑んでグラグラ揺らしてしまった。

ユアンの勢いにセレステはポカンとした顔で言葉をなくして、グレイは揺らされすぎて目を回していた。

「……ええ、確かに。今週末ですけど……。もう招待状も配られて……、申し込みが殺到したらしいです。一般席は即完売。貴族席は選ばれた方だけのようで、招待状が来た方は幸運だとみんな喜んでいました」

血の公演。

これは小説の後半に起きる反乱へと続く大きな事件だ。

セレステ誘拐事件の後、小さな事件が複数起きるが、それらはルドルフ伯爵が無理やり動かされて起こしていたものだった。

ルドルフ伯爵が手に落ちることがなくなった今、それらの事件は発生することがなく消滅した。

そして残ったのが、血の公演事件ということのようだ。

歌手グリード・ロートレックは、ルドルフ伯爵が路上で歌うグリードの才能を見出し、支援を続けて一流の歌手になるまで育て上げた。

セレステを人質に取られても、グリードを不幸に陥れることに手を貸すことはできなかったのだろう。

小説でも、この事件だけは、ルドルフ伯爵は関わっていなかった。

リリア支持派の貴族が多くなった今、ゼノン公爵は動いたということだ。

「ユアン殿下？　どうされましたか？」

急に興奮したかと思えば、難しい顔で考え込んでしまったユアンを、セレステが心配そうに覗き込んできた。

「セレステ嬢、お願いがあります。グリード男爵に会わせてもらえませんか？」

「おやおや……ユアン様、やっぱりファンでしたか」

「えっ、ええ、分かりました。私はお父様の支援関係についてはあまり関与していないのですけど、ユアン殿下にはお世話になっていますし、話を通してみます」

「お願いします！　ぜひ、とにかく会って話を聞きたいんです」

「あ――っ、例のアレですね。そういえば、ユアン様の新作は歌の上手い男の話でしたよね。なるほど、グリード氏はピッタリだ」

「そ……そう、そういうことだ」

もう口実はただのファンでも自作の小説の取材でもなんでもいい。

とにかくグリードに会って、小説の通りになっているのか調べなくてはいけない。

もし、グリードの悲劇が始まっているなら、その時は……。

「なんとか止めないと……」

セレステとグレイが、公演の話題で楽しそうに話している中、カップを口に運んだユアンは聞こえないように小さくそっと呟いた。

グリード・ロートレック。

歌う奇跡と呼ばれた男。

貧しい家に生まれた彼は、病弱な母と妹の三人で暮らしていた。

妹も母と同じで体が弱く、働き手はグリードだけだった。

貧弱で学もないグリードはまともな仕事に就くことができなかった。

それでも母と妹のために、泥だらけになって必死で働いていた彼の唯一の楽しみといえば、歌うことだった。

子供の頃から歌うことが好きで、大きくなっても暇を見つけたら、一人で歌っていた。

　ある日、グリードの歌を偶然聞いた同僚から、道で歌ってみてはどうかと言われて、仕事の合間に歌い始めた。

　人の心を打つグリードの美声に、徐々に足を止める人が増えて、すごい声の男がいると噂となり遠くへと広がった。

　その噂を聞いたのが、ルドルフ伯爵だった。

　伯爵は芸術に関心があり、画家や音楽家などまだ無名の若手を探しては支援して育てていた。

　グリードの歌を聴きに行った伯爵は、すぐに彼を支援することを決めた。

　残念ながら、グリードの母は病で亡くなってしまったが、援助を受けて妹の命を助けることができた。

　グリードは伯爵により帝都の歌劇団への推薦をもらい、まずは下っ端で入団を許可されたが、みるみる頭角を現して、あっという間にトップスターとなった。

　今では帝都では貴族から平民まで、知らない人はいないと言われている。

　そんなトップスターの初の単独記念公演となれば、そのチケットは争奪戦となった。

　歌劇場の一階席は平民、二階席は貴族と決められているが、グリード見たさで平民のフリをしてチケットを買おうとする貴族が続出するほどだった。

　貴族の席に関しては、招待制となっており、グリードからの招待状がなければ見ることができないので、選ばれた貴族は一生の幸運を使ったなどと言われた。

　だが、実は招待する貴族は、ゼノン公爵によって決められていて、全員、リリア支持派の貴族達が集められていた。

　鑑賞席は護衛が入れないことになっているので、それを利用して支持派の貴族を一度に襲い、壊滅的なダメージを与えるための公爵の策略だった。

　小説の後半となるこの頃には、ユアンは役立たずとして公爵から見限られていたので、公爵は力でリリアを倒して自ら帝国の主権を奪おうとしていた。

　小説では招待されていたミドランドが、周囲の怪しい動きに危険をいち早く察知して、一階席にいた部下を宮殿へ向かわせる。

　火事が起こり逃げ惑う貴族達の退路に、組織の人間が立ち塞がる。

次々と貴族達が殺されていく中、他の貴族達を逃すために動いていたミドランドは、命は助かったが逃げ遅れ、後ろから斬られて背中に重傷を負う。

そこにやっとリリア達が到着して、残った人々は助け出されるが劇場は全焼する。

犯人として名乗り出たのは、グリードだった。

皇帝に反感を持ち、自分の公演にリリア支持派閥の貴族を集めて、金で雇った者達に襲わせたと罪を告白する。

実際のグリードは妹を人質に取られて、公爵の指示に従っていただけだった。

妹の命を守るために、指示に従い動いて最後は自分が起こした事件だと言って罪をかぶることになる。

グリードが証拠を提出し、自白したために、調査は早々に打ち切られて、グリードは公開処刑されてしまう。

リリア達は裁判所に刑の保留を訴えて、独自に調査を続けるが、操られたルドルフ伯爵の妨害や、即時執行を求める貴族からの圧力を止めることができなかった。

処刑場に連れて行かれるグリードは、市民たちへ向けて、皇帝リリアに反乱を起こせ立ち上がれと叫び続けた。

全て指示されていて、妹を守るためだった……。

彼が処刑台に立った時、グリードはリリアの批判をやめて、歌を歌い始めた。

首を落とされる瞬間まで、歌っていたという。

最期の時は、心から愛する歌を歌いたかったのだろう。

グリードが何者かに指示されて動いていたことが分かったのは、処刑が行われてから数日後だった。

グリードの友人に、妹が解放されるらしいので、とある橋に迎えに行ってくれ後は頼む、という内容の手紙が送られてきた。

訴えを聞いたリリア達がその橋に向かったが、グリードの妹は橋の下で死んでいる状態で発見される。

何とも後味の悪い、悲しすぎる事件だった。

この事件をミドランドが粘り強く調査して、暗殺組織の隠れ家を発見、ゼノン公爵との繋がりをつきとめる。

リリアは血の公演事件により、自分達の勢力が弱まったことを装いつつ勢力を結集する。

組織との繋がりを追及して公爵を誘導し、反乱を起こすように仕向ける。

ゼノン公爵を倒すことになる、反乱へと続く始まりの事件でもあった。

そしてもう一つの悲劇は、ミドランドだ。

ミドランドはこの時に受けた傷により長期に苦しむことになり、リリアが真の皇帝として立ったのを見届けた後、化膿した傷口の影響で死んでしまう。

反乱が起きることは、リリアが真の皇帝となるために必要な転機であるのだが、この事件によって失うものが大きすぎるのだ。

ユアンはこの事件を防いで、ゼノン公爵を窮地に立たせる、それしかないと考えていた。


帝国歌劇場。

長い歴史を持ち、歴代皇帝から愛された劇場の前に立ったユアンは、石と木材を巧みに使って造られた、まるで建物自体が宝石箱のような美しい建築に見入ってしまった。

「ユアン殿下、こちらです」

セレステに声をかけられて、ユアンはぱっくり開けていた口を慌てて閉じた。

建築技術に圧倒されている場合ではないと、急いでセレステの方に向かって歩き出した。

セレステにグリードと会えないかと頼んだところ、公演直前より今の方が、余裕があるからとすぐに会える時間を作ってもらえることになった。

まずはグリードに会って、現状を確かめないといけない。

「知っていますか？　ミドランドはグリードの大ファンで、今回の公演の招待状が届いた時は、飛び上がって喜んだらしいですよ。今日殿下が会うって聞いたら、ハンカチを噛んで悔しがるかもなぁ」

ユアンの横に並んだキルシュが話しかけてきた。

ずっと宮殿にこもっていたので、リリアに直談判して久々の外出許可が下りたが、条件はキルシュを連れて行くことだった。

　他数名の騎士が後ろに控えていて、何かあれば周りを取り囲み守れるような体制が組まれている。

「冷たそうに見えて、あの方は熱い男なのですよ。まだ無名の頃からグリードの出演する歌劇にはかかさず足を運んで、時には出演者全員に感動したと花を贈ったらしいですねぇ」

　ユアンの隣にはグレイもいた。

　グリードに会いにいくことになったら、真っ先にグレイも一緒に行きたいと言ってきた。

　ファンなのか、面白そうだからなのか分からないが、いざとなれば頼りになるところはあるので、同行を許可した。

　飛び上がって喜んでいるところが想像出来ないが、小説でもミドランドは劇場にいたことから考えて、ファンという話は間違いではないのだろう。

「ミドランドが、そんなにファンだったなんて知らなかった。今日連れてきてあげたらよかったね」

　そう言うと、キルシュもグレイも今日は仲良く、いやいやいやと言いながら首を振ってきた。

「忙しいやつですから、ミドのことは気にしないでください」

「言葉遣いだ、態度だとうるさいから放っておきましょう。あの方は書類とにらめっこしている方がお似合いです」

　日頃やり込まれているからか、ちょっとした仕返しなのかもしれない。

　気軽に言い合える幼馴染みの関係が羨ましく思えた。

「ちょっと、お三方様。並んで歩いてお話ししているのは結構ですが、レディを先に歩かせるなんて、ひどいですわ」

「これは、失礼しました」

　ミドランドの話題ですっかり話し込んでいたので、セレステを先に行かせてしまった。

　急いでセレステの隣に並んだユアンは彼女の方に肘を曲げた。

　セレステが慣れた様子で、そこに手を添えて一緒に歩き出した。

「実は私もグリード男爵にお会いしたのは数回で、軽い挨拶をしたきりなんです。ちゃんと話したことがなくて……ちょっと緊張してきました」

「無理を言ってすみませんでした。簡単に紹介していただけたら、後は私が話を進めるので大丈夫です」

「いえ、そんな。殿下は私のドレスショップの大事な支援者様ですもの。私が力になれることでしたら、喜んでお引き受けしますわ」

歌劇場の前に馬車を置いて、長い階段と廊下を突き進んだ奥に、関係者用の出入り口があった。

立っていた劇場の従業員にセレステが声をかけると、お待ちしておりましたと言ってドアを開けてくれた。

たくさんの舞台道具が置かれたスペースを抜けると舞台裏に出た。

今週末の公演のために、すでにセットが組まれていて、ダンサー達が練習をしている様子が見えた。

「セレステ様、皆様、ようこそお越しいただきました」

幕の後ろから男が出てきて声をかけられた。

スラリと背が高く、リリアのような艶のある黒髪に、アーモンド色の目をした男だった。

整った顔立ちは、強さというより柔らかな印象を受けた。

シンプルな黒い衣装を身につけているが、その存在感から、彼こそグリード・ロートレックであるとすぐに分かった。

「忙しいところありがとう。練習所でお会いして以来ね。ユアン殿下、彼がグリードです」

「初めまして、グリード・ロートレックと申します。ユアン皇配殿下、このような狭い場所までお越しいただき、ありがとうございます」

「こちらこそ、急な申し出に応じてくれてありがとう。今週末の公演に向けて、順調に準備が進んでいる様子ですね」

「ええ、おかげさまで。私のような者が大変な位を頂戴して、このご恩は絶対にお返ししたいと思っており、今回の公演を開催することになりました」

グリードからは真面目な印象を受けた。

恐らく今まで、歌一筋で頑張ってきたのだろう。

だからこそ認められて、この公演にかける思いがあったに違いない。

グリードは穏やかに笑っているように見えたが、その目元に暗さが漂っていた。

やはり、悲劇は始まっているのだと、ユアンは感じ取った。

「劇場内を案内してもらえますか?」

「ええ、もちろん」

「色々見たり聞いたりしたくて、二人で行きたいんだけど……」

セレステ達三人に視線を送ると、分かりましたと言って下がってくれた。

騎士達も出入り口に立ってもらったため、ユアンはグリードと二人きりで歩き出した。

二階席からの眺めが見たいと言って階段を上り、舞台が見下ろせる中央まで歩いたところで、ユアンは周りに誰もいないのを確認した。

「私に何かお話があるそうで、歌劇についてお聞きになりたいことでも……」

「時間がないので、単刀直入にお話しします。グリード男爵、貴方は今、大変な状況にいるんじゃないですか?」

くるりと振り返ったユアンは、先ほどまでの微笑みから一転して真剣な顔になった。

世間話をしている場合ではないので、回りくどい表現はやめて直接問いただすことにした。

グリードの顔色が変わって、さっと青くなったように見えた。

話の流れが変わらず、血の公演の悲劇が始まっているなら、どうにかして止めなくてはいけない。

ユアンの真剣な視線を受けて、グリードは目をそらしたが、わずかに震えている手が、全てを語っているように見えた。

「何のことでしょう、大変というのは準備や練習のことでしょうか?」

まるで貼り付けたような笑顔で、グリードはユアンに言葉を返してきた。

その細い手は相変わらず震えており、見ているだけで胸が痛くなった。

誰かに話したら妹は殺す、そう言われていることはすぐに想像できた。

「落ち着いて聞いてください。ここには誰もいないです。グリード男爵、貴方のご家族は捕らわれているのではないですか?」

「えっ……⁉　なっ、なっ……なぜ、それを……」

真っ青になったグリードを見て、やはり始まっていたのだと分かった。

小説の流れよりも早いが、それだけ公爵が追い詰められているのだと感じた。

「誰にも言うなと言われていると思いますが、信じてください、私は味方です」

「あ……貴方はいったい……どうして……」

「その答えは、私の言ったことが間違いないということでいいですか？　まず、それを確認したい。そのために、今日ここへ参りました」

グリードは言葉を詰まらせていたが、周囲をキョロキョロと見回した後、手で額を押さえて小さくハイと声を上げた。

「ゼノン公爵は知っていますよね？　私の父でもありますが、彼はこの歌劇場にも何度も足を運んでいるはずです」

「ええ、それはもちろん。大貴族で……一番高貴とされていらっしゃいますから……」

「冷酷で危険な男だという噂があることも知っているでしょう。彼はその通り、いや噂以上に危険な男です。グリード、貴方の家族を攫ったのは公爵だと私は考えています」

グリードは信じられないという顔で目を丸くして驚いていた。頭の中で自分と公爵に何か関係があったか考えているようだった。

「父は現皇帝であるリリア陛下と対立する派閥の頂点にいます。私は邸にいた頃、公爵の部屋でグリード、貴方の名前が書かれた書類を見ました。陛下の派閥を壊すために、利用する人間として、貴方の名前が挙がっているのを見たんです。公爵は相手の大事な物や人を奪って操ることを得意としています。今、彼は追い詰められていて、何か仕掛けてくるだろうと思っていました。そこに貴方の公演の話を聞いて嫌な予感がしたのです」

公爵がユアンの目のつくところに、利用する人間のリストなど置いておくはずがないが、まさか小説で読みましたと言うわけにもいかなかった。

ここは今まで通り、家族として見聞きしてきたことや、経験から危険を予測して動いたと説明する方が理解してもらえるだろうと考えた。

「……その話が本当であるなら、私と……妹のネラは、派閥争いに巻き込まれたと……」

「そうです。それを確かめるために、まず何が起きて、今どんな状態なのか詳しく話してください」

ずっと怯えた表情だったグリードだが、少しだけホッとしたように息を吐いていた。

歌一筋で生きてきた真面目な男は、誰にも相談できずにここまで苦しんできたのだろう。

肩を叩いて落ち着かせてから、近くの観客席に座り話を聞くことにした。


「私は妹のネラと二人暮らしなのですが、歌手として成功してから忙しくてほとんど家に帰る時間もなくて、最近は会って話すことも顔を見る時間すらありませんでした。ネラは私の夢を応援してくれる優しい子です。昔は体が弱かったのですが、今はすっかり元気になって、町の楽器店で働いていました。だからネラは、元気にしているとばかり……。私は劇場近くに寝に帰るだけの部屋があって、ひと月前、夜遅く帰ると、そこにネラがいたのです。ただ、遊びに来たわけではなく、口に布を巻かれ、後ろ手に縄をかけられた状態でした」

すぐにネラを助けようとしたグリードの前に、黒衣に身を包んだ怪しげな男達が現れた。

彼らは自分達をエックスと名乗り、言う通りにしなければ、ネラを殺すと脅してきた。

エックスの要求は、一ヶ月後に単独公演を行うこと、決められた貴族に招待状を送ること、このことを誰かに相談したり話したりは絶対にしないこと、まずはこれだけだった。

ネラの解放については、公演日当日、全てが指示通り行えたら、こちらから接触するのでその際に伝えると言われたらしい。

ネラを人質に取られたグリードは、言う通りにするしかなかった。

もともとグリードは単独公演を予定していて、準備の段階に入っていた。

しかしそれはもっと先の半年後を想定していて、まだ発表すらしていなかった。

それが一ヶ月後という急なスケジュールに、ネラの命の心配も重なり、気が狂いそうになった。

貧乏な労働者から天性の才能で一躍トップスターになったグリードは、その輝かしい魅力とは真逆で、プライベートは実に地味で大人しい男だった。

劇団仲間や関係者とは、個人的にほとんど関わることもなく、友人と呼べるのは労働者時代に歌の道を勧めてくれた同僚だけだった。

しかし、こんなことをその同僚に相談するわけにもいかず、見張られているかもしれないので、結局一人で抱え込むしかなかった。

「……とにかく、公演さえすれば……そうすればネラを返してもらえるのです。心配で声をかけてくれたのは分かりましたが、大丈夫です。このまま無事に終わらせればいいのですから」

今の段階では、ただ公演をやれというだけの指示なので、グリードは必死にそれを信じて動いてきたようだ。

しかし、それで終わらないのが、この血の公演事件だ。

「グリード、なぜエックスは君に公演を行うように指示したのだと思いますか?」

「……それは……自分で言うのもおこがましいですが、人を集めやすいから……ではないでしょうか」

「これは派閥争いだと先ほど言いましたね。招待状が送られてきた貴族を独自に調べさせてもらいましたが、全員、皇帝支持派閥の貴族でした」

「えっ………」

「貴方の公演の招待状が届けば、どの貴族も喜んで観に行きます。一同に集められて、鑑賞中の無防備になっている時に何か危険なことが起きたら……」

「まさかっ！　招待客リストにはゼノン公爵のお名前も……」

「それはもちろんです。首謀者として手下に現場で指示を出す必要があるし、貴方が最後まで指示に従うか、見届けないといけない」

「そんなっ、まさかっっ……暴力ですか?　劇場でそんな危ない行為を……」

「ただ公演をやって欲しくて、歌手の家族を誘拐するなんてありえない。それで、大きな事件が起きて誰が犯人かとなった時、貴方に疑いがかかるかもしれない。そして、公爵は冷酷で残忍な男だから絶対証拠も残さない、つまり貴方の妹はことが済んだら……」

グリードは強く握った手で前の座席を叩いた。

ゴンっと痛そうな音が鳴ったが、グリードは歯を食いしばって唇を震わせていた。

「聞いてください、グリード。私はずっと父、公爵に駒として使われてひどい扱いを受けてきました。ですが、陛下に出会い助けられて、救われた。私にとって公爵はもう父ではなく敵なのです。陛下の足元を崩そうとする公爵の凶行を止めなくてはいけない。そしてもちろん、グリード、貴方と妹さんを救いたい」

「ユアン殿下……、正直、もう何が何だか……全然分からない。どうすれば……何を信じて……私はどうすれば……」

ユアンは、催淫薬の混入阻止の時と、セレステ誘拐事件により、もうさすがに一人で動くのは危険で、不測の事態が起きて上手くいかないことを学んだ。

みんなで協力して解決するしかない。

まずは状況を確認できたので、やるべきことを頭の中でぐるぐると考えた。

「私も一度持ち帰り、仲間と相談します。明日、他の者も交えて話し合いましょう。場所は……」

「うちの二階をお使いください。隣のカフェの中に隠し扉があるので、そこを使えば目立たずに出入りできます」

「わっ‼　いつの間に！」

話に夢中になっていて、背後の気配に気が付かなかった。

振り返るといつから聞いていたのか、グレイと気まずそうな顔をしているキルシュが立っていた。

「申し訳ございません。待機の指示がありましたが、お戻りがあまりにも遅かったのでお迎えに……、それですみません、話を聞いてしまいました」

「私はダメだって止めましたのよ。でもグレイが静かにって言いながら、どんどん近づいていくので……」

キルシュの大きな背中の後ろからセレステが現れた。どこから聞いていたのか分からないが、話すつもりだったので手間が省けたのはあった。

しかし、セレステにまで聞かれてしまったのは想定外だった。

令嬢には危険すぎるので、聞かなかったことにしてもらおうとユアンは口を開いた。

「ええと……まぁ、二人には後で話そうとはしていたけど、セレステ嬢」

「はい！　もちろん協力させていただきます！」

「えっ⁉」

「まさか、私だけ除け者にするおつもりですか？　では、私は独自に劇場に入ります。何か事件を起こすつもりなら、その場でゼノン公爵の頬を叩いてやりますわ」

鼻息荒く手を握っているセレステを見て、そんな本当にヒロインみたいな活躍はしないでくれとため息をついてしまった。

「グリードの妹が捕らわれている状態なんだ。目立たないように行動して、向こうの作戦が上手くいっているように装わなくてはいけない」

「あらっ、でしたら私がグリードの側にいるのは、皆様より自然ではないですか？　もともとルドルフ家として交流はありますし、今回の公演も支援しています。例えば……、グリードの衣装や、出演者の衣装をうちのお店で提供する、これならもっと自然ですわ。公演の中で一部の衣装でもいいですから、幸い舞台映えしそうな衣装は揃っています」

「えっ、いや……それは……」

「困ります……今からそんな……」

ユアンはもちろん、急な衣装の変更なんて困ると、グリードも慌てだした。

「これだけ大規模な場所で目立たないように動くとしたら、それぞれの担当を繋ぐ、連絡係が必要ですよね。私がその役目をやります」

セレステの勢いに、男四人で顔を見合わせて、誰かどうにかしてくれと目線で訴え合った。

「私、タダで大人しく諦めるタイプじゃないのです。両手を縛られて捕えられた時だって、海に飛び込んででも逃げ出すつもりでした。審問会で私の頭がおかしいと言ったゼノン公爵は絶対に許しません！」

小説でのセレステの最期を知っているユアンは、何となく事情が思い浮かんで頭を抱えた。

男同士で肩を押し合って、結局前に出たのはキルシュだった。

「あら、なんでしょうか？　キルシュ卿」

「いっ……あの、ええと……」

ユアンとグレイが後ろから強い視線を送ったが、汗をダラダラ流したキルシュは下を向いて、よろしくお願いしますと言ってしまった。

前から受けるプレッシャーに負けたようだった。

「……では、明日。ポアンの二階に集合しよう。我々は宮殿に戻り次第、陛下と話を進める」

今回は時間がないので迅速に動く必要がある。

セレステの提案に不安の種はあるが、自然に動ける連絡役が必要であるのは間違いない。

そしてあと一つ、ユアンにはやるべきことがあった。

グリードの妹、ネラを奪還するため、ある人物に会わなくてはいけない。

何としてでも話をしてもらう必要がある。

ユアンは覚悟を決めて、宮殿に戻る馬車に飛び乗った。


階段を降りる度に温度が下がり、湿った空気が肌に触れるとゾワリと鳥肌が立った。


石造りの牢屋は薄暗くて、どこかからポタポタと水が垂れる音が絶えず聞こえてきた。

一秒でも早く帰りたくなり、長くいたいとはとても思えない。

小説の中でユアンが最後に辿り着く場所なので、色んな意味で居心地が悪かった。

松明《たいまつ》を持った牢屋の兵士が前を歩き、その後ろをリリアとユアンで歩いていた。

「ここへ入れられてから一言も話していない。厳しい尋問を受けたが、ずっと黙り続けている」

「……私が出たら、反応が変わることを願うしかありません。とにかく、組織の隠れ家にネラがいるとしたら、何としてでも見つけないと」

血の公演事件を防ぐために、グリードと接触したユアンは、宮殿に戻ったらすぐにリリアとミドランドを呼んで、グリードの妹が捕らわれている件を報告した。

ユアンは、グリードが急遽公演を行うと聞いて、ゼノン公爵がグリードを利用しようとしていたことを思い出したと説明した。

ゼノン公爵はリリア支持派閥を集めて、襲うつもりではないかという考えも付け加えた。

怪しい動きはミドランドもすでに察知していた。

リリア支持派の貴族達に、派閥から出なければ命はないという脅迫状が届いているらしい。

差出人が不明なので、ほとんどがイタズラだと思い報告すらしないで処分しているようだが、不吉な内容に動揺が広がっていた。

ゼノン公爵は自らの派閥に働きかけて、頻繁に会合を開いているらしい。

そして長男であるマルコも、金に物を言わせて騎士団内で自分を支持する勢力を集めていた。

やはり事態は、小説の流れを変えたことで、すでに反乱に向けて動き出しているとユアンは確信した。

実際にネラが人質に取られて、公演が急遽開催されることになったと聞いたリリアは、間違いなく公爵が何か仕掛けてくるだろうとユアンの考えに続いてくれた。

リリアが苦しい局面に立たされることになる血の公演事件を、何としてでも防がないといけない。

明日詳しく話し合うことになると思うが、その前に会うべき人物がいた。

それは組織の人間であるメグだ。

小説でネラは、組織の隠れ家に捕えられていたと書かれていた。

グリードが直前になって、ネラの無事を確認したいと言い出す可能性がある。

用意周到な公爵は、公演が行われるまでネラを生かしておくはずだと考えた。

それならば公演を開催する前に、こちらから見つけてしまうのが一番確実だ。

隠れ家についてよく知っているのは、組織の人間であるメグしかいない。

何としてでも聞き出す必要があった。

薄暗い牢屋を突き進んで、一番奥まで行くと、鉄格子で囲まれた牢で、椅子に座って頭を下に向けているメグの姿があった。

ユアンは鉄格子の前で立ち止まり、メグに向かって声をかけることにした。

「メグ、君に聞きたいことがあってここに来た」

椅子に座ったまま動かなかったメグがわずかに肩を

揺らしたように見えた。

「お願いだ。人の命がかかっている。話を聞いてほしい」

冷たい石壁へ沁み込むように、ユアンの声だけが響いていたが、しばらく無言だったメグがゆっくりと顔を上げた。

以前より少し痩せたように見えるが、ユアンの姿を見つけたメグは、ニヤリと笑った。

「こんなところへ来たのね。相変わらずのアホ面、悲しいくらいバカな人」

「……メグ」

「親に捨てられた私は、ある日突然知らない大人に孤児院へ連れて行かれた。そこで待っていたのは、人間としてではなく、暗殺兵器になるための暮らしだった……。毎日誰かが死んで、次は自分かもしれない。死にたくなくて、必死に生きてきた。公爵のためなら何でもやる。そうやって思い込まされて、実際に何でもやってきた」

椅子から立ち上がったメグは、裸足でゆっくりとユアンに向かって歩いてきた。

しかも今まで黙っていたのが嘘のように、一人で急にペラペラと喋りはじめた。

危険だと思ったのか、リリアが手を引いてきたけれど、ユアンは首を振って大丈夫だと目線を送った。

「ある日友達ができた。近所に住んでいた年下の女の子で、組織の人間ではなく、初めての普通の友達だった。彼女といると、何も感じなくなって壊れていた心が元に戻るような気持ちになった。……初めて人といて楽しいと感じた。でもある時、その子は公爵の目に留まってしまった。貧乏だったその子の親を買収して、自分の息子の慰み者にすると言い出した。泣きながら連れて行かれる女の子を見て、自分の中で公爵に対して作り上げてきた信頼や忠誠が崩れていくのが分かった……目が覚めたんだ」

メグの話に覚えがあったユアンは、邸にいた頃に、公爵が送り込んできた少女のことを思い出した。

まさかと思いながらメグを見ると、メグはフッと息を吐いて笑った。

「ゼノン家の人間はどいつもこいつも血も涙もない極悪人で変態ばかり、そう思った。女の子が傷ついて帰ってくるのが苦しくてたまらなかった。だけど、帰ってきたその子は、何もなかったと教えてくれた。三番目の息子の部屋に連れて行かれたが、優しいお兄ちゃんで、泣き真似をしたら金貨をくれたと。その時、私は興味を持った。あの悪の巣窟のような場所にそんな男がいるのかと……」

「メグ、まさか君は……」

「そうだよ。アンタがどういう人間なのか、それを確かめるためにメイド役の潜入任務に志願した。私は優秀だったから、すぐに決まった。実際に会ってみたら、残忍な兄達とは同じ兄弟とは思えないくらい、臆病で弱々しくて、すぐにでも逃げたいという目をしていて、見ているだけでイライラした」

「そ……そうだね、私はいつも逃げることばかり考えていたから……」

「指示に従わなければ殺される立場なのに、のんびりやっているし、全然指示に従わなくて、使用人や騎士なんかと仲良くし始めて、皇帝を妊娠させられないのに、公爵にのんきな手紙など送って……そのせいでもう使えないと判断した公爵から、処分命令が出たことも知らない……悲しいくらいのおバカさん」

「処分命令⁉」

「手紙を受け取った公爵は激昂して、アホなやつに頼るより、自分から動いた方が早いと判断された。すぐに処分して、スペンスを皇配にする案まで出ていた。だから私は、ことを急いでしまった。皇帝の周囲はどうも厳重すぎて、何か隠したいことでもあるのか確認したかったし、薬の効果で二人に子ができれば、処分命令も撤回されるかもと……はぁ、なんでそんなことをしたのか。自分でもバカだったと呆れてしまう」

メグは口を尖らせて、頭をかいていた。

話してくれた内容から、メグはユアンが気に入らなくはあったが、助けてくれようとしていたのだと分かってきた。

まさか、公爵の監視の目をそらすために送っていた手紙のせいで、死亡フラグが立ってしまったなんて思っていなかった。

返事がないことは、いいことだろうと思い込んでいた。

つまり板挟みになったメグは、ユアンを殺すことより、何とか手柄を立てさせようと代わりに動いてくれたということのようだ。

「君は私を助けてくれようとしたのか……」

「誤解しないで。ゼノン家の人間は嫌いなの。これはあの子の……あの女の子の代わりに礼をしたようなもの。皇帝と一緒にここへ来たということは、とっくに仲間になっているんでしょう」

ユアンはそうだと言って頷いた。

目を閉じて息を吐いたメグは、鉄格子から離れて暗がりの方へ下がっていった。

「……自分の場所を見つけたのね。私は宮殿に侵入した以外にも、罪はたくさん犯している。変な同情など必要ないから、勝手に裁いて」

「メグ、君についての処遇はまだこれからだが、その前に教えてほしいことがある。ある歌手の妹が攫われた。妹を人質に取られて、公演をやるように指示が……」

「グリード・ロートレック」

「知っているのか？」

「ええ、もちろん。監視対象に入っていたから。彼のような目立つ人は、狙われやすいのよ。何かあった時、上手く使えるでしょう？」

「グリードに皇帝派の貴族に招待状を送らせた。公爵は何か事件を起こすつもりじゃないかと思うんだ。それで、妹を先に見つけて助けたい」

「恐らく、何かしようとしているのは間違いないわね。誘拐には組織の人間を使っただろうから、捕えられているのは隠れ家じゃないかしら」

メグがそこまで説明してくれたので、ユアンが下手な予想をする必要は無くなった。

こうなったら後はもう、メグに隠れ家を教えてもらえるように頼み込むだけだ。

「君なら場所が分かるだろう？　頼む！　隠れ家を教えてくれ」

ユアンが格子を摑みながら、メグに向かって懇願すると、メグは息を吐いて首を振った。

「もう公爵のために動く必要はないから、教えてあげてもいいけど、隠れ家は常に変わるの。目立たない森の中だったり、町中の建物の一室だったり色々。それに、私が使っていたところはもうないと思っていい。

悪いけど、探し出すのは無理」

「そんなっ……」

ユアンは愕然として崩れ落ちそうになった。

血の公演事件を止めるためには、グリードの妹を助け出さなくてはいけない。

組織の人間だったメグなら、具体的な場所を知っているだろうと思っていた。

グリードの妹をすぐに助け出して、公演を中止にしてしまえば事件は起きない。

そう思っていたのに、壁にぶち当たってしまった。

「外観に特徴はないのか？　組織の人間なら分かる記号や暗号、頻繁に場所が変わるなら組織内で共有できるような目印はないのか？」

ここでずっと黙っていたリリアが口を開いた。

力をなくしてしまったユアンを支えるように横へ並んだ。

「……ある。入り口に黒いリボンを結んだノムの木の飾りを吊るしておく。だけど、飾りを吊るしている家なんて数え切れないほどあるから……」

帝国では収穫祭が行われる季節に、どの家もノムの木の飾りを使って家の前に吊るすのが一般的な風習だ。

豊穣祭が終われば取り外す家もあるが、翌年に新しい物と交換するので、一年通して吊るしたままの家もある。

「目印は黒いリボンとノムの木か……、それで探すしかないな」

「正気なの？　公演前までに、帝国中の家を見て回るの？　ありえない」

「ユアン、大丈夫だ。私に考えがある」

リリアは呆然としていたユアンの背中を叩いて、肩を引き寄せてきた。

「陛下……」

足りない。

全然足りなかった。

ユアンの考えはいつも途中で崩れて、ゴールまで届かずに沈んでしまう。

でも。

今はリリアが落ちかけたユアンの手を支えてくれた。

リリアと一緒にその先へ……。

主人公然としたリリアの瞳は、自信に溢れ輝いていた。

リリアなら不可能を可能にしてしまう。

その強さに触れたくて、ユアンはリリアの瞳を見つめ返した。


「というわけで、ここに集まってもらった皆には、総力を挙げて捜索にあたってもらう」

骨董屋ポアンの二階に集まったのは、皇帝リリアと皇配のユアン、配下のミドランドとキルシュ、ルドルフ伯爵と娘のセレステ、骨董屋主人兼情報屋のグレイ、そして鍵を握る男、歌手のグリードだった。

ユアンにとってお馴染みのメンバーが揃っているが、ルドルフ伯爵は初対面だった。

この中で最年長であるが、さすが商売人として名を馳せた人で貫禄を感じた。

軽く挨拶をしたが、その眼光は生き生きとして輝きがあり、立派な白い口髭を蓄えた紳士だった。

グリードに関しては、リリアを前にして小さくなっていた。

元が真面目な彼は、所作一つでも無礼があったらいけないと、ガチガチに緊張しているようだ。

「皆様、妹のために……本当に申し訳ございません」

「謝るなグリード、君は被害者だ。残り三日しかない。ここは迅速に動かなければいけない。ミドランド」

リリアに呼ばれてミドランドがハイと言って一歩前に出た。昨夜のうちにすでに作戦を立てていたのだろう。

帝国の地図を取り出したミドランドは、みんなが見られるよう壁に貼り付けた。

「ネラさんをすぐに救出できないので、表面上グリード氏は今まで通り指示に従って行動してください。いつ接触があるか分からないので、連絡役としてセレステ令嬢を付けます。後援者のルドルフ伯爵が押し付けた、衣装の相談役という立ち位置で一緒に行動してください」

「お……おし、分かりましたわ」

テキパキと話すミドランドの勢いに、さすがのお転婆令嬢セレステも渋い顔で頷いていた。

「次に捜索部隊は、キルシュとグレイに任せます。グレイの情報から組織が巣穴としている地域が特定できています。向こうも急な作戦ですから、ある程度知っている場所を隠し場所として選ぶはずです。あとは目印を追って、見つけ次第連絡を。ただ状況によっては独断で動いてください」

騎士団の格好では目立つので、キルシュはすでに平民服に着替えていた。

キルシュの屈強な部下達も同じ格好で捜索にあたるのだろう。

一方グレイには鼠《ねずみ》と呼ばれる部下がいた。人数を含めた詳細は不明だが、彼らはどこにでも入り込み情報を集めてくるらしい。

グレイがドアの前に立っている女性に目線を送ると、わずかに目を伏せ頷いたので、彼女もその一員なのだろう。

「私と陛下、そしてユアン殿下は、演者として潜り込みます」

サラリと言われたことにびっくりして、ユアンは声を上げそうになった。

てっきり捜索に行くと思っていたのに、頭が追いついていかなかった。

「我々は内部から危険なものがないか情報を集める部隊です。捜索の状況によっては当日、大きな事件が発生しないように動く必要があります。それぞれ変装し、私は会計担当として、陛下はダンス担当、殿下はコーラスの方に……」

「ちょっ……ちょっと待って、私が……歌⁉」

「おや……得意ではなかったですか？」

「そっ、それは、小説の話で……だから私は音痴だと……」

こんなところで話を止めてしまうのはダメだと分かっているが、驚いて口に出したら注目を浴びてしまった。

「では、殿下もダンスの方に入ってください。その辺りはグリード氏に依頼してあるので、自然に参加できるようにお願いします」

「ええ、分かりました」

みんなが与えられた担当を文句言わずに引き受けているのに、自分だけ嫌だとわがままを言ったみたいになってしまい、ユアンは申し訳なくなった。

リリアがポンと背中を叩いてくれたので、頑張って自分のできることをしようと気持ちを切り替えた。

「ルドルフ伯爵については、少し大掛かりなものになるので、後ほど個別にお話があります」

「分かった。何でも言ってくれ。セレステだけでなく、グリードまで助けてもらえるなんて、私はもう、何でもするつもりだ」

ルドルフ伯爵の動きについては全員には知らせないようだ。複雑な駆け引きなどがあって個別に知らせた方が分かりやすいからだろう。

ユアンはとにかく自分の役目に徹することを頭に入れた。

「三日です。ネラさんを救出して、何事もなく終われるようにしましょう！　我々ならできるはずです」

ミドランドの掛け声に、誰もが気合を入れて頷いた。

早速キルシュは仲間達と捜索に移るために部屋を出て行き、グリードとルドルフ伯爵とセレステ、グレイもそれに続いて次々とポアンを出て行った。

リリアはしばらく本業の方に手をつけられない状態になる。国事の方はそれほど忙しくない時期らしいのだが、この場でミドランドと打ち合わせを始めた。

一息ついたユアンが近くにあったソファーに座ると、グレイの部下の女性がお茶を持ってきてくれた。

「皆さんお疲れですね。少し休んでいってください」

「ありがとうございます。ええと……」

「私、ソニアと申します」

ユアンは動揺して、持っていたカップを揺らしてしまった。お茶はこぼれなかったが、明らかにおかしい動きだった。

「大丈夫ですか？　何か……」

「す、すみません。知り合いの名前に……似ていたもので」

「名前、ですか？」

ユアンはバクバクと揺れる心臓の鼓動が、早く落ち着くようにと深く呼吸を繰り返した。

その間も思い出したくない記憶が溢れてきて、必死に蓋をした。

「帝国では、ありふれた名前なんですけどねぇ。ボスともこの名前のおかげで知り合って、今の仕事に就いたんですよ」

「え？　名前のおかげ？」

「ええ、当時ボスはソニアという名前の女性を探していて、家に来たと思ったら、急に出身はどこかとか、田舎で暮らしたことはあるかとか聞いてきて、怪しげな男に警戒したんですけど、話しているうちに意気投合して……求職中だったので、まあ、そんなところです」

そんな状態でよくこの仕事に就いたなと不思議だったが、ソニアは面白そうなことには飛び込んでいく性格なんですと言って笑った。

情報屋のグレイにとって、人探しはよくある仕事のひとつだ。どこかの貴族の生き別れた娘とかそんなところだろうと思った。

「結局、そのソニアさんは見つかったのですか？」

「それが、珍しくボスがお手上げだったんです。情報が少ないわけじゃないんですけど、まるで幽霊だって言っていました。何でお前はどこに行ってもいないんだって、私のことじゃないのにひどいですよねー」

「へぇ、グレイでも、失敗することがあるんだ」

「ユアン」

話が終わったのか、リリアがソファーに向かって歩いてきた。

ミドランドは先に出たらしく、どうやら二人で歌劇場に向かうようだった。

お茶をくれたソニアにお礼を言って、ユアンはリリアとともにポアンを出た。

今日は二人とも労働者の格好なので、セレステが用意してくれたという荷物を荷馬車に載せて、二人で屋根付きの荷台に乗り移動することになった。

「先ほど、グレイの部下と何の話をしていたんだ？」

「仕事のことについてです。どうしてポアンで働き出したかとか、グレイが失敗した仕事の話も聞きました。完璧にこなしそうなのに、彼でも調査を諦めることがあるんですね」

「ふ――――ん、そうか」

荷馬車の荷台はガタガタと揺れて座り心地がいいものではない。

リリアは口を尖らせて不満げな顔をしていたので、お尻が痛いのかなと思ってしまった。

「陛下、私の膝に乗りますか？」

「え？」

「え、あの……乗り心地が悪いのかと……」

無言になったリリアは眉尻を下げてから、はぁと大きなため息をついた。

「時々、自分の幼さが恥ずかしくなる。……気に入らなかったんだ。ユアンが他のやつのことを気にするから」

「えっっ、世間話ですよ」

「分かっているが、それでも……ユアンの口から他の男の話が出てくるのが嫌なんだ。あぁ私はなんて狭量な男なんだ」

リリアは気まずそうな表情になって顔に手を当てた。

龍の血を引く者は生涯一人を愛する。

その愛情は強い独占欲となり、時にはその身を滅ぼすほど。

皇族の歴史書を読んだ時、かつて一族で、恋人を巡って殺し合いが行われたと書かれていた。

そんなことになったら嫌だけど、自分に向けられるリリアの愛情を肌がピリつくほど感じるのは、嬉しい以外のなにものでもなかった。

「レオ……様、心配しないでください。私がいつもお側にいたいと思うのは貴方だけ」

「ユアン……」

手招きされてリリアに近づいたら、腕を引かれてしまった。ちょうどガタンと荷台が揺れて、ユアンはリリアの胸に飛び込むかたちで上に乗ってしまった。

「わっ、申し訳ございま……あっ」

「ユアン……ユアン」

離れようとしたがそのまま抱きしめられて動けなくなってしまった。

屋根付きの荷馬車は覆われているので、外からは見られない。荷台の入り口の簡素なカーテンがパタパタと揺れていて、その度に外を歩く人が見えた。

「レオ様、誰かに見られたら……」

「大丈夫だ。メグの話に出てきた少女のことだが、こちらの調べでは最初、お前が少女を部屋に呼んで弄んでいるとされていた」

「……それは……、あの邸で私は嫌われていましたから、誰に聞いてもそのように答えたでしょう」

「お前のことだから、何か事情があると思っていたが、やはり少女を助けていたんだな」

「……私への命令は陛下を誘惑して虜にすることだったのです。それなのに女性に慣れていないので、父は何とかして女性を抱かせようと必死でした。娼婦を拒否したらまさか、少女まで連れて来られるとは思っていませんでした。本当に……最低な男です」

ユアンの髪を撫でたリリアは、頬と目の上にキスをしてきた。

ちゅっと耳元で響く音に、心臓が揺らされてしまう。

「ある意味成功だな。私はユアンの虜になったのだから」

「んっ、レオ……さ……んっっ」

頬から鼻に顎、顔中にキスをされたが、最後にリリアは唇に口付けてきた。そのままぐっと深く吸われて、ユアンが口を開いたらリリアの舌が入ってきた。

「んっふっ……んんっ……」

柔らかいのにざらりとした感触に驚いたが、頭の後ろを摑まれているので離れることができない。

角度を変えながら、どんどん喉の奥の方まで舌が入ってくるのを受け入れたら、やがてユアンも夢中になって応えた。

「ハァハァ……ハァ、ユアン……なんて……愛らしい……」

「あ……レオ……んっ……はぁ……」

抱きしめられていたが、脇腹から胸にかけて肌の上をリリアが滑るように撫でていく。

熱くなる体が止められなくて、ユアンはリリアにしがみついた。

そうしないと、強すぎる快感で倒れてしまいそうだった。

「ユアン……愛している。この件が解決したら……その時は……ちゃんとお前を抱きたい」

リリアから向けられる愛情に、体は痺れるほど嬉しくてたまらない。

それなのに、不安になるのはなぜだろう。

一直線に向けられる強いくらいの愛情と独占欲。

感じれば感じるほど、それを本当に自分が受けていいのか、ユアンの中で不安が徐々に大きくなっていた。

もし、貴方の前に運命の相手が現れたとしても……。

その時も変わらず、愛していると言ってくれますか？

「ユアン？」

心の中でリリアに問いかけたユアンは、リリアと目が合うと涙を堪えて微笑んだ。

「はい」

そう言ったユアンは、リリアが口を開く前に自分から口付けた。

今この瞬間だけ、全てを忘れて刹那の幸せに浸りたい。

嵐の気配を感じながら、ユアンは目を閉じた。

◇◇◇

その温もりを覚えている。

震えが止まらなくて、上手く手に力が入らない。

助けて助けてと叫ぶことしかできなくて、そんな自分を大丈夫だからと言って支えてくれた。

リリアは幼い頃から何をするにも人より優れていた。

龍の血を引く者は、わずかな努力で人の何倍も得るものがあった。

まだ子供であるというのに、周囲の大人は一歩引いて扱うようになり、何を言ってもみんな従うようになった。

リリアは自信に満ち溢れていた。

強いと言い張る者を倒し、弱い者を助けて自分の味方にして、何も怖いものなどなかった。

だからなぜあんな状況になってしまったのか、それを思い出せないのだが、自分自身の傲慢さがもたらした結果だというのは想像できた。

そのことがキッカケでリリアは変わった。

もっと慎重に物事を考えて、特に他者の気持ちに気を配るようになった。

リリアの人生において、大きな転機となった出来事であるが、そのほとんどは死の目前からの生還という衝撃で、記憶から消えてしまった。

鮮明に覚えているのは、自分の体を支えてくれた温もりだった。

大丈夫、恐くないよ。

必ず助かる。

側にいる、離れないから。

薄れゆく意識のなかで、その言葉だけを頼りに、何とか命の火を燃やしていた。

(忘れてしまったの?)

(……だれ?)

(あなたを助けたのは私よ)

(君は……)

(私を愛すると決めたのでしょう?)

(それは、あの時のことは)

(私よ　私があなたを助けた………)

「陛下」

ぐらぐらと肩を揺らされて、リリアはハッと目を覚ました。

舞台の上で、緩やかな音楽に合わせてダンスを踊る男女の姿が見えた。

その前でグリードが手を叩きながら、声をかけていた。

一瞬どこにいるのか分からなくなってしまったが、今は歌劇場の舞台練習中で、リリアは椅子に座りその様子を見ていたのだと思い出した。

「座ったまましばらく寝ておられました。昨夜も一睡もされていないのですから、ここではなく休憩室で少しお休みください」

どうやら寝てしまったようだ。

リリアは大丈夫だと言ってあくびをしてから、肩を動かして眠気を散らした。

嫌な夢を見てしまった。

龍の血が見せる執着心の名残、かつての記憶が時折蘇ってきて、胸を貫いていく。

こんなもの、なんでもない。

ただの記憶だ。

そう思ってリリアは首を振ってから息を吐いた。

「お前は変装しても個性が強すぎるな。モジャ頭になって汚れた格好をしても、変わりないのはビックリだ」

そう言って揶揄《からか》うと、ミドランドは、私の格好は何でもいいのですと言ってムッとしていた。

モジャモジャの茶色い頭で口髭を蓄えた、どう考えても変な監査役の会計士ミドランドは、背も高いのでそれなりに目立っていたが、威圧感が漂っていてみんな近寄らなかった。

「陛下は……、そちらがセレステ嬢の用意した舞台衣装ですか……。とてもお似合いですが、まさか、男装になるとは……」

「背もずいぶん高くなってしまったし、女の格好の方が目立つだろう」

リリアの格好は、黒鳥をイメージした、黒い羽をあしらった衣装だが、ベースが軍服のようなデザインなので明らかに男の衣装だった。

リリアとユアンは、急遽バックダンサーとして採用されたグリードの親戚という設定で舞台に参加することになった。

グリードの代表曲、『黒鳥と白鳥』の後ろで踊るための衣装になったリリアは、いざとなったら動きやすいのでドレスよりも気に入っていた。

「ユアン殿下は？　まだ試着に時間がかかっているのですか？」

「ああ、セレステが直々に着せるからと言ってはりきっていたから、髪でも遊ばれているんじゃないか？」

劇場部隊は、危険物や危険人物を探し出して、内密に処理することを目的としているが、今のところそれらしい動きはない。

隠れ家の残りを見つけたという連絡が一度入ったが、キルシュやグレイからも目立った報告はなかった。

「ルドルフ伯爵には例の件を伝えて、動いてもらっています。何しろ、急に変更になるので、まとめ役になってくれる伯爵がいて助かりました」

「こちらは変わった動きはないが、時々巡回して怪しい者がいないか探ろう。お前は関係者の経歴を確認して、潜入者がいないか探してくれ」

「分かりました」

セレステ誘拐事件で一人罪を背負わされたスペンスは、沈黙していたが最近は奇声を上げ、ぶつぶつと意味のない言葉を繰り返していて、頭がおかしくなったらしい。

スペンスは優秀と言われて、内政官として重要な位置にいたが、そこからの転落と信じていた公爵の裏切りで壊れてしまったのかもしれない。

もしくは……。

「ミドランド、例の専門家の方に連絡は取れたのか？　父の皮膚を鑑定した……」

「ええ、そちらの方は新たな発見もあって、順調です。もしかしたら、公爵の急所を突く一撃になるかもしれません。専門家はまだ医術院を卒業したばかりですが、毒に関しては非常に優秀な知識があります。他国で研究を続けていますが、公爵の動きが活発になってきたので、こちらに呼び寄せることにしました」

「なるほど、将来が楽しみな逸材だな。そちらは任せた。その者が帰国したら一度話が聞きたい」

ミドランドと話し込んでいると、舞台袖からセレステが出てきたのが見えた。

セレステの後ろに真っ白な衣装を纏ったユアンの姿が見えて、リリアは思わず立ち上がってしまった。

白鳥の衣装は真っ白な絹を重ねたもので、体にぴったりとそっており、床につくギリギリで裾が広がるデザインだった。

まるで神殿から出てきた女神のような美しい格好で、胸元はざっくりと開いていて、歩く度に白い胸が露わになっていた。

足元は白いタイツを履いていて、細いが筋肉のついた足がよく見えた。

ユアンは頭に羽のついた飾りを付けていて、銀髪の長い髪が神々しさと妖しさを見せつけるように衣装の上を流れていた。

顔は舞台用のメイクを施されていて、性別を超えた神々のような洗練された美しさに、練習中のバックダンサーもグリードもみんな動きを止めてユアンの姿に見入ってしまった。

「ははは、これは圧巻だ。よく似合っている。でもイアン、これではみんなお前を見てしまうじゃないか……。主役は私だぞ、もう少し地味にしてもらわないと」

「うーん、これでも地味にした方よ。銀髪のカツラはよくないかしら。あ、あと背中に羽をつける予定だから」

ユアンは親戚の子、イアンという設定なのでグリードは困った顔で近づいていったが、衣装担当のセレステがずいっと前に出てきた。

セレステの後ろにいるユアンは、目を泳がせていて恥ずかしがっているように見えた。

まだこの上に羽をつけると聞き、いっそう悲壮な顔になったので、見ていたリリアは少し笑ってしまった。

「……羽はやめるように私からセレステ嬢に伝えましょう」

見かねたのかミドランドは息を吐きながら眉間に皺を寄せていた。

セレステはかなり押しの強いタイプだが、ミドランドが苦手らしく、ピシャリと言われるとだいたい大人しく引き下がっていた。

何かあって動く時に羽がついていたら邪魔でしかない。

頼むと言ってから、リリアはユアンを手招きして観客席に呼んだ。

空気を察したのか、ミドランドは頭を下げて舞台の方へ戻っていった。

「陛下、こんな時に見苦しい格好を……申し訳ございません。派手すぎると伝えたのですが、今日だけどうしてもと。これは試着なので、もっと簡単なものに変えてもらいます」

「ああ、そうしてくれないと困る。これでは会場中の目がユアンに集中してしまうからな」

「そうですね、当日は公爵も来ますから……、なるべく目立たないようにしないと」

それもそうなのだが、リリアとしてはユアンの美しさを誰にも知られずに自分だけのものにしておきたい気持ちが強い。

舞台の上ではコーラスの練習が始まった。

隣に座ったユアンはそれを一生懸命に眺めていた。

その横顔を見ながら、リリアは引き寄せて口付けたい気持ちをぐっと飲み込んだ。

思えば最初に謁見をした時に、恥ずかしそうにしながら一生懸命話しているユアンに惹かれていたのかもしれない。

事情を知れば知るほど、公爵からの支配に怯えている背中を抱きしめてやりたいと思った。

守りたい、という気持ちが特別なものになったのは、ほぼ同時くらいだろう。

すぐに、誰にも傷つけさせない。

誰にも渡さないという独占欲が溢れ出した。

間違いなく恋だと気がついてから、可愛がりたくて愛でたくてたまらない。

いつだって胸ポケットの中に入れて、持って歩きたい気持ちなのだ。

時々昔の記憶が今の自分の邪魔をする。

龍の血を継ぐ者は、生涯一人しか愛さない。

かつて死の淵から自分を救ってくれたソニア。

彼女のことを見つけて、恩を返したいと思っていた。

できれば伴侶にして、大切にしたいと。

それくらい自分を大きく変えた出来事だった。

一度芽生えた執着心の欠片が、今でも心にしがみついて離れない。

どんなに探し回っても会うことのできなかった人だ。

恐らく、もう二度と会うことはないだろう。

大丈夫、今の自分が愛しているのはユアンだ。

恩人に向けた執着を愛だと勘違いしているだけ。

もし今後、あのソニアが目の前に出てくることがあっても、自分の気持ちは変わらない。

ただ、あの時はありがとうと告げて、それで終わるだけだ。

「陛下？」

「ん？」

ずっと、穴が開くくらいユアンの横顔を見つめていたので、さすがに気がついたのか彼の頬が赤くなった。

「……あまり、見ないでください」

「ああ、すまない」

考えごとをしていたからと言おうとすると、ユアンはもっと顔を赤くして、リリアのことを見つめてきた。

「陛下のそのお姿、すごくカッコよくて……見つめられると心臓が壊れてしまいそうです」

壊れてしまいそうなのはこちらの方だった。

ユアンの濡れた瞳に自分の姿がゆらゆらと映っていて、深い湖の中へ吸い込まれてしまいそうだった。

ちょうどその時、舞台に幕を下ろす演出が始まって、みんなの姿が見えなくなった。

「ユアン……」

「陛下……だめです、いま口に紅が……」

ユアンに近づこうとすると、細い手がわずかにリリアの胸を押した。

その手を掴んだリリアは、ユアンを引き寄せて逃げられないように抱きしめた。

「いい……今すぐ、ユアンが欲しい」

ユアンの顎を掴んだリリアは、強引に唇を重ねた。熱を注ぎ込むように口付けると、ユアンは口を開いてリリアの熱情に応えてくれた。

ユアンだけいればいい。

他のことなど、どうでもいいと思えるくらい熱に溺れていた。

やるべきこと、やらなければいけないことは、山のようにある。

けれど今この瞬間だけは。

ユアンの熱を感じていたい。

再び幕が上がる時まで……。

◇◇◇

こそこそ隠れながら、部屋に入っていく怪しげな後ろ姿を見て、ユアンは一緒に隠れているミドランドにさすがと視線を送った。

「上手く餌に食いつきましたね。ただ、あの鈍臭い動きはどう見ても……」

「お金で雇われた系ですね」

どうしても外せない会合があり、リリアは遅れてやってくるので、この日ユアンはミドランドと一緒に劇場に入った。

公演日まであと二日、内部の協力者をあぶり出すために、ミドランドがとった作戦は餌を撒くことだった。

朝の全体ミーティングで、当日の二階貴族席の席順と配置を変えたことを話した。

誰がどこに座るかなど、劇場従業員の配置についてまとめたものは、資料室に置いておくので、何かあれば声をかけてほしいと伝えた。

関係者から動揺するような気配はなかったが、明らかに一人、辺りを見回して汗を流している男がいた。

そして全体練習が行われて、裏に人気がなくなった頃、男が動いて資料室の中に入って行ったので、待ち構えていたユアンとミドランドは、隠れていた道具入れの後ろで顔を見合わせた。

資料室に入ると、男は焦った顔で持っていた紙を背中に隠した。

ツカツカと近寄って行ったミドランドは、ご苦労さまですと声をかけた。

照明と雑用を担当していたターナーという名の男は、汗を流して挙動不審になっている様子から、明らかに組織の者ではなかった。

「君はターナー君ですね。劇場の下働きになって二年目、最近結婚して所帯をもったばかり、少しばかり賭け事が好きで、奥様に内緒で借金がありますね」

さすが全て頭に入っているミドランドは、スラスラとターナーについて話し始めた。

「なっ……なんだよっ、お前ら！」

「私達は皇宮騎士団から派遣された調査官です。劇場の内部情報を売りましたね？　変更があればすぐに連絡するように言われているのでしょう。今、背中に隠された計画書は表紙だけで中は白紙です」

「え⁉」

「素直に話すなら罪には問いませんが、いかがでしょう？　新婚ですぐに牢屋に入りたいですか？」

「ううっ……」

ミドランドの勢いに押されて、観念した男はがっくりと項垂《うなだ》れて、床に座り込んだ。

劇団員、ターナーの話によると、賭博場で声をかけられたのがひと月前。

グリードの公演に潜り込み、従業員として劇場内の情報を渡すこと、公演当日、警備の手が届かない裏口を開けておくこと、二幕が終わったら出入り口の鍵をかけて逃げるように指示されていた。

見返りに借金を返しても余りあるくらい、一生遊んで暮らせる額の金を提示された。

怪しいやつらが何をするのか、後ろめたい気持ちがあったが、前金としてすでに多額の金をもらっていて、後戻りのできない状況にいた。

「憲兵に引き渡すのだけは勘弁してくれっ、もうすぐ子供が生まれるから、どうしても……金が必要だったんだ」

「貴方が相手にしているのは恐ろしい集団です。恐らく公演の日、役目が終わったら貴方の命はないです」

「くっ……そんな……、どうしたら……」

男は顔を覆っていた手を離してミドランドに縋《すが》りついた。

危険な相手だということは薄々勘付いていたのだろう。涙目になって助けてくれと訴えてきた。

「彼らとの連絡手段は？」

「町にある龍の鱗《うろこ》っていう酒場で、店主に声をかけるんだ。何か渡すものがある時は、そこで手渡すことになっている」

「では、その通りにしてください」

「え？」

「ここに新しい計画書があるので、これが変更されたものだと言って渡してください。貴方は今まで通り、何も気がついていないフリをして指示に従うこと。何か特別な指示があれば私に報告を」

「……わ、分かりました」

背中を丸めて資料室から出て行ったターナーを見て、ユアンはミドランドの仕事の早さに感服していた。

何か手伝おうと一緒にいたのだが、一言も参加することができないうちに終わってしまった。

今はモジャモジャの頭と無精髭という、普段ではありえない姿をしているが、尊敬の目で見つめてしまった。

「彼をあのまま行かせて大丈夫かな。逃げたりしないかな」

「家族の命もかかっていますからね。これを機に賭け事からは縁を切って、真面目な父親になってくれるといいのですが」

いつも冷めた目をしているミドランドは、一見冷酷に見えるが、実は人情派で熱い男であることがやっと分かってきた。

これからもリリアを支える柱になってくれるはずだ。だからこそ、彼がここで負傷して後に失うことになってはいけないと、ユアンは気を引き締めた。

「ユアン殿下、今話すことではないのですが、少しよろしいですか？」

資料室を出ようとしたら、ミドランドが改まって声をかけてきた。

　今回の作戦についての話ではなさそうなので、嫌な緊張が高まった。

「刷り込み、という言葉をご存知ですか？」

「え……雛鳥が最初に見たものを親と認識するとか、でしたか？」

「ええ、特定の物事をごく短時間で覚えこまれて、それが長期的に影響する現象です」

　なぜそんな話をするのか、不思議に思いながらミドランドの目を見ると、いつもと変わらない瞳が浮かんでいた。

「陛下は幼少期に生死に関わる事故にあいました。その時に、陛下を助けてくれた方がいるのですが、陛下は長年その方を探し続けてきました」

　ドキッと心臓が揺れた。

　ミドランドが口にしているのは、この世界の小説に出てくるヒロインのことだ。

　考えないようにしながらここまできたが、その影が濃くなっていくのを感じた。

「龍の血を継ぐ者は、生涯一人にしか愛情を注がない。そう言われていますが、過去には複数人と結婚された方もいるので、確かではありません。しかし、その傾向が強い、というのはお感じになるでしょう」

「……ええ、そうですね。陛下は、とても愛情深くて情熱的な方だと……」

「一瞬の出来事であっても、陛下の中では一度、その命の恩人を生涯の相手と決めたのではないかと私は思っています。だからこそ、長年忘れることなく執着し続けた。ですが、記憶が曖昧だったことで、陛下の中で過去の自分と今の自分が二つに分かれてしまった。過去の自分は恩人の記憶へ愛に近い執着を、今の自分はユアン様に惹かれて愛してしまったのではないかと思っています」

　あくまで側にいて見続けた友人としての考えだとミドランドは付け加えてくれたが、ユアンは衝撃で体が痺れたみたいに固まってしまった。

　ユアンも時々、リリアが葛藤しているような目をしていることには気がついていた。

　まさか、心が二つに分かれてしまったなんて、想像ができなかった。

「もちろん、今の陛下が全てを覆い尽くして、ユアン様と幸せになって欲しいと私は思っています。陛下は記憶の中にある執着と戦っているようにも見えます。長年心に残っていたものですから、気持ちの整理がついたら、いつかユアン様にもお話しになるでしょう。私は……もしその命の恩人である女性が姿を現した時、心の均衡が崩れて陛下が壊れてしまわないか心配なのです」

ユアンは何も言えなかった。

ミドランドは小説の内容は知らないのに、かなり核心をついたところまで考えている。

本来は、ヒロインが現れてリリアの長年の想いが成就するのだ。

だからこそ、間に割り込んだ自分という異分子が状況を複雑にしてしまったことは痛いほど理解できた。

「……私はユアン様のことも心配です」

「ミドランド……」

「ユアン様が陛下を見つめる目は、優しさに溢れています。本当に愛していらっしゃると思ったからこそ、大丈夫だと認めました。しかし、今後、もし恩人が見つかった時、ユアン様が傷ついてしまわないか……、いえ、これは……もしもの話で、ただの心配で終われればそれで済む話なのですが」

ユアンだって、そんな未来が来ないことを祈っている。

小説の流れでは、今後出会ってしまう可能性がある。だとしても、リリアは自分を見ていてくれる。

そう何度も思い続けているが、それはただの願望に過ぎない。

運命に割り込んだ自分に、どんな現実が待ち受けているのか……。

考えただけでも震えてしまいそうだった。

「……ありがとう、ミドランド。大丈夫、私は大丈夫だから」

「ユアン殿下……」

「でも、これだけは言っておく。もしも、ミドランドが心配するようなことが起きたら……、君は陛下のことを一番に考えてほしい。たとえ陛下がどんな選択をしても……」

「ユアン殿下、それは……」

「もしもの話だよ。私は陛下の側にずっといるつもりだから」

心配する目のミドランドに向かって微笑んだユアンは、くるりと背を向けて先に歩き出した。

あれは確か、半年後のリリアの誕生を祝うパーティーだ。

ヒロインはそこに参加して、リリアの足を偶然踏んでしまう。

皇帝に無礼なことをしてしまったと、必死に謝るヒロインを見たリリアは、大丈夫だと言いながらその容姿を見て頭痛を覚える。

わずかな記憶を頼りに、ヒロインに自分に覚えがないか話しかけるのだ。

ヒロインはリリアの言葉を聞いて驚く。彼女もまた、リリアを助けた時に、その時のリリアの美しい容姿と強烈な存在感に一瞬で恋に落ちてしまったからだ。

お互い迷子になっていた長い時間は、この再会によってすぐに燃え上がる。

君を探していたんだ。

そう言ってリリアはヒロインに自分の事情を打ち明ける。

もちろん仲間になったヒロインは、リリアを側で支えて、反乱が起きた時もリリアの近くにいた。

そして、その後もずっと……。

なんとかしてヒロインとリリアを会わせない方法はないだろうか。

今はそんなことを考えている状況ではないが、ユアンの頭にその思いが広がっていた。

リリアの幸せと自分の幸せ、それは同じだと願いたい。

できることなら、このまま運命など知らずに自分と生きてほしい。

その願いが雪のように降り始めて、ユアンの体に積もっていった。


劇団員ターナーを使った作戦は迅速に進められた。

ターナーはミドランドに渡された計画書を持って、龍の鱗に出向いた。

主人に計画書を渡したところ、当日の動きに変更はないので指示通りやるようにと声をかけられた。

彼の役目は鍵の開け閉めなので、配置が変わっても関係ないのだろう。

ターナーが店を後にすると、店の裏手に黒装束の者が現れて、主人から計画書を受け取った。

劇場に待機していたキルシュの部下が、ターナーの後を追って一部始終を確認。

その後、黒装束の者達を追い、隠れ家らしき場所を発見したそうだ。

同時刻に、グレイもノムの木の飾りを辿って、同じ隠れ家にたどり着いたらしく、キルシュ隊と合流した。

これから人が集められて、作戦が行われると連絡があったのが公演当日の朝だった。

本当なら早めにネラを救出して、公演は延期にすることができたら一番よかった。

まだ逃げられる可能性もあるので、万が一ネラが救出できない場合も考え、こちらの作戦も開始しなくてはいけない。

グリードに用意してもらった控え室には、ユアンとリリア、ミドランドとセレステが集まっていた。


「私は招待客として、元の姿に戻り劇場に入ります。陛下と殿下は演者としてそのまま行動してください」

「私は一階席の正面にいます。主役のグリードは動けないですから、何か連絡があればすぐみなさまにお伝えします」

ミドランドに続いてセレステが発言し、ユアンとリリアは分かったと頷いた。

「襲撃に備えた準備は抜かりなくできております。後は捜索隊の方がネラさんを確実に救出すること、今はそれを祈るしかないですね」

ミドランドは小説と同じく、二階の貴族席に座って公演を見ることになった。

心配ではあるが、今回は小説と違ってこちらも準備をしている。

「それぞれ何かあれば、場内に忍ばせた仲間に連絡すること。目印は赤い羽根だ。それではみんな、よろしく頼むぞ」

最後はリリアの一声で、はいと言って全員が気合いを入れた。

ここからは小説の悲劇の舞台となるので、何としてもでも止めなくてはいけない。

準備があるためここで別行動になった。

衣装に着替えたユアンとリリアは、それぞれ両側から登場するので、左右に分かれて舞台袖に控えた。

幕の隙間から徐々に人が集まり始める客席を見ながら、ユアンは作戦が上手くいくのか心配でじっとしていられなかった。

ミドランドの説明では、一幕と二幕の間にこちらが少し動くと聞かされていた。

小説では二幕が終わったところで、火事が起きて暗殺部隊が二階席の貴族を襲い出すことになっていた。

火事や襲撃の危険性について、ミドランドに話しているが、任せてくれと言われてどうなったのか心配でならなかった。

ソワソワしながら横を見ると、主役であるグリードも厳しい顔をして座っていた。

辛い状況であるにもかかわらず、歌わなければいけないグリードのことを思ったら、胸が痛くなってしまった。

「まだ少し時間がありますから、飲み物でも持ってきましょうか?」

「い、いえ、そんな。結構です」

「心配……ですよね。こんな時に舞台に立たなくてはいけないなんて……」

「みなさんに助けていただいている状態で、私ができるのは歌うことだけです。それに、歌は私の全てなんです。どんなに辛い時でも歌があったから生きてこられました。私はきっと……死ぬ時も歌っているだろうなと、そう思っています」

小説に出てきたグリードの最期を思わせる言葉に、ゾクっと寒気が立ってしまった。

グリードは固くなった空気を和ませようとしたのか、穏やかに微笑んで話しかけてきた。

「ユアン様は歌が苦手でいらっしゃいますか?」

「あ……ええ、そうですね。私はすごく音痴で、お恥ずかしくて……ダンスもあれですけど……」

「歌は心です」

「え?」

「聞いている人の心に語りかけるのです。立派に歌う必要はありません。誰かに気持ちを伝えたい時、ユアン様が心を込めて歌えば、その気持ちはきっと伝わるはずです」

奇跡の歌声だと言われている人に元気付けられてしまったが、不思議とグリードの言葉は胸に響いた。

自分でも、できるかもしれないと希望が生まれた。

「ありがとうございます。でも、私が歌える歌といえば、子守唄くらいで……」

「それでもいいじゃないですか。なんという子守唄ですか？　私は子供に教えていたこともあるので詳しいですよ」

「朝日という名前の歌です」

できればグリードに少し歌ってもらって、参考にしたいと思ったら、グリードは首を傾げて、うーんと声を上げた
「知りませんね。帝国の歌ならすぐに分かるのですが……、もしかしたら郷土歌かもしれません」

「郷土歌？」

「ええ、その地方独自に歌い継がれているもので、同じ土地の出身者しか分かりません。うちの劇団の地方出身者からも郷土歌を教えてもらったことがありま

す」

なるほど、とユアンは頷いた。

オルゴールにもなっているくらいなので、てっきり有名な歌なのかと思っていたら違ったようだ。

「よかったら、少し歌ってみてくれませんか？」

「ええっ、そっそれは……ちょっと」

歌の神のような人の前で披露するなんて、とても無理だとユアンが慌てた時、開始五分前を知らせるベルが鳴った。

「残念、では次の機会に」

立ち位置に移動するため、立ち上がったグリードが颯爽と舞台中央に向けて歩いて行った。

その後ろ姿を見ながら、ユアンも自分のやるべきこと確認をした。

怪しい者がいないか、目を光らせるべく客席に目を向けた。

その時、ユアンは二階席の中央に座る、ゼノン公爵の姿を発見した。

こういった公の場の催しには、必ず夫人を連れて歩いていたはずだが、今日は一人だ。

それがすなわち、ただ観劇に来たわけではない、ということを物語っていた。

公爵と長兄のマルコはよく似ている。

ダークブロンドの髪を後ろに撫でつけて、青い瞳は凍りつくように冷たい色をしていた。

その姿を見ただけで、ユアンの体は魔法でもかけられてしまったかのように固まった。

自分でも、もうとっくに大丈夫だと思っていたはずなのに、足が震えてしまった。

「ユアン」

気づいたら舞台の反対側で待機しているはずのリリアが側に来ていた。

手を引かれて、演出で使うカーテンの間に連れて行かれた。

「大丈夫か？　公爵を見て、苦しそうな顔をしていたから心配になった」

「すみませ……今、大事な時なのに……」

「無理をするな。長年恐怖を体に刻み込まれたのだろう、恐くなって当然だ。大丈夫だ、震えが止まるまでこうしているから」

リリアにぎゅっと抱きしめられた。

リリアの温かさと、とくとくと鳴る心臓の音が聞こえてきて、ユアンは目を閉じた。

心まで凍ってしまいそうだったのに、リリアのおかげでまともに息が吸えるようになった。

「ありがとうございます。ずっとこうしていたい」

「……ユアン、私もだ」

楽団の演奏が始まり、軽快な音楽と共に拍手が沸き起こった。

カツカツと舞台を歩く音が聞こえてきて、拍手が鳴り止んだら、グリードが最初の挨拶を始めた。

「陛下、そろそろここから出ないと……」

「私達の出番はまだだろう。グリードの歌が終わるまで、ここにいよう」

リリアはそう言って、カーテンの隙間から観客席を見ていた。

ユアンはリリアの温かさに癒されて、腕の中からグリードの歌を聞くことになった。

奇跡の歌声と呼ばれるグリードの声は、本当に体が痺れるほど美しくて、聴いているだけで涙が溢れてきた。

　こんなに素晴らしい人の晴れ舞台を汚そうとするなんて許せない。

　すっかり怯えてしまっていた心が、リリアの温かさとグリードの歌声に勇気づけられて再び燃え上がった。

　一幕はグリードがひたすら一人で歌い続けて、二幕からコーラスやダンサーが参加して派手な演出が構成されている。

　ユアンはプロのダンサーのように踊れるわけがないので、歌に合わせてリリアと舞台を左右に移動するくらいだ。

　それだけでもかなりの技術がいると思うのだが、劇場を見渡すにはちょうどいい動きだった。

　先ほど観客席を見た時は満席だった。

　リリア支持派の貴族達の対応には、ルドルフ伯爵が動くと言われていた。

　てっきり危険を回避するために人数を減らすと思っていたが、どの席にも見知った貴族の顔があった。

　小説と違うことは、昼公演なので子供も参加していたが、実際には子供達の姿はなく劇場にいるのは大人だけだった。

　グリードの熱唱が終わり、幕が下りて休憩時間となった。

　いっせいに人々が席を立つ音や、ガヤガヤと楽しそうに話す声が聞こえてきた。

　この休憩を挟んで、いよいよ次の二幕の終わりに公爵達は動くはずだ。

　作戦は順調に進んでいると聞かされたが、ユアンは気が気ではなかった。

　二幕はグリードが『黒鳥と白鳥』を歌うところから始まる。

　ユアンも他のダンサーやコーラスの人達と共に、自分の位置について時間を待った。

　二幕開始のベルが鳴って、幕が上がった。

　音楽に合わせてダンサー達が踊り始めた。

　最後列にいたユアンも、舞台の端から中央へとゆっくり歩いて行った。

　そこで体勢を変えて観客席を見るのだが、二階の貴族席に目をやったユアンは、声を上げそうになった。

　一幕の時と同じく、満席の客席。

しかしそこには驚きの光景が広がっていた。

二階の貴族席には、一幕の時と同じで満席となっているが、薄暗い照明の中にたくさんの仮面が浮かんで見えたのだ。

見渡す限り、着席している観客の誰もが飾りの付いた仮面を着けていた。

いや、一人だけそのままの顔が見えているが、それがゼノン公爵だった。

公爵も驚いているようで、左右を見渡して何が起きているのか確認している様子だった。

そこに手を上げながら登場したのがグリードだった。音楽に合わせて踊りながら、パッとポーズを決めて止まった。

「お集まりの皆様、今日は特別な趣向を考えて、入り口で仮面をお配りさせていただきました。手違いでお手元にない方は申し訳ございません。これから歌う、『黒鳥と白鳥』では我々も仮面をつけて踊って歌いますので、ぜひ皆様もこのグリードの世界に一緒にご参加ください」

ユアンもリリアも衣装として、目元が羽根で隠れているハーフマスクを装着していた。

ダンサーもコーラスも、そしてグリードも一斉に仮面を装着して、再び音楽が始まった。

黒鳥と白鳥が出会い、惹かれあって結ばれる。

その様子を歌とダンスで情熱的に披露する。

一幕ではしっとりと歌い上げたグリードだったが、今度の曲では軽快なステップを踏みながら、楽しげに弾むように歌い出した。

その変化にさすがプロだと驚くばかりなのだが、この趣向になんの意味があるのか、公爵を慌てさせるためだけの演出なのか、ユアンには意味が分からなかった。

『黒鳥と白鳥』の歌が終わり、拍手が沸き起こった後、すかさず次の曲が始まった。

あっという間に衣装を変えたグリードが、今度はピアノの演奏に合わせて、一人で中央に立ち歌い出した。

舞台袖に移動したユアンの元に、セレステが息を切らしながら走ってきた。

「殿下！　連絡が入りました！　隠れ家にてネラを発見して、無事助け出したそうです！」

「そうかっ、良かった！　すぐに陛下に……」

「火事だぁぁぁ――!!　火事だぞ、逃げろ――！」

劇場一階の出口が開いて、男が一人飛び込んできた。

小説でも起こった火事だが、気をつけていたのに、やはり起こってしまったらしい。

一階席の一般客が一斉に立ち上がって、逃げろと叫びながら出口に向かって殺到した。

マズいと思ったユアンは二階席に目を向けた。

公爵の狙いは二階席の皇帝派の貴族達だ。

火事が起こってから公爵が指示すると、潜んでいた組織の者達が現れて、貴族達に一斉に攻撃を仕掛ける。

貴族達は慌てて逃げ惑って大変なことになっているはずだと思ったのに、彼らは仮面をつけたまま立ち上がってはいるが、逃げようとしている様子が見られなかった。

動きがないのはよく分からないが、こうしてはいられないと、ユアンは隠していた剣を手に二階席に向かって走り出した。

「ユアン！」

「陛下！　いったい、何が起きているんですか？」

舞台裏から二階席へ階段を駆け上がっていたら、後ろからリリアが付いてきた。

立ち止まったユアンが声をかけると、リリアは上手くいったようだと言ってニヤリと笑った。

「どういうことですか⁉　あの仮面は？　火事は？なんとかしないと！」

「火事の方は大丈夫だ。すでに消し止められている。……待て、今ちょうどヤツらが現れたようだ」

客席側に向かうカーテンを開けようとしたら、リリアに止められてしまった。

しかし、わずかに開いた間から中の様子を覗くことができた。

見るとやはり、黒装束の男達が剣を持って、貴族席の出口の前に立っていた。

じりじりと貴族の方に向かって剣を向けながら迫っていく組織の者達。

ゼノン公爵はその中を一人で優雅に歩いて、パチンと指を鳴らした。

「死ねぇぇぇ!!」

その音が合図だったようで、一斉に叫んだ組織の者達が武器を手に走り出したが、貴族達の方は一斉に仮面を投げ捨ててドレスや服の中から剣を取り出した。

よく見ると、どれも筋骨隆々な男達だった。

ドレスを着ていた貴婦人も、カツラと仮面を脱いだら厳つい男の顔が飛び出してきた。

その場でスカートを破り捨てたら、ムキムキの足が出てきたので、唖然としてしまった。

走ってきた組織の者達は、貴族達の姿が変わったので動揺したようだ。

一瞬足を止めたが、そこに仮面を脱いだ者達が一斉に攻撃を仕掛けて、混戦状態となった。

「え……これは……どういう……」

「あそこにいるのは、皇宮の騎士や兵士達だ。一幕と二幕の間に全員入れ替わっているんだ」

「ええっっ⁉」

「いちおう貴婦人役は小柄な男を選んだ。事前にルドルフ伯爵が全員に説明して、それぞれ貴族用の休憩室に入ってもらった。そこで待機していた同じ格好をした騎士や兵士と交代したんだ。客席は薄暗いし仮面を付けていて、それぞれ仕切りがあるからよく見ることができない。それを利用したんだ。似たようなドレスや服を用意するのが大変だったが、セレステ嬢の協力で上手くいった。驚かせたな。どれも綱渡りのような作戦だったから、ちゃんと説明できなくてすまない」

「いえ、そんなっ、この状況ですから。この短期間で……大変でしたでしょう。よくここまで揃えて……」

「みんなが頑張って動いてくれたおかげだ」

弱々しいと思っていた貴族達が、鍛えられた戦士だったので、訓練されたはずの組織の者達だったが、さすがに剣術では敵わず次々と倒されていった。

ピンチに陥ったのはゼノン公爵だった。

小説では逃げ惑う貴族達の中を、笑みを浮かべながら歩き悠々と出口を出て、そこにも火をつけて劇場から姿を消す流れだった。

それが、捨て駒として使った後、火事で死んでもらう予定だった組織の者達があっという間にバタバタと倒されてしまったので、逃げる機会を失ってしまった。

それでもまだ逃げようとして出口に向かったところを、近くにいたミドランドが前に立ち塞がった。

「ゼノン公爵、出て行かれては困ります。この騒ぎ、貴方の仕業でしょう！」

「なんだ⁉　私は関係ない、ただの観客だ。こんなところで危ない目にあって、火事も起きたのだろう、逃げるのは当たり前だ！」

「火事はすでに消し止められています。怪しげな男達が火を放つのを確認して、全員捕まえています」

「私は関係ない！　貴様には公爵である私のことを止めることはできない！　どけ！」

その時、公爵が視線を送ったのをユアンは見逃さなかった。

近くにいた組織の者が、ミドランドに向け斬りかかったのを見て、ユアンは飛び出した。

ミドランドに突進したユアンは、体をぶつけて倒した後、組織の者が放った一撃を剣で受け止めた。

「ユアン様！」

「ユアン‼」

小説と同じようにミドランドが怪我をすることは防げた。

安堵したがまだ気が抜けない。

反撃に出ようとしたところで、後ろから走ってきたリリアが、組織の者に斬りかかり一瞬で倒してしまった。

目線を合わせてお互いの無事を確認したところで、混乱に乗じて公爵の姿が消えていることに気がついた。

「ゼノン公爵は⁉　どこへ行った⁉」

リリアが出口へ向かおうとすると、公爵が油を撒いたらしく、外へつながる出口からは火柱が上がった。

「くっ……っっ、火を消すんだ！」

騎士や兵士達は、組織の者をほぼ制圧していたので、すぐに集まりみんなで消火作業が行われた。

火は出口付近の椅子の辺りまで広がったが、それからまもなく消し止められた。

結局、公爵にはそのまま逃げられてしまったが、貴族が襲われて、ミドランドが怪我を負うという流れは変えることができた。

そして、グリードの妹も……。

「ううっ……うう、みなさま……本当に、ありがとうございます……」

消火作業が終わり、水浸しになった床に膝をついていたグリードが、泣きながら頭を下げてきた。

その横でセレステが寄り添い、グリードの背中を撫でていた。

妹の無事を聞いたグリードは、その場で泣き出したのだ。

彼がどんな思いで過ごし今日を迎えたか、それはみんな分かっているので、その場にいた騎士達も労うように良かったですねとグリードに声をかけていた。

「この劇場は調査が入るからしばらく使用できない。公演を中断することになってしまい、申し訳なかった」

「そんな……公演など、またやればいいのです。それに私は路上でも、どこでも歌えます。皆様は命をかけて私達を救ってくれた……ありがとうございます、本当に、感謝してもしきれないです」

リリアが声をかけると、グリードは咽《むせ》び泣きながら、お礼の言葉を伝えていた。

ユアンはその様子をホッとしながら眺めて、その後にゼノン公爵が出て行ったドアへ目を向けた。

半分は焼け落ち、外へ続く階段は真っ黒になっている。


あの男のことだから、誘拐など知らない。ただ観客として参加していた。火事が起きたから逃げただけ、そう言い逃れすることは目に見えている。

組織に指示を出すような行動も見られたが、気のせいだと言われたらそれまで……。

ただ、今回のことで公爵の手足となる組織は、壊滅的なダメージを受けたはずだ。

恐らく残った者がいても、まともに動ける者は少数だろう。

隠れ家を調査して、公爵に繋がるものが出てくるのかは分からないが、スペンスと暗殺組織まで失った今、公爵は完全に追い詰められた。

今回の目的は、事件を防ぐこと。

公爵に痛手を負わせることができたので、まずまずといったところだろう。

ユアンはやっとここまで来たと大きく息を吐いて、その場にぺたんと座り込んだ。

周りはボロボロの女装姿の騎士達に、そこら中に散乱したカツラや仮面にドレス、倒れた暗殺者達。

なんという光景で、ここはどこなのだろうとよく分からなくなってしまうが、とにかく血の公演事件を止めることに成功した。

小説と流れが変わった今、どう動いていくのか想像できないところまで来てしまった。

リリアが真の皇帝となるために、自分に何ができるのか。

騎士達に指示を出しているリリアの勇ましい横顔を見て、ユアンは自分の持てる力を全て捧げようと今一度、心に誓った。


お湯の上に浮かんだ花びらを、一枚ずつ手の中に集めてはまた戻して。

そうしているうちにお湯がすっかり冷めてしまったので、ユアンはぶるぶると体を震わせた。

「あー、やっぱり。まだ出ていらっしゃらなかったんですね。長湯をすると風邪をひかれますよ」

いつものように人払いしていたので、あまりに遅かったからか、エルカが鉄桶を持って浴室に入ってきた。

「ごめん、ちょっと考え事を……」

「先日の歌劇場の事件のことですか？　公爵様のこと、あまり思い詰めないでください。食事も残していらっしゃいましたよね」

湯が冷めていると分かっていたのか、エルカが熱い湯を足してくれたので、冷めていた湯はすっかり温かくなった。

「父のことは……もう気持ちの整理がついているから。ただ、あまりに、大人しくて不気味だなって……」

「確かにそうですね。審問会にも拒否権を行使して欠席されましたし、公爵領に引きこもってもうひと月になりますね」


グリードの単独公演が火事で中断したことは、帝国中を騒がす大ニュースとなった。

報復を恐れたグリードの希望もあって、ネラが誘拐されたことは発表されていない。

火事の最中に貴族を狙った暴行事件が発生したとされて、その犯人は調査中となっている。

事件の場にいて逃げ出した公爵は、明らかに怪しいと疑われたが、公爵家の持つ力で今のところ取り調べを逃れている。

組織の者達は公爵が集めた孤児達だったが、その記録は一切消えていて、公爵が孤児院を作っていたことすらもなかったことになっていた。

結局また線が切れてしまった。

しかし組織を失った公爵は手足がもがれた状態だ。療養という名目で、帝都での活動は一切控えて、公爵領から出ることなく、邸の門を閉じてしまったようだ。

キルシュとグレイの部隊が突入した隠れ家は、切り立った崖の上にあり、そこに組織の連中の多くが潜んでいたようだ。

足場の悪い場所での戦いとなったが、グレイ達の急襲に驚いた組織の者達が、一斉に逃げたところをキルシュの部隊が待ち伏せていて徹底的に倒したらしい。

慌てて逃げようとした者の多くが崖の上から落ちてしまったというから、壮絶な戦いが繰り広げられたのだろう。

キルシュもグレイも傷ひとつなく、無事な姿で帰ってきてくれた。

公爵からすぐに何かあるだろうと思っていたが、今のところなんの動きもないので、それが嵐の前の静けさに思えてしまった。

「きっと、ミドランド様が次の手を考えてくれていますよ。といっても、今はルーディア様のことでお忙しいみたいですけど」

スペンスが罪人になったので、リリアの母、ルーディアが幽閉されることになった件についても再調査されることになった。

当時、ルーディアが他国へ金の横流しをしたとして、告発したのはスペンスだったからだ。

リリアへの個人的な恨みから起こした、虚偽の告発ではないかと声が上がったのだ。

リリアとミドランドはずっと再調査を願い出ていたので、それがやっと叶ったかたちになった。

優秀なミドランドのことだから、ルーディアの冤罪が認められる日も近いだろう。

しかし、それを思うとユアンの胸はチクリと痛んだ。

もちろん、ルーディアが解放されることはユアンも願うところだ。

だが、もともとルーディアは、リリアとユアンの婚約に反対したために幽閉されることとなったのだ。

ルーディアと対面した時に、喜んでもらえるとは思えなかった。

ゼノン家の人間でもあるし、ユアンは男だからだ。

ルーディアはリリアが真の皇帝となることを誰よりも望んでいる人だ。

そんなリリアが選んだ相手が、男のユアンだと知ったら、ルーディアはどう思うのか。

この世界で同性を伴侶にすることは、禁忌とされているわけではない。

ただ、子を作ることができないので、あまり公には受け入れられていないことは事実だ。

ましてやそれが皇族で、皇帝の相手となればもっと厳しいものになる。

歴史上、男を側人としておいた皇帝もいたが、皇后がいたので、あくまで愛人という扱いだった。

今は皇配として周囲に受け入れられているが、いつかユアンは宙に浮いてしまう立場になる。

世継ぎを作らない皇帝として、リリアの立場が危うくなってしまうことも考えられる。


そんな相手のことを、ルーディアは認めてくれるだろうか。

厳しい目で見られたり、辛く当たられたりすることは覚悟しているが、間に立ったリリアが苦しい思いをしないかが心配でたまらなかった。

そう思うと、やはりリリアの隣にいるべき人はヒロインではないかと思ってしまうのだ。

ヒロインであれば、全て上手く解決して、誰もが幸せになれるだろうと……。

ユアンはここに自分がいていいのだろうかと考えて、やはり側にいたいと思い、それを何度も繰り返していた。


「大丈夫です。そんなにご心配なさらないでください」

ユアンの心の中を読み取ったかのように、背中を流しながらエルカが慰めてくれた。

「陛下はユアン殿下のことをとても大事にされていらっしゃいます。この先のことも、心配だと思いますが、たくさん考えていると思います」

「……そうだね。信じて付いていくと決めたのに」

すぐに臆病になる自分が嫌になってしまった。暗い顔をしてエルカに心配されてしまうなんてよくない。

ユアンは気持ちを切り替えようと、手で湯をすくって顔を洗った。

「今でもユアン殿下がお一人で湯に入っていらっしゃると、ドキドキするんです。ここに来たばかりの頃、潜っていらっしゃいましたよね。それが忘れられなくて」

「あぁ、そういえば、そんなことがあったね」

現実から逃避するように、ユアンは過去の思い出に浸ることがあった。

湯船に潜っていたのは、前世を思い出した時の出来事が、ユアンの中で強烈な記憶だったからだ。

あの体験はひどいものだったが、そのおかげで生きてこられたこともある。

だから過去の思い出にすがるように、湯船に潜っていた。

思い出の中が一番安心できたのだ。

でも最近は、そんなことを考える暇もなく、すっかりやらなくなっていた。

あれで寿命が縮んだとエルカに言われて、もうやらないから大丈夫だよとユアンは笑った。

今の生活が満たされているのもあり、やりたいとも思わなくなった。

「そういえば、どうして川で溺れてしまったんですか？　あ……もしかして……公爵様に……」

「いや、違うよ」

話の流れと、ユアンの過去をある程度知っているエルカは、公爵に落とされたとでも思ったのか、泣きそうな顔になってしまったので、慌てて手を振って否定した。

「自分で飛び込んだんだ」

「えっ⁉　ご自身で⁉」

「そう、溺れていた人がいて、助けようと思ってね」

「ゆ……勇敢でいらっしゃると思いますが……」

「そう、無茶だよね。それで流木にあたって私も溺れちゃった」

「その溺れていた方は……」

「大丈夫、私より先に助け出されていたよ。私は下流に流されたけど自力で岸に上がれて助かった」

もう昔の話だというのに、胸に手を当てたエルカはホッとした顔で息を吐いていた。

本当に優しい子だなと思って、ユアンの心も温かくなった。

「助かって良かったです。そうでなければ、こうしてユアン殿下にお会いできることがなかったです。それはすごく悲しい」

「ありがとうエルカ。私もエルカに会えてよかった」

宮殿に来た時に、優しく接してくれたのはエルカだけだった。

今も細かいところまでよく気がついて、ユアンが困らないように先に先にと動いてくれる。

エルカは湯から上がったユアンを拭いてくれたが、エルカの方が頬を濡らしていた。

ユアンはクスリと笑ってエルカの頬を拭ってあげた。

「ほら、私より濡れているじゃないか。まったく兄弟揃って泣き虫なんだから」

「兄がですか？　まさか、いつも俺は涙なんて流したことがないって威張っていますよ」

「ははは、お兄ちゃんは大変だな」

弟の前でカッコつけたいお兄ちゃんについて考えていたら、あっという間に夜着の支度が終わっていた。

「今日は……その……」

「はい、久々の夜伽になりますね。とってもお綺麗です」

「ええっ……と」

「もう何度も夜伽はされているじゃないですか。さぁ、行きましょう」

事情を知らないエルカはいつもの調子だが、ユアンは大事なことを思い出したのだ。

言われたあの時は胸がいっぱいで、とにかく返事をしないといけないと思ってハイと口にした。

リリアは確か、この件が解決したら……。

一気に火がついて真っ赤になっているユアンを見て、エルカが不思議そうに首を傾げていた。

とっくに心の準備はできていたが、いざ目の前になってみると、緊張して足に力が入らなくなりそうだった。

「ユアン殿下、お通りになります」

もう少し湯に浸かっていたい気分になってしまったが、エルカが廊下に出て騎士達に声をかけたため、ユアンは仕方なく真っ赤な顔のまま、リリアの元へ向かうことになった。

月明かりとわずかな蠟燭《ろうそく》の灯りに照らされた部屋。

このまま蠟燭の火に揺らされて、溶けてしまいそうな気持ちになった。

ユアンがそっと部屋に入っていくと、窓辺に腰を下ろしているリリアの後ろ姿があった。

「初夜の夜、私は結婚相手といることよりも、仲間といる方を選んだ」

ユアンの気配を察したリリアが、ポツリとこぼすように話し始めた。

「ゼノン家の息子はきっと、私の命を狙ってくるか、世継ぎを作るために近づいてくるだろう。だから、牽制のためにも最初から距離を取ることを選んだ」

ユアンがゆっくり近づいて行くと、リリアは手を伸ばしてきて、近くに座るように促した。

リリアのすぐ隣に座ると、リリアが長い指で遊ぶようにユアンの頬を撫でてきた。

今夜は久々に夜伽に呼ばれた。

リリアは裁判や事件の後処理で働き詰めだったが、やっとゆっくりできる時間ができたのだろう。

今夜来て欲しいと連絡があってから、ユアンの心臓は壊れそうに揺れていた。

「あの日、月を見たんだ。なぜか、やけに明るくて……苦い気持ちになった。ユアンもこの月を見ているかもしれないと思うと胸が痛んだ。ようやくこの座に就いたというのに、無性に寂しく感じた」

「私はあの日、不安でいっぱいでした。自分の立場であれば、呼ばれないことは分かっていました。だから、私があの日見た月はとても……悲しく見えました。レオ様の瞳の色に似ていたから……」

「ユアン……すまなかった。私は何が正しいのか判断できずに、お前を傷つけた」

「そんな……、ここでは誰がいつ敵になるのか分からない。そんな場所で、政敵の息子など、すぐに信用できるはずがないですよ」

「それでも、あの日おまえを一人にしたことを、時々思い出しては後悔するんだ。なぜちゃんと抱きしめてやれなかったのかと」

リリアの言葉を聞いて、ユアンの胸は甘く痛んだ。リリアが自分のことを思ってくれていた。

その言葉で十分悲しい思い出は救われた。

「……でしたら、今、抱きしめてくれますか?」

「ユアン……」

窓からこぼれ落ちる月明かりを背にして、リリアに抱きしめられた。

いつの間にかリリアの胸板は厚くなり、手を回すと大きくなったと実感した。

「こんなに大きくなられて……」

「そうなんだ。ここまで急に変わるとはな。さすがに大臣たちの目が変わり、色々言われるようになってきた。だが、龍の血のおかげだと、それを言えばみんな黙る」

「私は妻に抱かれる夫なのですね」

「私に抱かれるのは嫌か?」

「いいえ、こうしているのが一番幸せです」

「それは嬉しい。私もお前を腕の中に入れて可愛がりたい。できれば、一日中」

「それは……さすがにミドランドに怒られてしまいますよ」

クスクスと笑って顔を上げると、自然にリリアの顔が近づいてきて、唇が重ねられた。

しっとりと重なってからわずかに離れると、息を感じられる距離で目が合った。

それだけでユアンの体はしびれてしまった。

「ユアン、お前に話しておくことがある」

「……はい」

「私は子どもの頃、死にそうになったことがあって、その時に命を救ってくれた恩人がいるんだ」

ついにリリアの口からその話が出るのかとユアンに緊張が走った。

ミドランドから、リリアは過去の執着に縛られて苦しんでいるという話を聞いた時から気になっていたことだった。

「助かってからしばらくは、眠るとその時の夢しか見なかった。会いたいと……もう一度会いたいと思いながら生きてきた。もうずいぶん色褪せた記憶だが、助けてくれたお礼を言いたいという気持ちは変わらなかった」

ユアンは息を呑んでから頷いた。

リリアの真剣な目を見て、この後何を言われるのか、緊張で震えそうな手を握りしめた。

「胸に残ったものがあって、自分の中でハッキリと線を引けたらこの事を話そうと思っていた。過去の記憶は断ち切る。私に必要なのはユアンだけだ。気持ちの方が先走って、思わず好きだと言ってしまった。配慮ができず、不安にさせて悪かった」

「レオ……様」

「恩人はただの恩人だ。私の生涯の伴侶はユアン、お前だけだ。男として王座に就いたら、皇帝としての責任を問われるだろうが、もともと私は子を作るつもりがなかった。だから、そのことで心を痛める必要もない」

「えっ………」

「母の考えとは違うために、慎重に進めているんだ。今までこのことを話したのはミドランドだけだ。皇帝には私より相応しい者がいるだろう。その者が成人を迎えるまではしっかりした地盤を築きその後も支えるつもりだが、その時が来たら退くつもりだった。そんな私に子がいては争いの火種になってしまう」

「相応しい……まさか、オーブリー様」

「本人にそのつもりがあるかは問題だが、もし嫌だと言われても、父のおかげというのもあれだが、血を引く者は多くいるから、後継に困ることはない」

その場合、多少争いは起きるかもしれないがなと言いながら、リリアはユアンの頭を撫でた。

小説では最後にヒロインと結ばれたリリアが、真の皇帝として国を治めていく、というところまでしか書かれていなかった。

力強く歩み出したリリアに、そんな思いが隠されているなどと思わなかった。

「生き残るため、とはいえ、皆を欺《あざむ》いてきたことには変わりない。そんな男が長く王座に座るべきではない、私はそう思っている。母は私が死ぬまで皇帝でいて欲しいと願っているから、そこは分かってもらう必要がある。時間はかかっても説得するつもりだ」

リリアの覚悟を知ったユアンは、悲しいことばかり考えて、一人で抱え込むのはやめようと決めた。

リリアは過去の執着を断ち切って、自分を選んでくれた。

母親と対立する可能性のある話まで打ち明けてくれたら、ユアンとしては信じてもう付いていくしかない。

「分かりました。私はレオ様を信じます。お側にいると誓いました。だめだと言われても離れません」

「だめだなどと言うものか。離れられないように縛っておきたいくらいなのに」

リリアの腕に抱きしめられ、また頭を撫でられて耳や首にキスをされた。

「ユアン、私の他に、誰かと口付けをしたことは？」

「……ありません」

一度だけ、ふざけたのか本気だったのか分からないが、兄のマルコに床に押し倒されたことがあった。

頬に口を押し当てられたが、必死に抵抗して逃れた。

だからユアンとして、ちゃんと口付けをしたのはリリアが初めてだった。

「ならばここを知るのは私だけだ。他の誰にも許さない」

向けられた独占欲に酔ってしまいそうだ。

ユアンがはいと言う前に、リリアはまた唇を重ねてきた。

「んっ………はぁ………んんっ……」

息継ぎする暇もないくらい、リリアの唇に塞がれてしまい、口を開けたらリリアの長い舌がぬるりと入ってきた。

ユアンの舌を絡みとって、舌の根まで舐められたら、ゾクゾクと痺れていた体をユアンはぶるりと震わせた。

「ベッドへ行こう」

初めて会った時は変わらない背丈だったはず。

それがいつの間にか大きく抜かされて、リリアはユアンのことも軽々と持ち上げてしまった。

普段の厚い服の下に隠された逞しい力を感じて、ユアンの心臓はドクドクと激しく揺れた。

緊張と興奮と羞恥に歓喜、様々な感情が入り乱れて制御できない。

抱き上げられたユアンは、リリアの首の後ろに手を回した。

リリアを求めて体の奥底が疼いている。

熱を感じながら、これから何が起こるのか考えて、ユアンは目を閉じた。

心の準備ができていたつもりだったが、いざとなると少し恐くなってしまった。

ゆっくりとベッドに下ろされると、リリアはユアンの隣に寝転んできた。

「緊張しているな」

「っ……それは……」

「お前を抱きたいとは言ったが、無理やりするつもりはない。公爵の元で恐ろしい日々を過ごしてきたんだ。こうやって肌を寄せ合って少しずつ慣れていこう。私はユアンが求めてくれるまでいくらでも待つつもりだ」

「で……でも、私は少しくらいの痛みなら……」

こら、と言われて頬をむにっと軽く摑まれてしまった。

「我慢できるなんて言わないでくれ。少しの痛みも感じさせたくない。ユアンが私の腕の中で、全て手放して安心できるくらいの男になりたいんだ」

「レオ様……」

「様もいい。レオと呼んでくれ」

「レオ……」

その夜、わずかに灯った熱を体の奥に感じていたが、リリアに抱きしめられていたら、いつの間にか眠っていた。

全て捧げたいと思っていたのに、奥底に残っていた恐怖を感じ取られてしまった。

焦らず、ゆっくり待つと言ってくれたリリアが、自分をどのくらい大切に思ってくれているのか、ユアンは痛いくらいに嬉しいと感じた。

その痛みは今まで受けてきたものとは全く違う、甘く胸をくすぐる優しいものだった。


キン、キンと硬質な音が訓練場に響き渡って、砂埃が舞った。

はぁはぁと息を切らしながら、ユアンが膝をついたところで、ここまでにしましょうとキルシュが剣を鞘に収めた。

「私の動きに目が追いつくようになってきましたね。反応もいいです」

キルシュが手を伸ばしてきたので、ユアンはその手に掴まって体を起こした。

「まだまだ足が重くて思うように動かない。でも最初に比べたら上出来だろう?」

「ええ、でも劇場でミドランドを助けて、転がりながら組織の者の剣を受けたと聞いた時は驚きましたよ」

「あの時は、体が反応してしまったんだ。自分でもよくあんな動きができたなと不思議に思うよ」

火事場の馬鹿力みたいなものだろうと自分では思っているが、その話を聞いたキルシュに寿命が縮んだと言われてしまった。

兄弟の寿命をこれ以上縮めるわけにいかないので、しっかり訓練をしなくてはいけない。

「汗をかいたので湯を浴びますよね。エルカに用意をするように伝えてきます」

訓練場を出ていくキルシュの背中を見送ったユアンは、体についた砂を落とした。

皇族用の訓練場には、今日も誰一人いない。

皇宮の奥にあり、騎士の宿舎を通らないといけないため、外の者が勝手に入ってくることはない。

ユアンを警護する騎士達も、キルシュが付いているので今の時間は休憩をとっているはずだ。

久々に一人の時間を堪能するように、ユアンは空を見上げて深く息を吸った。

ゼノン公爵は相変わらず引きこもったまま全く音沙汰がない。

つかの間の静かで平和な日々が流れていた。

リリアとの仲は順調だ。

リリアは時間があればユアンの顔を見にきて、たっぷり可愛がってから仕事に戻る。

寝室を移して、夜はいつも一緒に寝るようになった。

リリアが待ってくれることに甘えて、キスのみのプラトニックな関係が続いているが、その先に進むことにユアンは少しだけ躊躇していた。

男同士の行為に抵抗があるわけではない。

むしろ一緒に寝ていると体が疼いてしまう時がある。

ユアンが躊躇しているのは、間違いなく溺れてしまうと思うからだ。

リリアを信じると決めたし、どこまでも側にいるつもりだが、小説のメインになってくる主人公とヒロインの恋にまだ怯えているのだ。

臆病な自分が嫌になるが、何もかも大丈夫だと安心できるまで、どうしても先に進めずにいた。

手を伸ばしても、誰にも届かず。

信じた人はみんないなくなってしまった。

そんな日々を送ってきたことが、今になってユアンの足を摑み重くさせていた。


ザクザクと砂を踏む音が聞こえて、キルシュが戻ったと思ったユアンは顔を上げた。

すぐに陽気に手を上げる元気なキルシュの顔が見られると思っていたのに、そこに立っていた人物を見て一気に体が冷えてしまった。

「これは、殿下。こんなところでお遊びですか？」

「マルコ……お兄様」

訓練場の入り口には兄のマルコが立っていた。

あの庭園での一件以来、顔を見ることがなかった。

「北東の国境警備に行かれたと聞いていましたが……」

公爵は引きこもっていたが、皇宮内の騎士団にはマルコがいた。

ユアンの安全も考えて、リリアはマルコを国境警備隊の所属にした。

少なくとも五年は帰れないはずだった。

「移動中に落馬して腕を負傷したんだ。帝国法では、負傷した騎士、兵士については帰還を許されている」

そう言いながら、全く怪我をしたようには見えなかった。

ユアンに見せつけるように、マルコは腕を回してアピールしてきた。

恐らく向こうの管理者に金を握らせたのだろう。

父親とそっくりだなと思いながら、ユアンは唇を噛んだ。

「そうそう、お前に話があったんだよ。ゼノン家の力が弱まったのをいいことに、よくもあんな所へ送ってくれたな。この裏切り者が！」

マルコは怒りに燃えた顔でユアンに近づいてきた。

殺気を感じたユアンは、持っていた練習用の剣を構えてマルコと距離をとった。

「剣術上位者の俺とやろうっていうのか？　皇帝に絆《ほだ》されて頭もおかしくなったな」

「私の頭はおかしくありません。お兄様こそ、スペンスお兄様のことを見てなんとも思わないのですか？　息子達などただの駒で、次は自分かもしれませんよ」

「はっ、スペンスは元から頭がおかしい奴だったからな。父上はいつか切るつもりだった。俺とは違う」

「悲しい人ですね。そんな保証などどこにもないというのに。現に北東に左遷されて、父上は助けてくれましたか？」

「うるさい！　お前など……卑《いや》しい女から生まれたくせに！　この俺に意見をするな‼」

剣を抜いたマルコは鬼の形相でユアンに向かってきた。

マルコの背丈はユアンよりもはるかに高く、体全体についた筋肉は比べ物にならない。

鍛えられた現役の騎士、それも騎士団でも上位にはいる腕前だ。

勝算はほぼなく、振り上げられた一撃を受け止められるかも分からない。

ユアンが覚悟を決めた時、ユアンの前にサッと黒い影が入ってきた。

全身の体重をかけた重い一撃を受け止めたのはキルシュだった。

すぐに押し返してマルコの剣を弾いたキルシュはユアンを背中に隠した。

「兄弟喧嘩にしては、やりすぎですね。今の一撃、殺すつもりできましたね」

「……キルシュ卿。いつもいつも、邪魔な男だ。平民の出のくせに出しゃばるな。この俺に剣を向けるとは覚悟はできているな」

「どうぞお好きに訴えてください。それよりも先に、皇族に刃を向けた行為で首が飛びますよ」

「……ここには誰もいない。前回謹慎へ追い込んだ俺に恨みを持ったキルシュ卿が突然襲いかかってきた、とでも言わせてもらおうか」

そう言ったマルコは剣を収めて、大袈裟に手を上げた。

そこに騒ぎを聞きつけたのか、宮殿の騎士や使用人達がわらわらと集まってきた。

攻撃の意思のない格好のマルコと、剣を向けているキルシュ、この状況では分が悪いとユアンは判断した。いくら追い込まれていても、まだゼノン家を支持する者は多い。

ここでキルシュを失ったら、大変なことになってしまう。

「キルシュ、今は下がろう」

「殿下………くっ……」

「ははは、腰抜けが」

「マルコ……次は、お前の首を落とす」

「よく吠える犬だな。女帝に首輪でも付けてもらえ」

危険な空気を察知した同僚達が集まってきて、キルシュもマルコもそれぞれ別の場所に連れて行かれてしまった。

ユアンはすぐにマルコに攻撃されたことをリリアに訴えたので、キルシュが処分されることはなかった。

リリアはマルコを危険人物として、過去の犯罪を調べて糾弾する準備を整えていたらしい。

だがその最中、騎士団本部の聞き取りに向かったはずのマルコは途中で姿を消してしまった。

ゼノン家の父親に続いて息子まで隠れてしまうという事態に、貴族達は大混乱となった。

そしてその事態を収めるかのように、ある発表がされた。

長い幽閉生活を送ってきたルーディアだったが、スペンスが偽の証拠を提出したと認められて、解放されることになった。

ルーディアの住まいである、シトリン宮では、主人が戻ってくるために、使用人達が大忙しで準備をしていた。

「ルーディア様は薔薇がお好きなので、庭園の薔薇だけでなく、帝国中から取り寄せているんです。みんなこの日をどんなに待っていたか……」

シトリン宮に続く廊下を歩いていたユアンは、次々と運び込まれる薔薇の花を見ていた。

隣でエルカが嬉しそうに説明してくれたので、ユアンも微笑んで頷いた。

「ルーディア様はみんなに愛されているんだね」

「はい、少し厳しいところがある方ですが、陛下のことをとても大切に思っていらっしゃいます」

ルーディアが幽閉地から戻ってくるのは一週間後、宮殿に入ったら帰還を祝うパーティーが予定されていると聞いた。

「大切にし過ぎるところはあると思いますよ。過去にも陛下の意見よりもご自身の意見を通されることが多く、度々陛下とぶつかっていましたからねぇ」

「グレイさん！」

歓迎ムードの中で、グレイだけが現実的なところに触れたので、慌てたエルカが口に指を立てて周りを見ていた。

「お二人の確執は皇宮内では一部の者しか知りません。今は誰もが混乱されていますから」

「余計な噂を生まないように、ミドランド辺りの入れ知恵かな。といってもユアン殿下にお知らせしておかなければ、急にでは驚かれると思いますよ」

リリアへの定期報告とかで宮殿に出入りしているグレイは、いつも謎の笑みを浮かべていることが多いが、今日は顔を出した時から態度が少し違った。

グレイの言葉に促されたエルカは、軽く息を吐いてからこちらへと言って人気のない場所へとユアンを連れて行った。

「ルーディア様は基本的には優しいお方ですが、陛下のこととなると、人が変わられると言いますか。絶対譲らないところがありまして、陛下が政治に関わるようになってから、毎日のように衝突されていました。後々のことを考えて、貴族の令嬢を側に置こうとして陛下に反対されて言い合いになり……陛下を立派な皇帝にしたいと、いつもそのことばかり考えていらっしゃいました」

ユアンに彼女の気持ちは分からない。

最初は生き延びるためのものだったものが、どんどん望みが出てきて、期待をするようになってしまったのだろうか。

それでもリリアのためを思っている、ということが、責めることもできず、なんとも言えない気持ちになった。

「ミドランドはあの通り、ルーディア様には心酔しているし、キルシュも尊敬しているらしいです。私はあまり接点がなかったので、うるさそうな母親だなと思うだけですが」

「グレイさん……」

「キツイことを言われるかもしれないので、そうなったら、私の所にでも愚痴りにきてください。嫁姑問題はそれなりに実績がありますので」

言い方にはクセがあるが、グレイが励まそうと思ってくれていることが嬉しかった。

「分かった。その時は依頼するよ」

だからユアンも話に乗って、大丈夫だという顔で答えた。

物語において重要な秘密を作った張本人、前皇帝の元で、様々な陰謀渦巻く宮殿で生き抜いてきた人だ。

マルコの襲来の次は、ルーディアの帰還がまた大きな嵐になりそうな予感がして、ユアンは胸を押さえて空を見上げた。

つづく

急な雨

ピンと張り詰めた糸、それを指で弾くとぽんぽんと小気味のいい音がした。

昔、街角に立って弦楽器を演奏している人がいた。誰もが通り過ぎる中、ユアンは足を止めてじっと見入ってしまった。

演奏が終わると、思わず手を叩いた。

恥ずかしそうに笑って頭を下げたその人の顔を覚えてはいない。

ふとした時に、また聴きたいなと思い出した。

複雑なものなど何もない。

シンプルで胸に響く音が、無性に懐かしく感じるのはなぜだろう。

静かな時間が多いと、余計なことまで考えてしまう。

今は束の間の幸せ。

いつか糸が切れるように、全ての音が消えてしまったら……。

不安な気持ちは時々吹く強い風のように、ユアンの胸を揺らしていく。

上手く言葉にできない思いが、ひとつ、またひとつと増えていた。


ユアンはぼんやりと曇った空を見上げながら、小さくため息をついた。

「今日は朝からこんな感じですね」

窓辺に座ったユアンの横にエルカが立って、同じようにどんよりとした空を見上げた。

「時々太陽は覗きますが、ハッキリしないですね」

「雨は降るかな?」

「どうでしょう……、今のところ、大丈夫そうですけど。この時期の天気は、女性の心に例えられて、ころころと変わりやすいなんて言う人もいるくらいです」

そうなんだねと言いながら、ユアンは窓から見えるリリアの暮らすルビー宮を見上げた。

ルビー宮はユアンのいるサファイア宮より高台にあり、皇帝の威厳《いげん》を示すように、宮殿全体を見下ろす場所へ建てられている。

リリアは今、あの中にいるのだと思うと、自然と視線がいってしまうのが止められなかった。

「陛下は昨夜、空が明るくなり始めた頃こちらに……。

起こさないようにと言われまして……」

「そうか、今日もほとんど寝ていらっしゃらないで会議のようだね。会議室の前では、地方の役人達が列を作っていると聞いたよ。体を壊されないといいのだけれど……」

古龍の血を継《つ》ぐリリアの体は人より頑丈にできている。

だから、数日眠らなくても大丈夫だとリリアは言っていたが、ユアンはつい心配になってしまう。

いや、心配したいのかもしれない。

それだけでも繋がっていると感じたかった。

帝国一年間分の予算や、国及び地方税について話し合うこの時期、大陸中の人間が集まってくる。

訪問者は絶えず、分刻みで会議も至るところで行われて、リリアとミドランドは大忙しだった。

すぐ近くにいるというのに、数週間、まともにリリアの顔を見られない。

時々、深夜や朝方に会いに来てくれているらしいが、よく寝ているからと気を遣って、いつも優しく撫でて帰っていくそうだ。

何度か朝まで頑張って起きていた日もあったが、そういう時は決まって現れない。

熟睡していても揺り起こしてくれればいいのにと思いながら、ユアンはルビー宮を見つめた。

「ユアン殿下の寝顔を見ると、すごく元気が湧いてくると仰っていました。大会議の時期ももうすぐ終わりです。しばらくゆっくりされますよ」

ここに来た時から、長い時間を一緒に過ごしているエルカは何でもお見通しだ。

ユアンの浮かない表情から、すぐに気持ちを汲み取って慰めてくれた。

「ありがとう、エルカ。では私は気分を変えて、散歩でもしてこようかな。キルシュは新人の訓練で忙しいみたいなんだ」

「いいですね。それでは噴水庭園はどうですか？　最近修復が終わったばかりなのです」

ユアンはそこにしようと言って頷いた。

リリアが忙しくしているのに、不満な顔ばかりしていたらだめだ。

今日は客人もなさそうなので、ユアンは散歩に出かけることにした。


サファイア宮をぐるりと囲むように大きな庭園があるが、その中でも大きな噴水のある一角はとても迫力があり、豪華な場所だった。

かつての皇帝が亡き王妃の死を悼《いた》んで造られたというもので、最近まではあまり手入れされておらず、見事な石の彫刻も壊れていた。

リリアと公務の間に二人で歩くこともあったが、修復作業で入れなくなったため、しばらく足を運んでいなかった。

綺麗《きれい》になった噴水を楽しみにしていたら、エルカも修復後に見るのは初めてだったらしく、噴水の近くまで行くと、あっと声を上げた。

「すごい……見事だね。あ、あれは……金?」

「そのようですね。金を塗って仕上げたようです。輝いていますね」

もともと歴史を感じる龍の像だったが、躍動感ある金色の龍に変わっていた。

龍の口から水が流れる仕組みで、その豪華さと、今にも動き出しそうな勢いに圧倒され、ユアンとエルカは口を開けて眺めてしまった。

その時、後ろから耳に馴染む低い声が聞こえてきて、ユアンはハッとして振り返った。

「ユアン」

手を上げ颯爽《さっそう》と庭園に登場したのはリリアだった。

風を受けて、長い髪が美しい線を描くように舞い上がったのを見て、ユアンは思わず綺麗だなと見惚れてしまった。

「陛下、お久しぶりでございます。今日はどのようなご用件でこちらへ」

「お前に会いに来たんだ」

形式通りに挨拶したつもりだったが、少しかたくなりすぎたかなとユアンは顔を上げた。

リリアが近づいてくると、エルカは頭を下げてから宮の中に戻って行った。

「まだ会議の最中では？　こちらにいらして大丈夫ですか？」

「重要なものは終わったから、後はミドランドに任せてきた。早くユアンに会いたくて来てしまった」

さりげなく隣に立ったリリアが、体を寄せてきたのでユアンの心臓は一気に高鳴った。


お互い気持ちを確認はしたが、リリアは忙しくて、ゆっくり触れ合う時間がなかった。

仕事の邪魔はしたくないので、無理に会いに行くこともできず、エルカに手紙を書きますかと聞かれても、なんと書いていいのか分からなかった。

知らず知らずのうちに、ユアンは自分の気持ちを表現するより、押し殺す方が得意になっていた。

ペンを手に取っても、一文字も書けなかった。

この胸にあるものを、なんと表現していいのか分からない。

弱い自分、醜《みにく》い自分が渦巻いていて、それをリリアに知られたくない。

好きだからこそ、大切な人だからこそ、思いを口にすることが恐かった。

「……見事な、噴水ですね。龍の装飾が素晴らしいです」

「サファイア宮はしばらく誰も住まなかったから、手入れが行き届いていなかった。この噴水もずいぶんと壊れていてひどいものだったからな。他にも何か不便なことはないか？　欲しいものがあればすぐにでも……」

「いえ、そんなっ。どこも見渡す限り美しく整えられていて清潔です。不便や欲しいものなど何もありません」

この世にないものでも、本気で探し回ってしまいそうな勢いを感じて、ユアンは手を振りながら大丈夫だと訴えた。

リリアはそれならいいと言ってくれたので、ユアンは心の中でホッと胸を撫《な》で下ろした。

ただ、リリアの横顔は笑っていながら、どこか寂しげだったので少し気になってしまった。

「そう言えば、以前、キルシュ卿に剣を教えたとお話ししてくださいましたよね。陛下の子供の頃の話が聞きたいです」

「えっ……私の子供の頃か？」

「ええ、どんな感じだったのか気になったのです。私の方は……あまり、いい思い出がありませんから」

リリアと幼馴染みの関係について、実際のところを聞いてみたかった。

何か言いにくそうに目を泳がせたリリアだったが、ユアンの話を聞いて、重そうな口を開いた。

「ほ……本が好きだった」

「本ですか、それは私も一緒です。兄達が捨てた本をこっそり部屋に持ち帰って読んでいました。陛下はどのような本を？」

「せ……政治かな。後は兵法に、税について」

「すごいっ、子供の頃からそのような難しいものを……」

「まぁ、そうだな。外にはあまり出なかったな。日々、机に向かっていた」

リリアの子供時代は活発だったと記憶していたが、そんな一面もあったのか、むしろそちらの方が多くを占めていたのか、よく分からなくなってしまった。

「あの、キルシュやミドランドとは、外でお会いになったのですよね？　剣の師匠という話は……？」


「た……たまたま、外に出て遊んだ時に知り合った。それで剣を手にする機会があって、もちろん、紳士的に扱って、キルシュに教えた」

「なるほど……紳士的に……」

「ああ、紳士的だ」

ずいぶんと印象が違う気がするが、本人の口から語られたのだからそちらが合っているのだろう。

ユアンは首を傾げそうになったが、ぐっと唾を呑み込んで頷いた。

「陛下は幼き頃から、落ち着いていて、立派な方だったのですね。みんなが付いていきたいと思うほど、優れていらっしゃった。聡明でしっかりとした陛下の姿が目に見えるようです」

「はははっ、そうか？　大した子供ではなかったが、大人びているとはよく言われていた。だが、驚くほどのことはないな」

口では謙遜《けんそん》しているが、ユアンの前で胸を張って、カッコつけた顔をしているリリアを見て、ユアンは可愛いなと、微笑ましい気持ちになった。

「悔しいな。みんなは陛下の子供の頃を知っているのに…、私だけ知らないなんて」

　ちょっと意地悪なことを言って拗ねてみたら、慌てたリリアは、急いでユアンの手を握ってきた。

「子供の頃の私など、何でもない、ただの子供だ。今の私ではダメか？　ここにいるだろう……」

　眉尻を下げて困った顔になったリリアを見て、ユアンはぷっと小さく噴き出し、口に手を当てて笑った。

「ふふっ、冗談です。私は今の陛下をお慕いしています。お側にいられたら、それで十分です」

「お……怒らせてしまったかと。ユアン、このっ、焦ったじゃないか」

　ちょっと頬を膨らませたリリアを見て、楽しくなったユアンは噴水から離れて、庭園の奥に足を向けた。

「陛下、向こうに行ってみましょう。黄色の薔薇《ばら》が綺麗だと聞きました」

「待て、ユアン。置いていくな」

　先に足を進めたユアンが振り返ると、リリアが追いかけてくるのが見えた。

　噴水の近くに待機していた護衛達に手を上げて、留まるように指示していたので、二人きりの散歩だと分かったユアンの胸はどんどん高鳴ってしまった。

　空を見上げると、先ほどまで薄らと出ていた太陽が隠れて、厚い雲に覆われていた。

「捕まえた」

　先を歩いていたユアンの手を、追いかけてきたリリアが摑んできた。

「まったく、女物の長衣は動き辛くて転びそうになる。体も大きくなったし、この服もそろそろ限界だ」

「では、私が運んで差し上げましょうか？」

「ユアン……、言うようになったな。よし、今夜ベッドで眠る時は、私の腕の中から離さないからな」

「えっ、そ……それは……」

「お前はいつも、ミドに見られると恥ずかしがっているが、たっぷり可愛がっているところを見せてやろう」

「や、やめてくださ…、後でどんな顔をして……」

　庭園にはたくさんの花が咲き誇っていたが、リリアに揶揄《からか》われて、ユアンは真っ赤になり花どころではなくなってしまった。

　しかもさりげなく、夜伽《よとぎ》の話が出てきたので、まさか一緒に寝られるかもしれないと、期待が溢《あふ》れて胸が膨らんでしまった。

そんな薔薇色に染まったユアンの頬に、ぽつりぽつりと冷たいものが当たった。

「ん……？　これは降り出したな」

リリアの声に空を見上げると、今までの静けさが嘘のように、大量の雨が一気に落ちてきた。

「わっ、急にこんなに……！　陛下、戻りましょう」

「いや、あちらの方が近い。通り雨だ。止むのを待とう」

いきなり強い雨が降ってきたので、すでに二人とも濡れてしまった。

リリアが指さしたのは、庭園のガゼボだった。

このままだと下着の中まで濡れてしまいそうだったので、考える間もなく、二人で走り出してガゼボの中に入った。

「うわ、二人ともびしょ濡れですね。陛下、大丈夫ですか？　寒くはありませんか？」

ユアンが慌てて取り出したハンカチは無事だったので、それでリリアの顔を拭いたら、パッと取り上げられて、逆にユアンが拭かれてしまった。

「私は丈夫だと言っただろう。お前の方が心配だ。こんなに濡れて……、体を壊したりしたら大変だ。私のユアンをびしょ濡れにするとは、なんて雨だ」

ユアンの頭まで丁寧に拭きながら、雨にまで怒っているリリアが可愛く思えて、ユアンは笑った。

「まだ、寒い季節ではないですから、大丈夫です。もう一枚、ありましたから、今度は陛下のお顔を拭かせてください」

リリアの顔から滴が垂れているのが気になって仕方がないので、ユアンは少し背伸びをしてリリアの顔を拭き始めた。

出会った時は同じくらいだった背が、あっという間に抜かれてしまった。ユアンは成長期などとっくに過ぎているので、これ以上伸びることはない。

リリアを見上げることが、嬉しくもあったが、少し複雑な気持ちにもなった。

そんなユアンの視線に気がついたのか、リリアはじっとユアンのことを見つめてきた。

「私は心配なんだ」

「え？」

「ユアンを喜ばせたいし、何でもしてやりたい。だが、ユアンは、大きな金や宝石もいらないと言うし、広い土地を贈ると言っても首を横に振るだろう。何もいらないと言うばかりで……どうしたらいいのだろうか」

　雨に濡れた顔でしっとりと見つめられて、ユアンはぱちぱちと目を瞬かせた。

　まさかリリアがそこまで自分を思ってくれて、心配までしているとは思わなかった。

「すみません……、私は自分の気持ちを上手く言えなくて……」

「謝らないでくれ、そんなつもりではないんだ。ただ、私はユアンを笑顔にしたいだけなのだ」

「陛下……」

「その……、もっとわがままを言って欲しいんだ。私を困らせるくらい、もっと好きに言って欲しい」

　リリアの真剣な目と熱い思いに、隠れていた想いがゆっくりと外へ溢れ出てきた。

　この人なら、自分の全てを任せてもいい。

　そう思っていたのに、臆病な自分は、どうして身を隠してしまうのだろうと胸に手を当てた。

　小さな部屋に閉じ込められていた自分ではない。

　信じようと決めたじゃないかと、ユアンはやっと顔を上げた。

「陛下……、レオ。私を抱きしめてください」

　ユアンが口にすると、リリアはすぐに手を広げて優しく抱きしめてくれた。

　濡れた体であるが、リリアの温かさに包まれたら、ユアンはとてつもない安心感に満たされていくのが分かった。


　その時、ぽんぽんという音が聞こえてきた。

　いつかの街角で聴いたあの楽器の音かと思ったが、耳に弾むような振動を感じてユアンはハッとして目を開いた。

「違う……楽器の音じゃない」

「えっ？」

　ぽんぽん、ぽんぽん……、耳に響く音。

　懐かしく思ったのは、リリアの心臓の音だ。

　まるで楽器のようにユアンの耳に残って、懐かしい気持ちが胸を揺らした。

この感覚は……この気持ちは……。

「私は……恋しかった」

リリアの胸に抱かれた時の温かさと鼓動。

それがずっと欲しかった。

「この音が……、陛下が恋しくて……たまらなかった」

「ユアン……」

感極まったように、リリアはもっと強く、ユアンを抱きしめてきた。

その力強さが嬉しくて、ユアンも手を回して、同じように抱きしめ返した。

「レオ……レオ、寂しかった」

「ユアン、すまない。ユアン、私も会いたかった。こうやってお前を抱きしめたくてたまらなかった」

一度抱きしめたら二度と放せなくなりそうで、リリアは頭を撫でて我慢していたと話してくれた。

「ごめんなさい、こんなわがままを……」

「何を言っているのだ。私は今、嬉しくてたまらない。ユアンの気持ちが聞けて、愛おしくておかしくなりそうだ」

「……それなら、もう一つだけ、わがままを言っていいですか？」

「ああ、何でも言ってくれ」

本当に嬉しいのか、子供のように笑ったリリアの耳に、ユアンは口を寄せた。

「夜まで待てません。すぐに口付けがしたいです」

驚いたのか息を吸い込んだリリアは、もちろんと言って、唇を重ねてきた。

雨に濡れた唇はしっとりとして冷たかったが、すぐに熱いものに変わった。

いつの間にか雨は止み、空から薄日が差し込んできたが、二人は終わることなくキスを続けた。


リリアの愛情に溶かされて、また一つ、ユアンは自分の殻を破った。

そして急な雨によって、二人の愛はより深いものになり、強い繫がりとなった。


翌朝、唇が腫《は》れたユアンを見て、エルカは優しく笑って薬を塗ってくれた。

不安な気持ちは、風に乗って吹いてくる。

ぽんぽんという音が恋しくなったら、リリアに抱きしめてもらおう。

素直に気持ちを口にしてみよう。

いつか、もう勘弁してくれとリリアに言わせることができるかなと、想像しながらユアンは微笑んだ。

おわり

はじめまして、朝顔《あさがお》と申します。

この度は私の作品、「お飾《かざ》り皇配《こうはい》は龍皇帝《りゅうこうてい》に愛《め》でられる」を、お手に取っていただきありがとうございます。

私の執筆歴は四年ほどで、今回が初めての書籍化となります。

作品はすべて小説の投稿サイトに載せておりまして、今作もその一つです。

テレビでイギリス王室の放送を見て、女王の夫はどんな仕事をしているのか気になるなと、調べてみたのが今作を思いついたキッカケでした。

転生転移のお話が好きなのですが、基本的に、チート能力としては、先の展開を知っていることのみ。

後は主人公が自力で頑張り、運命を変え生き延びて、幸せになる。

こういうお話が一番書いていて力が湧く、といいますか、頑張って苦労して報われると爽快感があります。

今作のユアンも、悪役家族の駒という人生を、どうにか変えようと奮闘します。

しかしどうにもできずに一度は諦めますが、物語の主人公リリアとの出会いで、今度こそ運命を変えようと再び立ち上がります。

最初は警戒されていて、周囲も敵のように見てきますが、その関係が改善していくという流れは心に沁みます。上手く書けているといいのですが……。

いつも心がけていることは、不憫系の主人公には、どんな形でも味方といえる存在がいること。

今作の場合は、エルカですね。

私自身、あまりつらい状況が続くと、心が痛み読めなくなってしまうので、つらい状況の中でも、希望を持たせてくれる存在を添えることにしています。

そんなお話ですが、上巻では仲間と協力して、今まで敵として台頭していた公爵の動きを止めました。

入れ替わりで出てきたのが、リリアの母、ルーディアです。彼女の望みは、リリアが男の皇帝となり、生涯皇帝として生きること。そうなると、後継ぎを残せないユアンは、邪魔者でしかありません。

そんな中、ルーディアはある人物と手を組みます。

そして勢いを止めた公爵の思惑とは……。

物語の真実へと向かって走る、ユアンとリリア。

下巻では、たっぷりと番外編もあるので、投稿サイトで既読の方も、楽しんでいただける内容になっていると思います。

それではまた、下巻でお会いできたら嬉しいです。

CROSS NOVELS をお買い上げいただきありがとうございます。
この本を読んだご意見・ご感想をお寄せください。

〒110-8625 東京都台東区東上野 2-8-7　笠倉出版社
CROSS NOVELS 編集部
「朝顔先生」係／「絵歩先生」係

CROSS NOVELS

お飾り皇配は龍皇帝に愛でられる 上巻

著者
朝顔

2024年7月23日　初版発行　検印廃止

発行者　笠倉伸夫
発行所　株式会社　笠倉出版社
〒110-8625　東京都台東区東上野 2-8-7　笠倉ビル
[営業] TEL　0120-984-164
FAX 03-4355-1109
[編集] TEL　03-4355-1103
FAX 03-5846-3493
https://www.kasakura.co.jp/
振替口座　00130-9-75686
印刷　株式会社　光邦
装丁　コガモデザイン
ISBN 978-4-7730-6500-8
Printed in Japan

お飾り皇配は龍皇帝に愛でられる：
「ムーンライトノベルズ」（https://mnlt.syosetu.com/）掲載作品を加筆修正
急な雨：書き下ろし